英美文学翻译与文化差异视角研究

张亚栎　王　卿◎著

吉林大学出版社

·长春·

图书在版编目（ＣＩＰ）数据

英美文学翻译与文化差异视角研究 / 张亚栎，王卿
著 . -- 长春 : 吉林大学出版社，2023.7
ISBN 978-7-5768-2353-0

Ⅰ . ①英… Ⅱ . ①张… ②王… Ⅲ . ①英国文学 – 文
学翻译 – 研究②文学翻译 – 研究 – 美国③英国文学 – 文学
评论④文学评论 – 美国 Ⅳ . ① I561.06 ② I712.06

中国国家版本馆 CIP 数据核字 (2023) 第 208420 号

书　　　名	英美文学翻译与文化差异视角研究
	YING-MEI WENXUE FANYI YU WENHUA CHAYI SHIJIAO YANJIU
作　　　者	张亚栎　王　卿　著
策划编辑	殷丽爽
责任编辑	殷丽爽
责任校对	曲　楠
装帧设计	张秋艳
出版发行	吉林大学出版社
社　　　址	长春市人民大街 4059 号
邮政编码	130021
发行电话	0431-89580036/58
网　　　址	http:// www. jlup. com. cn
电子邮箱	jldxcbs@ sina. com
印　　　刷	天津和萱印刷有限公司
开　　　本	787mm×1092mm　1/16
印　　　张	14
字　　　数	260 千字
版　　　次	2024 年 9 月　第 1 版
印　　　次	2024 年 9 月　第 1 次
书　　　号	ISBN 978-7-5768-2353-0
定　　　价	72. 00 元

作者简介

张亚栎，女，汉族，甘肃白银人，2010 年毕业于重庆师范大学外语学院，获英语语言文学硕士学位，现任甘肃农业大学人文学院讲师，致力于英语专业及大学英语系列课程的教学与研究，为本科生讲授翻译名作赏析、名家名论名译、大学英语及英语听力等课程，曾被评为 CET 教学能手，教学质量评价多次名列学院前茅。专注于大学生英语翻译能力和课堂教学质量的研究，主持省级科研项目 1 项，参编著作 1 部，参与省级科研项目 1 项、发表论文 4 篇。在教学实践中，教育教学效果良好，深受学生好评，坚信"为师者，惟笃行以致远""双手扶持千木茂，慈怀灌注万花稠"！

王卿，女，1983年生，2009年7月毕业于陕西师范大学英语语言文学专业，硕士学位。现就职于甘肃农业大学人文学院，担任讲师，主要研究方向为英美文学，主讲大学英语、英语专业四级测试等课程。2016年参与甘肃省高等学校英语教学改革研究项目"任务型教学模式下英语学习策略研究"；2017年参与省高等学校英语教学改革研究项目"移动学习在大学英语语法教学中的实践研究"；2018年参与甘肃农业大学校级科研项目"互联网＋时代西部大学英语混合教学模式的探索与实践"。秉承"师者如光，微以致远"的为师之道，兢兢业业，所授课程得到学生的广泛好评。

前　言

不同民族有着不同的发展轨迹，相应的也就产生了不同的文化。不同民族文化之间既有共性，也有个性；既有一定的联系，也产生了独属于自己的文化要素。民族文化之间的共性和联系是不同民族的人能够进行跨文化交流和翻译的前提与基础；而文化的个性和独属于自身的要素或特点则造成了不同民族的人交流的障碍。因此翻译的难点就在于理解其他文化的背景知识和准确表达其含义。翻译不仅仅是一个语言转换的过程，更是一个文化互相传播、交流和融合的过程。翻译要建立在对其他文化因素的把握、背景知识的掌握和内在价值观的理解上，如果不能做到这几点，翻译的效果就会受到影响。在翻译过程中，单纯的语言障碍问题是最容易解决的，但是想要解决文化差异带来的问题则比较困难。从这个角度来分析，翻译就是将一种语言所表达的内涵用另外一种语言准确描述出来的复杂的文化信息转换的过程，因此在此过程中必然会涉及对各种文化因素的理解与认知。

英美文学翻译的发展是人类文明发展史上一个具有共性的文化交际行为，是一个与译入语民族、国家的社会、政治、文学、意识形态、诗学观念等都有着密切关系的文化交流行为。回顾中国数千年的社会发展变迁史，可以看到文学翻译活动已经影响渗透到文化发展的各个方面。为更好地促进我国文化的多元化发展，笔者特撰写本书，以期探索英美文学翻译的奥秘。

本书第一章概述了英美文学与文学翻译，主要从三个方面进行叙述，分别是英美文学的发展、英美文学的思潮以及文学翻译相关知识；第二章主要讲述英美文学翻译的基本理论，从六个方面展开叙述，分别是英美文学翻译的修辞与意境、英美文学翻译前的文本分析、英美文学翻译的历史文化情境、英美文学翻译的笔法与风格、英美文学翻译的语境适应论、英美文学翻译的语篇理论；第三章讲述中西方文化差异及其与英美文学翻译的关系，从三个方面展开叙述，分别是中西方的文化差异、翻译的文化功能以及中西方不同思维方式的比较与翻译；第四章讲述英美文学翻译中的文化差异相关处理，从两个方面展开叙述，分别是英美文学翻译中的文化差异与传递以及英美文学翻译中的文化缺省补偿；第五章主要讲述文化差异下的英美文学翻译探析，在文化差异下，针对不同文学体裁展开讲解，从三个方面展开叙述，分别是英美诗歌翻译、英美小说翻译以及英美散文翻译；第六章主要讲述文化差异下的英美文学翻译问题与策略选择——以《简·爱》为例，从两个方面展开叙述，分别是《简·爱》翻译中存在的问题以及《简·爱》翻译策略的选择。

在撰写本书的过程中，笔者得到了许多专家学者的帮助和指导，在此表示真诚的感谢！限于笔者水平有限，加之时间仓促，本书难免存在一些疏漏，在此恳请同行专家和读者朋友批评指正！

张亚栎　王卿

2023 年 4 月

目 录

第一章 英美文学与文学翻译概述

在人类文明发展的过程中，英美文学是非常宝贵的文化财富，它是人类文学宝库中璀璨的宝石，因此对其进行研究对于文学发展而言十分重要。本章概述了英美文学与文学翻译，主要从三个方面进行叙述，分别是英美文学的发展、英美文学的思潮以及文学翻译相关知识。

第一节 英美文学的发展

本书对英国文学和美国文学的发展分别进行了分析。对英美文学发展的分析研究是人们了解历史上某个时代英美的社会背景、现实生活和生活在当时的人们的精神世界的重要途径，也是我们对英美文学进行辩证分析，吸收其精华的前提。

一、英国文学的发展历程

（一）人文主义为核心的文学时代

欧洲发展至中世纪时，社会被教会所主导，在此背景下，教会建立了十分森严的等级制度，人们的行为受到了十分严重的约束。不仅如此，教会还通过教会文学向人们灌输教会的思想价值观念，禁锢人们的思想。直至公元 14 世纪，资本主义萌芽以及社会生产力的不断提升让文艺复兴运动在意大利诞生，这是一场弘扬人文主义的思想解放运动。在这一时期，英美地区出现了很多文学巨匠，如英国的莎士比亚（Shakespeare）、弗兰西斯·培根（Francis Bacon）和托马斯·莫尔（St. Thomas More），他们创作出了很多经典文学作品。这一时期，文学作品大都围绕对教会独裁统治的抗议、对思想解放和精神自由的追求的主题进行创作，具有浓烈的反叛色彩。如托马斯·莫尔所作的《乌托邦》，作者在这本书中描绘了一个美好的理想中的社会，人们生活在一个没有压迫、没有暴力、充满了幸福与自由的社会。阅读这部作品时，人们能够感受到作者以及当时世人对于个性解放的追求。

（二）追求新古典主义的文学时代

15 世纪末期，英国逐渐开始发展海外贸易，并在此过程中完成了原始资本的积累，英国社会也出现了新的阶层，即新贵族。新贵族的出现与发展对当时统治者的利益造成了很大的破坏，并且新贵族也经常与教会产生冲突。1640 年，资产阶级革命爆发，资产阶级成为英国的统治阶级。随之而来的是文学界的变化，新古典主义文学成了文学界创作思想的主流，在这一思想的主导下，文学作品也大多显现出推崇理性，强调优雅、对称、明晰和节制，在形式上追求完美与和谐的特征。其中比较有代表性的作品有约翰·班扬（John Bunyan）的《天路历程》，这本书主要描述了两段克服困难、获得灵魂救赎的旅程，书中充满了作者对真、善、美的强烈渴望与追求。工业革命期间，文学创作再次受到了社会变革的影响，在此阶段，文学作品中不仅渗透了先进的科学理念，还表达了对环境保护的重视和对当时社会的逐利性所带来的危害的反思。

二、美国文学的发展历程

（一）教会文集为主的文学时期

进入 17 世纪，英国逐渐向美国地区移民，并进行殖民地建设和扩张，这一时期的美国文学大多是当地英国人的日记或者游记，且带有非常浓郁的宗教色彩。这些作品也能反映出当时美国地区的风土人情以及人们的生活状态。

（二）民族文学的诞生与繁荣

英国在美国地区进行了长时间的殖民统治，随着美国地区的经济发展，1775年，美国人民的反抗在莱克星顿开始了，经过了顽强的抗争，美国终于打败英国，宣布独立。即便是面对当时世界实力第一的英国，美国也依旧取得了最终的胜利。

1776年，托马斯·杰斐逊（Thomas Jefferson）起草了《独立宣言》，这一宣言也是美国赢得独立战争之后民族文学得以繁荣发展的代表之作。《独立宣言》倡导和平、自由与统一，认为统治者的权力应当由人民赋予。它反映了当时美国人民对民族主义的追求。

（三）浪漫主义与现实主义先后为主流的文学时代

美国独立战争打破了英国殖民统治对美国资本主义发展的制约，使美国得以在政治稳定的局面下发展，美国北部的资本主义和南方的种植园经济不断发展壮大，人们的生活水平也在不断提高。在稳定的社会状态下，浪漫主义文学萌芽并开始发展。这一时期美国的文学作品中很多都具有非常强烈的主观色彩，展现了创作者天马行空的想象力，形式十分自由，具有非常强的自然美和超自然美。这一时期的文学家代表有华尔特·惠特曼（Walt Whitman）、拉尔夫·华尔多·爱默生（Ralph Waldo Emerson）等。爱默生的作品《论自然》展现了很强的浪漫主义风格，在这本书中，爱默生表达了自己对星辰和自然万物的思考，以及对新人类、新秩序和新生活的无限憧憬。在这一时期，人们开始关注现实问题，如农村人民的生活、底层群众的困苦、严重的种族歧视等。作者们开始在自己的作品中刻画当时社会的困境与人民的艰苦生活，借此表达对社会黑暗的讽刺与批判。

英国文学有着几百年的发展历史，经历了时间的洗礼与考验，因此得以不断繁荣发展。而美国文学只有一百多年的发展历史。不过，发展时间的短暂并没有限制美国文学的发展，美国文学反而在这短暂的时间里得到了快速的发展，在世界范围内取得了很高的赞誉。英美文学在世界文学中所占地位颇高，它是人类文明发展过程中凝结的宝藏。研究和欣赏英美文学不仅能帮助读者了解当时的社会风貌，还能让读者了解当时文学大家的思想，感受他们的智慧。由此可见，英美文学家也为人类文明的发展进步做出了巨大贡献。这些文学巨匠身上有很多值得现代人学习之处，立足于当下，我们应当主动了解和研究英美文学的发展历史，从中吸取经验，进而反思如今的文学发展。英美文学的发展历史与经验对于当代文学而言有很多可以借鉴之处，值得现代人学习、继承和发扬，并将其应用到现代文学发展当中。

第二节　英美文学的思潮

一、英国文学思潮

（一）古代英国文学思潮（公元 5 世纪之前）

在古代，英国受希腊文明、希腊化文明和罗马文明三个文明的熏陶。在这三个文明中，蕴藏着丰富的美学和文论及诗学思想，对英国的文学产生了深远影响。从古罗马时期开始，一直到后来的文艺复兴以及启蒙时期，英国陆续将古希腊文艺思想本土化。从毕达哥拉斯到苏格拉底，从柏拉图到亚里士多德，从贺拉斯到维特鲁威，从朗吉努斯到普罗提诺，他们的美学和诗学都是后世英国文论的源泉。如在英国古典文论中，亚里士多德的"模仿说"始终占有重要地位。一直到近现代，仍以多种形式显示出其强大的生命力。甚至英国文学史上第一个比较系统地提出现实主义小说理论的菲尔丁（Fielding），也没有完全脱离亚里士多德的理论框架。在翻译理论上，我们也可以看出这种影响和联系。

（二）中世纪英国文学思潮（5 世纪—15 世纪）

中世纪指文艺复兴时期同古希腊罗马时期之间的一千年，即从公元 5 世纪至公元 15 世纪的一千年。这一千年之久并非全是一个"黑暗的世纪"，真正的黑暗只有自 5 世纪至 10 世纪的 500 年时间，这一时期的英国由盎格鲁 - 撒克逊人统治着，随着封建制度的逐步建立，诞生了新的文明。即从 1050 年到 1300 年的三百年，人们称之为"基督教文艺复兴"或"原始文艺复兴"的时期，这实际上是 14—16 世纪欧洲文艺复兴的先声，是一个过渡的历史时期。15 世纪后期，人文主义者首次使用"中世纪"一词，用以表述西欧历史上从 5 世纪罗马文化瓦解到人文主义者正在参与的文明生活和文艺复兴的时期。构成中世纪文明的基础来自三个方面：古希腊罗马的遗产；基督教的传统；日耳曼和斯堪的纳维亚的社会模式。中世纪社会最突出的特征是它的多样性和复杂性，它实际存在着四种相互重叠、相互制约的结构：经济结构、领主制结构、教会结构、君主制结构。

11 世纪之后的英国，随着经济的逐步发展，一个知识发酵的过程也开始了，人文主义思想得到发扬。英国诗歌之父乔叟（Chaucer）、戏剧之王莎士比亚、近代唯物主义始祖培根等都是文艺复兴时期的重要人物。到了 15 世纪末，哥白尼的"日心说"用科学真理给几千年来上帝创造世界的神学以毁灭性打击，哥伦布、麦哲伦的地理大发现为地圆说提供了无可辩驳的证据。后来，英国开始了文艺复兴的进程。人文主义与文艺复兴这两件大事，一扫英国中世纪的沉闷气氛，带来思想界和文化界的新面目。尤其是文艺复兴，开始了英国历史从中世纪向近代的迈进。文艺复兴时期，人文主义思想形成。人文主义主张以人为本，并对中世纪的以神为中心的世界观进行了批判，它认为人应当积极进取，享受世间的欢乐。莫尔是英国人文主义早期发展的最主要的代表人物，他在自己的作品《乌托邦》中对英国甚至欧洲社会进行了犀利的批判，讽刺了当时社会的弊端，并提出了一个平等的、财产公有的、人们能够和谐相处的理想社会的构想。《乌托邦》的创作堪称人类文明史和思想史上的盛事。[①] 作者笔触所到，意蕴显豁，思想犀利，透过历史的迷雾而洞察到未来的梗概。

（三）近代英国文学思潮（16 世纪—18 世纪）

16 世纪，英国文学界兴起了一种新的风尚，创作者开始倾向于和读者建立一种亲密的关系，这表现在他们喜欢在作品当中撰写前言和后记。与此同时，伊丽莎白成为女王前后，人们对文学理论的探讨十分兴盛。这就促进了当时各种文艺思潮的涌现。

1. 古典主义

古典主义在 17 世纪开始统治英国文坛，至 18 世纪得到发展。古典主义既可指古代艺术，还可指受古代艺术影响的后期艺术。古典主义是 17 世纪欧洲兴起的重要的文艺思潮之一，也是一种文学流派，它在创作过程和理论探索中都将古希腊和古罗马的文艺作品作为研究和模仿的对象，因此被称作古典主义。法国文艺理论家布瓦洛（Boileau）也是古典主义的重要作家，他所创作的《诗的艺术》被当作古典主义的文艺宣言。古典主义在文学理论和实践上提倡有意识地学习古代的艺术方法并采用古代文学艺术的体裁、题材、情节、相似冲突和性格，以之

---

① 莫尔. 乌托邦 [M]. 戴镏龄，译. 北京：商务印书馆，2020.

表现新的历史内容和作家对现实的态度。这一流派的作家肯定统一的多民族国家、爱国主义、社会义务等思想，宣扬自我克制，个人利益服从封建国家的整体利益，但在一定程度上谴责专制暴政，揭露贵族的荒淫无耻。他们在政治上拥护王权，但并不一味颂扬封建君主。它以笛卡尔（Descartes）的唯理主义为哲学基础，崇尚理性，把理性作为文艺创作和评论的最高标准。它要求文学的语言准确、典雅、明晰并合乎规范，艺术形式符合"三一律"的模式，结构严谨朴素，故事情节的发展合乎常情。直至约翰逊（Johnson）的去世，才标志着理性时代的结束。古典主义文学的特征有以下几个。①古典主义的基本精神是理性至上，强调正常的情理，认为作家应当通过正常的眼光来看待世界，并运用正确的方式表现出来。②作家心中要有一种坚定的原则，古典主义认为在变幻无常的现象之后，隐藏着一种不变的原则，那是一种"美"的绝对的概念。而作家写作的使命就是将这种恒定的"美"的概念尽可能地表达出来。③强调对自然的模仿。此处所指的"自然"并不是我们平常认知中的客观世界，而是一种经过了主观选择的客观世界，古典主义文学的主要描述对象是人性，这就是他们认知中的自然。而对于我们所接触的物质世界，古典主义作家几乎从不涉及。④古典主义要求作家的描述要逼真，但是却不要求写实，因为真实的事物有时候并不能让人感到美和愉悦。古典主义还强调写作要得体，也就是说作品中所描写的一切要让读者觉得舒适，而不会引起反感。⑤古典主义认为文学创作要达到劝诫人们向善、说服人们遵守道德的目的。⑥古典主义作家崇拜古希腊罗马的大作家，并将他们的作品视为创作的最佳境界。⑦古典主义强调文学作品体裁限制，认为在创作中要严格按照体裁规范进行创作，不能混淆或者模糊。⑧作家创作时要保证用语简洁、凝练，风格明朗、精确。在当时，古典主义文学具有很高的进步意义，在刻画人物性格、分析人物心理等艺术手法上也有较大的贡献。它的不足是同当时的封建专制制度和宫廷贵族文化有着千丝万缕的联系，过多地迎合宫廷和贵族的趣味而忽视人民的爱好。它在文艺创作上的一些清规戒律，往往束缚了作家艺术才能的发挥，甚至导致概念化、程式化和模式化的倾向。这一文艺流派，到19世纪以浪漫主义为主的文艺思潮兴起后，逐渐消失。

　　古典主义思潮也往往通过翻译展开论争，并通过翻译理论体现古典主义思潮。

翻译家受古典主义思想影响，完成了许多翻译工作。在方法论这个问题上，翻译工作者和作家都被卷进了"古今之争"当中，翻译强调直译还是意译这个问题也与文学创作应当重视古典还是现代的问题紧密相连。在 18 世纪仍有古典主义声势的时期，出现了蒲柏（Pope）和库柏（Cowper）两个代表不同流派的翻译家。蒲柏翻译的《伊利亚特》和《奥德赛》虽不确切，但曾一度被奉为标准的译本，成为当代人所理解的英雄的典范。他的《伊利亚特序》既是很有见地的翻译理论文章，也是一篇形象生动、辞采优美的好散文。

德莱顿（Dryden）是卓越的语言大师，有大量的译作，他善于把古文转变成地道的英文。他的翻译风格因人而异，文字平易流畅。他对翻译的原则与方法做过论述，有着系统的译论，是 17 世纪伟大的翻译家和翻译理论家，还是一位非凡的翻译评论家。他著有《德莱顿文集》（ Essays of John Dryden ），书中系统地论述了翻译的原则。他提出译者必须与原作者保持一种亲近的关系，才能把原作译得有血有肉、充满活力。他主张翻译必须考虑读者。他把翻译分为三类：词译（ metaphrase ）、释译（ paraphrase ）和拟译（ imitation ）。他既反对词译也不赞成拟译，他认为应该折中一下，既不让翻译过分随便，也不使其过于呆板，也就是释义。释义应当重视表意而不过分重视词语运用。通常，翻译工作不能更改原作者的意思，翻译者可以适当扩充，但是决不能更改原意。但是译者可以选择适合自己的词语表达。每一种语言都有自己的文化特征，一些在这种语言中表达美好含义的事物，在其他语言中可能表达相反的或者粗鄙的含义，甚至可能根本找不到对应的事物和意义，因此翻译者在工作时必须认真筛选词汇。蒲柏是荷马史诗翻译家。他用英语的双韵诗体翻译荷马史诗，用词隽永、风格清雅，在相当长时间里被读者奉为标准英译本。在这个时期，"翻译是艺术"的观点第一次被提出，要求译者必须像艺术家一样具备高超的艺术鉴赏力和表现力，必须懂得作诗和韵律的艺术，在保留原作者的特点和不失真的前提下，尽一切可能使原作迷人，做到美的相似。在这场"古今之争"中，有库柏、洛克（Locke）、泰特勒（Tytler）等多个人物的思想极大地丰富了古典主义文论，为散文的创作提供了有力的理论支持。

18 世纪末期，翻译理论出现了重大突破。学者对翻译理论的研究从零碎的观点和方法转向了全面、系统的科学理论体系，也出现了研究翻译理论的专著。如坎贝尔（Campbell）所著的《修辞哲学》（*The Philosophy of Rhetoric*）。这本专著被广泛认为是 18 世纪诞生的最重要的著作之一。此书中所论述的理论在深度和广度方面都超过了前人的研究，其中的很多思想也成了 20 世纪很多思想理论的先导，如灵活对等理论等。坎贝尔在此书中提出的翻译三原则更是对翻译理论和实践发展产生了深远的影响，即便是在现代也依然意义重大。所谓三原则就是：将原作的意思准确表达出来；在语言习惯符合译作语言风格的前提下，尽可能将原作者的思想精神与风格表现出来；保证语言自然流畅，像原作一样。

泰特勒撰写了《论翻译的原则》（*Essay on the Principle of Translation*）一书。在书中他对何为"优秀的翻译"进行了阐述：优秀的翻译要将原作的优点完美地展示在译作当中，让译语语言使用者能够清晰地理解和感知这种优点，并产生与源语使用者同样的感受。[1]

在此基础上，他又提出翻译应当遵守以下三个原则，一是译著要完全复刻出原作所传达的思想情感；二是译作和原作的风格与表达手法应当保持一致；三是译作应当和原作一样通顺流畅。在这三项原则之下还有很多的细则，泰特勒又通过不同语言名著与英语互译的实践旁征博引，以此印证他的理论的正确性。泰特勒的翻译理论对英国翻译工作发展具有十分重要的积极影响，它也是西方翻译理论发展过程中极为重要的成果，它标志着西方翻译史上一个时期的结束和另一个时期的开始。

后期的古典主义代表人物是戴夫南特（Davenant）与霍布斯（Hobbes）。霍布斯的《利维坦》[2]主张君主专制，但他反对君权神授，认为君权来自人民，人是生而平等的。为了实现和平安定的生活，人与人订立了一种社会契约。他还认为诗人的幻想和想象富有哲理和建设性，它可以包括判断力，即智力上的判断力，它不仅燃烧与放飞思想，而且可以进行思考与分类。精神不是别的，正是身体某些器官的运动，理性依赖名词，依赖想象力，而最终依赖于运动。诗人和哲学家应该是属于同一知识领域的两种职业者，想象力只有沿着哲学的道路前进，诗歌才能取得更好的结果。霍布斯的思想反映了 15 世纪时，随着君主专制的建立，专

---

① 泰特勒. 论翻译的原则 [M]. 北京：外语教学与研究出版社，2012.
② 霍布斯. 利维坦 [M]. 刘胜军，胡婷婷，译. 南昌：江西教育出版社，2014.

制主义的政治理论写作得到了强调。

此外，在近代英美文学理论上，关于文学的本质、表达、功用、发展等都得到了新的阐发。培根的《美》专门论述一般的美，提出了一些新的概念如优雅、优美、魅力等。可见，英国作为现代美学的发祥地，从培根生动活泼的唯物主义中就已显示出来。马克思指出，在他那"物质带着诗意的感性光辉对人的全身心发出微笑"[①]中，表明培根的唯物主义并不是僵硬的教条思想。因此，等到进入18世纪，除了古典主义外，一种裹挟着原始主义、历史主义和感伤主义的新思潮在英国兴起，其中有洛克的感觉主义，有"世界主义"观念，也有珀西（Percy）的《古诗拾遗》和麦克菲森（Maikefeisen）的《欧辛集》等文学史编纂学思想。于是，一个经验论的或主观论的美学便在英国成为主流。这表明，英国美学和文艺思想在经过理性支配和权威支配之后，轮到趣味支配了。

2. 新古典主义文论

西方艺术史上有意直接模仿古代艺术的阶段通常称为"新古典主义"阶段。新古典主义即古典主义，因为新古典主义发端在启蒙时期，在这个时期既有古典主义倾向，又有科学求新的变革，所以称为新古典主义。文学上的新古典主义时期指从1660年王政复辟到1798年华兹华斯（Wordsworth）发表《抒情歌谣集》之间的这段时期。新古典主义文学倡导恪守希腊罗马时期的古典美学原则，如秩序、理性、戏剧创作"三一律"等，它和文艺复兴的最大区别是后者更注重古典文艺中的人文主义精神而非形式上的金科玉律。18世纪初，新古典主义成为时尚。因此这一时期的文学在形式上强调各种体裁的既定格式，在主题上则强调文学的道德说教性，较为古板；但理性主义和散文创作的繁盛也为后来现实主义文学高峰奠定了基石。新古典主义推崇理性，强调明晰、对称、节制、优雅，追求艺术形式的完美与和谐。文学上崇尚新古典主义，其代表者是表现出启蒙主义精神的散文作家们，他们推进了散文艺术。

3. 文艺复兴与文学思潮

文艺复兴是欧洲在14—16世纪思想和文化迅速发展的一个时期，也是欧洲

---

① 马克思，恩格斯.马克思恩格斯全集 第2卷[M].中共中央马克思恩格斯列宁斯大林著作编译局，译.北京：人民出版社，1957：163.

从中世纪过渡到现代的一个重要时期。文艺复兴发源于意大利，当时意大利已经先一步完成了资本主义发展的阶级、思想和物质方面的准备工作。在资产阶级诞生之后，他们开始追求与自身经济实力相当的社会地位，并开始将资本主义价值观和思想文化传播和宣扬出去，以期使其成为社会思想文化的主流。但是刚刚诞生的资产阶级的力量尚未足够强大，为了与当时的天主教会的统治相抗衡，他们必须寻求其他的武装力量。这种力量要能够唤醒大众的思想和意识，同时也不能是暴力的、革命的力量。因此资产阶级开始在古希腊、古罗马的发展中寻找目标。资产阶级认为古希腊和古罗马时代是欧洲兴盛的时代，是欧洲文化和社会发展的高峰时期，当时形成的十分先进且繁荣的古典哲学、文学、法律和自然科学等成果可以成为与天主教会抗衡的有效武器。因此他们开始积极倡导古希腊、古罗马文化的复兴与再现，这场文化运动迅速蔓延到社会各个领域，"文艺复兴"的名称也由此而来。这里的"复兴"，就是指复兴古希腊和古罗马时期的文学艺术，利用人文主义思想来打破中世纪的发展的枷锁。文艺复兴除了文学艺术方面的改革，还包括新航路开辟和天文、地理等领域的发现。因此文艺复兴时期是欧洲封建制度走向灭亡、资本主义飞速发展的时期。

文艺复兴是欧洲历史上最为重要的一次文化运动，在这一时期人类创造了大量的文学艺术成果，很多领域也得到了发展和突破，可以说这是一个百花齐放的时代。文艺复兴运动的核心思想在于以人为本，主张从个人的角度来看待事物。人文主义倡导者重视对人的价值的体现，提倡发扬个性、尊重人权，崇尚自由，反对以神权来统治人，主张享乐、反对禁欲。文艺复兴运动带来的不仅是欧洲社会的震动，还有世界社会和文化发展的动力。文艺复兴创造了现代国家的雏形，在文化方面，以人为本的创作内容和严谨典雅的表现形式都是后世许多学者学习和研究的对象。不仅如此，人文主义者还为现代自然学科的发展奠定了基础。文艺复兴运动是欧洲的一次思想大解放运动，它表达出了资产阶级打破封建制度对思想精神的禁锢、解放和发展社会生产力、建立全新的生产关系的愿望。文艺复兴让人们拓宽了视野，也提升了人们对世界的认知程度，促进了欧洲一体化的发展。18世纪前出现的启蒙运动让欧洲的知识阶级形成了空前的世界主义化社会。世界主义精神的盛行也让人们的创新和行动实践有了无穷的动力，尤其是批判理性的出现。正如布洛克（Bullock）所说："启蒙运动的了不起的发现，是把批判理性应用于权威、传统和习俗时的有效性，不管这权威、传统、习俗是宗教方面的、法律方面的、政府方面的，还是社会习惯方面的。提出问题，要求进行试验，不接受过去一贯所作所为或所说所想的东西，已经成为十分普遍的方法论。"① 批判理性思想让人们的自我意识得到加深，它既使批判理性在当时得到了很大程度的张扬，从而使启蒙运动几乎与理性主义画上了等号；也使得人的主体意识得到了进一步强化。自休谟（Hume）提出"人性论"，推崇人的经验之后，感情就成了信念生成的不可或缺的力量。布洛克说："在 18 世纪中叶以后的启蒙运动第二阶段，卢梭的著作激励了一种感情的复活和对感性的崇拜，它与批判理性这一信念的关系，是复杂和混乱的，但它充实而不是否定了启蒙运动的另一条信念——对自由的信念。"② 也正是这种对自由的信念，让英国的浪漫主义文学运动得以萌芽。18 世纪，英国经验美学所遗留的余烬也促使人本主义得到发展。在这一时期，英国还小范围地出现了一种文学现象，那就是伤感主义文学，又叫作早期浪漫主义文学。虽然这场文学运动与 19 世纪诞生的浪漫主义文学运动并非一致，但是它的出现确实让人们产生了对感情和人性的热忱。

文艺复兴在 15 世纪末都铎王朝时期传到英格兰并在 16 世纪达到高潮。英国自 16 世纪战胜了西班牙，开始对美洲进行贸易和殖民扩张，便一跃而成为西方最先进的资本主义国家。政治上推翻君主专制制度，建立了内阁议会负责的代议制；经济上进行工业革命，以机器工厂代替手工业工厂。政治、经济的发展促进了文化的进步，英国 16、17 世纪伊丽莎白王朝时代最可贵的特点是：强烈的求知欲、勇敢的冒险精神以及实验新思想、尝试新表现形式的开拓进取心。那个时代是"洋洋大观的时代"，那个时代的人们惊人的多才多艺。政治、经济的发展也促进了科学技术的进步，自然科学在牛顿的影响下日新月异，社会科学吸收自然科学的养料建立起了一套经验主义的思想体系，否认所谓先天的理性观念，强调感性经验是一切知识的来源。而从根本上说，这种经验主义思潮又是有着源远流长的历史传统和民族底蕴的。那就是英吉利民族的学术传统及传统的理论思维

---

① 布洛克. 西方人文主义传统 [M]. 董东山，译. 北京：生活·读书·新知三联书店，1997：84.
② 布洛克. 西方人文主义传统 [M]. 董东山，译. 北京：生活·读书·新知三联书店，1997：98.

方式就是"实用精神"。这种实用精神，其实质就是一种求真务实的精神。当德意志沉湎于抽象玄虚、纯粹思辨的哲学时，英吉利却在构造直接研究国计民生、社会进步的经济——社会学大厦。

4. 启蒙主义与文学思潮

18世纪，在资本主义经济发展的基础上，在自然科学和唯物主义哲学的影响下，启蒙运动爆发，这是继文艺复兴、宗教改革之后的又一次全欧性的文化思想运动。启蒙运动继承并发展了文艺复兴的精神，更进一步把斗争的矛头直接指向封建社会的全部上层建筑，目的是推翻封建大厦并在其废墟上建立起一个新兴的资产阶级的"理性王国"。启蒙思想家们用相信人类不断进步、社会需要共同的繁荣昌盛、人民需要普遍享受自由平等的幸福生活等先进思想，来启发教育群众，因此称为"启蒙"。笛福（Defoe）、斯威夫特（Swift）、菲尔丁（Fielding）等都是启蒙运动的思想家，也是启蒙文学家。他们把文学创作看成宣传教育的有力工具，致力于反映人民大众的日常生活，描写普通人的英雄行为和崇高精神，深刻揭露封建社会的腐朽与黑暗，甚至暴露资产阶级的缺点。启蒙主义文学在理论上、实践上都为19世纪欧洲现实主义文学打下了坚实的基础。康德（Kant）说："启蒙就是摆脱自己造成的不成熟的状态。"[①]表明启蒙就是甩掉拐杖，自己解放自己。体现在哲学上，就是要用唯物主义代替唯心主义，文艺上用资产阶级趣味反对封建贵族的宫廷趣味和清规戒律，政治上用君主立宪、共和制、三权分立等代替封建贵族阶级的君权神授和君主专制等。

18世纪也是英国的一个启蒙时代，所以这些思想早在英国资产阶级革命时期就已有所显现。英国不仅是现代唯物主义的发祥地和现代实验科学的始祖，也是现代政治哲学的故乡。休谟、霍布斯和洛克不仅都是著名的唯物主义者，而且是国家政治理论的奠基者。休谟的《人性论》[②]、霍布斯的《论政体》[③]《利维坦》[④]等著作，首先提出"社会契约论"的国家学说，认为建立在社会契约基础上的国家，可以避免人对人像狼一样互相斗争的自然状态。洛克的《政府论》[⑤]反对君主

① 巴莱特，格哈德.德国启蒙运动时期的文化 [M].王昭仁，曹其宁，译.北京：商务印书馆，1990：242.
② 休谟.人性论 [M].关文运，译.北京：商务印书馆，2017.
③ 陈涛.国家与政体——霍布斯论政体 [J].政治思想史，2015，6（03）：106-124+199.
④ 霍布斯.利维坦 [M].刘胜军，胡婷婷，译.南昌：江西教育出版社，2014.
⑤ 洛克.政府论 [M].杨思派，译.南昌：江西教育出版社，2014.

专制，主张君主立宪和代议制，主张财产私有是充分自由、神圣不可侵犯的权利，国家产生和存在的首要目的就是保护私有财产。在启蒙理性思想影响下，18 世纪的英国，美学和文学思想也是丰富多彩的。18 世纪的英国文学思潮总的说来是启蒙主义的理论，而启蒙主义时期又被冠以"理性的时代"的称号。散文家艾迪生（Addison）是把英国艺术发展到一个完美境地的人，他出版发行的《旁观者》期刊，内容涉及道德、文艺评论等。他在上面发表了 11 篇文章，纵论趣味、想象、天才、独创性等问题，统称为《论想象的快乐》。他的趣味倾向于古典主义美学原则，但又不乏新思想。尤其是他第一次把重心放在读者身上，注重提高读者的想象力，这样，把注意力从作者转向读者，使他成了 20 世纪接受美学的先驱。

约翰逊的文学思想注重现实主义、道德主义与抽象主义的结合。其中现实主义旨在以真实为标准，将艺术当作生活的　面镜了、小说家当作人类风尚的公正复制者，要求诗的职责是描写永远不变的自然和情欲。道德主义指的是道德真理标准，即在模仿自然时，有必要区分自然中最适于模仿的那些部分，在再现人生时，对激情和邪恶需要更加谨慎。抽象主义指的是艺术上的普遍性。比如，在语言上，应使用普通语言而不能标新立异，即使是诗歌语言或借用的术语，也应当渗透在一般语言表达之中。这三条大致相当于美学和翻译标准中的真善美三原则，可见，这些思想对散文创作和翻译标准都具有重要意义。他还在《拉塞勒斯》中说道："诗人的本分是审查整个种属，而不是个体；讲述一般特征和大致外表。诗人不去数郁金香有多少条花纹，也不描绘森林绿色的深浅之别。他通过对自然的描绘来展示鲜明突出的一般特征，把原初的景象展现在心灵面前。他必须对细微差异忽略不计，锱铢之别，未必都得细究，对它们粗看和细辨没有什么明显的差别。"[①] 这与我国重神似不重形似的理论不谋而合。在语言方面，他认为语言的形成有自己的原则，在不同的语言当中，同一种语言表达形式的效果也是不同的。如果两种语言的构成原则相似，那么能够贴近原文的翻译就是好的翻译；如果两种语言的构成原则完全不同，那么翻译者就必须选择合乎译文语言的表达方式来进行翻译，要让语言合乎自然地发展，即便不能达到一致的效果，也要追求尽可能的相同。他注重风格，认为但凡洗练的语言都会有不同的风格，如简洁、冗杂、

---

① 赵秀明 . 英语散文汉译研究 [M]. 汕头：汕头大学出版社，2018：106.

高雅、朴素等各种不同的风格。能否译得成功，要看译者能否选择适当的风格。在表达原作者的思想时，译者必须采用作者在英语中所要采用的表达形式。原作粗犷，译作不可精细；原作夸张，译作不可拘谨；原作故作庄重，译作不可加以削弱。一句话，译者必须像原作者，是什么就还他什么，没有权利超越他。此外，他还反对文艺上的清规戒律，认为它们充其量只可以作为参悟的工具，而天才则超越其上。这对于艺术和翻译方法技巧又是具有启发意义的。

在英国，人文主义、新古典主义和启蒙主义文学思潮相继兴起。这三种文学潮流都强调理性。而理性就是从自然、科学的角度看待万事万物，而不是将其归结为奇迹。这是理性主义与中世纪思想的最大区别。

文艺复兴所导致的人文主义思潮是从意大利开始蔓延的。在文学方面，意大利文学家彼特拉克（Petrarca）创作了《歌集》，薄伽丘（Boccaccio）则撰写了短篇小说集《十日谈》，他们在作品中赞美了人的爱情，歌颂了人的现世的幸福，彰显出了理性思维的创造者，也就是人。他们肯定人的珍贵，认为人的感情是正当的。这是同时期其他文学作品很少提及的内容，也是文艺复兴的主题之一。在这个过程中，人们逐渐开始关注自身，提升自己的认知能力，从心灵深处感受生活，通过自己的头脑来认知世界。这种理性的苏醒不只在人文主义文学作品中有所展现，也表现在自然科学的飞速发展当中。到了新古典主义繁荣时期，理性的主要表现又变成了个人情欲的对立面，成了一股捍卫荣誉的强大而高贵的力量。这种思想的产生和发展与笛卡尔有关，笛卡尔认为理性和人的良知是对等的，人人都有良知，也即人人都有理性。他肯定了人的理性，主张通过理性来克制人的欲望。这种思想认知奠定了古典主义发展的哲学基础。法国是古典主义发展的重要地域，也出现了很多的优秀人物，如莫里哀（Molière）、拉辛（Racine）等。

（四）现代英国文学思潮（18 世纪—20 世纪中期）

1. 感伤主义文学思潮的兴起

在经过了文艺复兴和启蒙运动的洗礼之后，文学已经不再是现实的单纯的模仿和映射，而是成为照射作家内心的变动与不安的一盏灯。也就是说，文学更加倾向于表现作者的内心世界，文学的内向性和作家的个性更在普遍理想之上。此时的文学反对和敌视外在的权威，只忠于艺术家的创作经验而无视其他的任何规则。凭借着对自我的关注，文学将人类个性的无限多样性展示给了读者。对多样性的追求是作家们反驳 18 世纪人们追求单纯和普遍的艺术理想的抗议。之后的艺术家们就将个性化视作创作的主要追求。追求个性化艺术也不仅体现在作家自己的创作过程中，19 世纪开始的 30 年中，人们逐渐开始关注艺术家的个性，并产生了大量的传记作品。这也在一定程度上让作家产生了对读者的兴趣。但是，对于作家而言，在创作过程中如何平衡对读者的关注和对内心的表达就成了一个十分矛盾又迫切的问题。

至 18 世纪末，由丁文艺自身的发展，人们对统治英美两个世纪之久的新古典主义发起挑战。他们在社会和自然、现在和过去、主观和客观、感性和理性等问题上，与新古典主义反其道而行之，把自然、过去、主观、感性等摆在第一位，于是出现了英国的感伤主义，这为浪漫主义的兴起做了准备，故称"前浪漫主义"。前浪漫主义源于保守派的文人墨客反对启蒙运动，并将其在"哥特式小说"中表现得淋漓尽致。之所以称为"前浪漫主义"，是因为当时大部分冒险传奇故事取材于中世纪。在这种思潮看来，邪恶的力量统治着世界，一个人的抗争毫无用处，神秘因素扮演着重要角色。

伴随着英国工业革命的不断发展，作家们开始关注资本主义工业化发展对自然和农村传统生活产生的负面影响，并为之发声。这段时间，自然和情感主题的感伤主义作品十分受欢迎。感伤主义是欧洲启蒙运动中接替古典主义的一种文艺思潮和派别，因斯特恩（Sterne）的小说《在法国和意大利的感伤旅行》而得名。感伤主义反对纯理性主义和古典主义的国家概念，提倡刻画内心世界，描写自然景色，抒发真情实感，崇尚人际关系的淳朴、真诚，反对贵族阶级的冷酷和丑恶，表现了对当时社会的不满。在文学的题材、体裁和艺术手段等方面，感伤主义开拓了新的天地，创造了建立在人的个人家庭和生活冲突上的心理小说和"流泪喜剧"等文学样式，并将日记、自白、书简、游记、回忆录等形式运用于小说创作。感伤主义强调人的个性，抨击古典主义的封建桎梏，为浪漫主义开了先河。这一思潮在当时具有进步意义，但有些作品内容空虚，流露出浓重的悲观失望和消极厌世情绪。感伤主义的理论基础是卢梭（Rousseau）关于人性善良的学说，以及他关于道德的培养是靠体验强烈同情心的信念。感伤主义的产生源于某些启蒙运动家对社会现实的极大不满，对新古典时期的严峻和理性主义的反对，他们不断同封建主义做斗争，但与此同时几乎又没有意识到资产阶级的不断发展及其对人民的奴役之间的矛盾。尽管启蒙运动家的哲学是合理的、唯物主义的，但它并不排除以意识和情感作为理解和学习的手段。同时，自然学派由"自然人"组成，学派中"自然人"将他们的情感寄予最有人性和自然的行为举止，与狡猾、虚伪的贵族阶级完全相反，这样的一个学派受到了广大启蒙运动家的支持，并且帮助他们与那些高高在上的贵族统治阶级特权做斗争。但是英国后期的启蒙运动家得出结论：与所有论证背道而驰的社会不公平现象仍然到处可见，之后他们发现理性的力量仍有所欠缺，因此借助伤感作为谋求快乐和社会公平的手段。感伤主义把对情感的分析提高到一种艺术境界，它对所述主题做隐晦或不切实际的陈述，以激起读者脆弱的感情、怜悯或同情心。如不仅被周围人们的同情心所深深感动，还对日落、景色或音乐产生敏锐的反应。感伤主义的代表作家有哥尔德斯密斯（Goldsmith）、斯特恩等。如哥尔德斯密斯的《威克菲尔德的牧师》，鲜明地将贵族阶级的堕落、城市生活的腐败同恬静、家庭和谐的田园风光，大自然怀抱中家族式的生活以及乡村中人与人之间的和平相处形成对比。斯特恩的《项狄传》和《在法国和意大利的感伤旅行》的风格和结构同合理编排的小说大相径庭，表达了作者对待生活完全感情化的态度。

2. 浪漫主义思潮

当古典主义思想逐渐衰落时，浪漫主义思想开始兴起。英国浪漫主义由珀西、麦克弗森（Macpherson）和查特顿（Chatterton）引领，以司各特（Scott）的去世为终结。浪漫主义最充分地体现在诗歌中，主要代表是"湖畔派诗人"华兹华斯、柯勒律治（Coleridge）和骚塞（Southey）。另有拜伦（Byron）、雪莱（Shelley）、济慈（Keats）、司各特、克莱普（Crabbe）、莫尔、坎贝尔、胡德（Hood）等人。他们表现出对中世纪文学重新萌发的兴趣，反驳新古典主义，崇尚自然，主张返璞归真，他们主张诗歌应当表达作者内心的真实感情而不应是单纯地反映现实或者进行道德说教，诗歌的语言也不应过度追求高雅和精致，而是应当贴近日常语言、返璞归真。18 世纪的启蒙运动主张关注公众，关怀底层人民的生活。而 19 世纪的浪漫主义运动则与之完全不同。1800 年之后，艺术家们信奉艺术就是对自我的表现的观点。他们所弃绝的不仅是自己生存的社会，还有在社会中生存所需遵守的原则。也就是说，浪漫主义运动及之后的艺术家们大都厌弃所有的政治活动，他们认为政治活动是外在于"我"的，因过度务实而显得庸俗。这种关注自我而忽视外在社会的现象让 19 世纪的浪漫主义作家们产生了巨大的情感力量，并逐渐关注自身和对自己的表达。

浪漫主义文学运动的影响十分广泛，遍及英美文学，其中的议论散文的描述对象和本身的风格特性也都有浪漫思潮的影子。浪漫主义作为艺术创作的风格与方法，在表现现实事物时更强调主观性与主体性，侧重于表现出理想中的世界。情感和想象是创作中最为重要的东西，作家们常常通过热情奔放的语言、超现实的想象力和夸张的艺术手法来塑造自己理想中的形象。欧洲浪漫主义文学运动的发展时期正是资产阶级革命和上升的时期，这也就造成了当时的艺术创作以个性解放和情感自由为主要追求、在政治方面反抗封建主义统治、在文学方面突破古典主义束缚的现状。

海什力特（Hazlitt）是一名极力主张思想自由和个性张扬的散文家，他也是浪漫主义文学的代表。《时代精神》是他的代表作之一，此文语言十分精辟。1816—1819 年间兴起了新一轮的自由主义思潮，海什力特的文字就属于这种思潮，他那些带着怀疑主义的、自我折磨的、表现出内心的不安宁和疑虑的文章也源自一种个人主义思想。这种思想由来已久，甚至能追溯到不从国教流派。他总是秉承着一种批判的思想态度，并始终发挥着理性的、积极的潜能。海什力特生活在英国战后时代，那时候自由思想复兴运动已经到了末期，他的作品也不得不向环境低头，转向对内心的思考与表达，转向为了对抗而对抗。他的作品也就展现出了作者的孤独之感。同时期，海什力特的《燕谈录》、德·昆西（De Quincey）的《一个英国鸦片吸食者的忏悔》、兰姆（Lamb）的《伊利亚随笔》及续集都市经典的新型文学自传作品，是那个作家崇拜孤独内向的文学人格的时期的代表之作。这里所说的自传，就是指作家对自己的个性人格的表露。例如海什力特所写的《谈孤独的生活》《谈远景宜人》《我和诗人的初次相遇》等，不论其是不是对自己生活经历的真实描写，其毫不掩饰的思想表达方式都将作家的思想观念、喜恶和性格特点表露了出来。德·昆西的《一个英国鸦片吸食者的忏悔》不仅被看作是他对个人行为的辩护，更被认为是其对个人自由的极力维护。兰姆的作品与蒙田（Montaigne）十分相近，因此被认为是自传作品中的经典代表。他所写的《梦中的孩子》《古瓷》等，蕴含了作者精妙和灵敏的心灵，让每件事物都带上了无限的意义。他在作品中以无限的同情心来看待人生，以宽大豁达的态度来观察社会。兰姆用浪漫的语言描绘着生活中最平常的事物。他认为即使是再简单、再普遍的经验也是充满了感情的，让平常的生活变得庄严美丽就是他的写作主题。

但是浪漫主义的概念比较模糊笼统，每个作家所表现出的浪漫主义都是不同的。就如同样是"湖畔派"诗人，华兹华斯和柯勒律治的思想却是不同的。华兹华斯的灵感大多来源于大自然，他认为自然美景能够给人力量，让人心情愉悦，起到治疗心灵和精神的作用，让人得到心灵的净化和升华。柯勒律治则给自然染上了神奇的色彩，善于描写超越自然的瑰丽的幻景。19 世纪初期，英国浪漫主义文学的代表人物是拜伦、雪莱和济慈。他们无情地抨击了封建教会，极力弘扬自由和进步，并丰富了浪漫主义诗歌的形式和格律。拜伦和雪莱都是革命诗人，但是两者的创作理念却有很大区别，拜伦有着强烈的自我表现意识，而雪莱则受柏拉图哲学的影响，对理想和信念有着极大的憧憬。济慈则对美有着执着的追求，他是长于创造艺术美的天才。而具有代表性的小说家司各特更喜欢将历史事件和自己大胆奇特的想象结合起来用于创作中，形成更为丰富多彩的画面。1820 年后，济慈、雪莱和拜伦相继去世，英国浪漫主义诗歌的发展也受到了极大的影响，逐渐衰微。

3. 维多利亚（1819—1901 年）时代的文学思潮

自 1814 年拿破仑战争结束之后，英国迎来了长达百年的相对的和平。维多利亚（Victoria）于 1837 年继承王位之后，对英国进行了长达 60 余年的统治，她是英国历史上统治时间最长的女王，这一时期也被称作维多利亚时代。维多利亚时代是英国辉煌灿烂的时期。在这段时期，英国的工业、科学和文化艺术都取得了很大的发展，经济也飞速发展，人民生活水平得到了一定的提升。印刷术的进步也进一步促进了文学艺术发展的繁荣，男女平等和种族平等的观念开始在人们心中发芽。

　　维多利亚时代是英国进入现代的转折阶段，人们的思想和文化相应发生了深刻的变化（包括信仰危机、宪章运动等），思想革命和科学革命也声势浩大，科学、文化、艺术出现繁荣的局面。尤其是随着达尔文（Darwin）《物种起源》（*On the Origin of Species by Natural Selection*）的发表，进化论思想由朦胧状态到清晰，致使作为西方文明基石的基督教受到科学思想的挑战而日益衰微。达尔文是英国博物学家、进化论奠基人，1859 年发表《物种起源》，创立进化论及自然选择学说，提出关于进化机制的生物学学说"达尔文主义"，用以解释机体变化的原因，他认为进化在本质上是由下述三种因素相互作用而发生的：①变异，一种自由化的因素，普遍存在于一切生物中；②遗传，一种保守力量，使相似的机体形态代代相传；③生存竞争，决定能适应一切环境的变异，从而通过选择性死亡率来改变生物体。达尔文的生物进化论虽然源自然科学领域，但产生后也被人们引向社会领域，形成所谓"社会达尔文主义"。接踵而来的关于进化、人与社会的本性的关系等根本问题的激烈论争的风暴席卷了英国，西方的信仰危机以及由此衍生出的虚无主义、存在主义、悲观思想、物质主义、拜金主义思想风靡一时。就文学思潮讲，进化论思想影响了整个维多利亚时代所有的作家。达尔文认为，生物自元初便一直在进化，其中唯有善于适应外界变化者方可生存和发展起来，这就是他所说的"适者生存"[①]。在思想和理论领域还产生了功利主义哲学，讲究务实，主张个人发展和社会改革，提倡民主政治和发展教育，尊重男女平等和种族平等。功利主义哲学反映了维多利亚时代中产阶级的思想和要求，对 19 世纪英国人的思想产生了深远的影响。

　　到 19 世纪 20 年代，科学的发展和工业机械文明的建立，给社会和人们的精神生活带来巨大变化。学者指出，科学使世界成为一个没有生活意义的世界；人必须认识到，他在世界上是无足轻重的；人的生命是短促而无力的，等待他的是无情的、黑暗的毁灭。这是西方有识之士对垄断资本主义阶段各种社会矛盾激发后的社会现实的哀叹，是人们的信仰发生危机、精神苦闷、悲观绝望等思想实际

① 李俊清，李景文.保护生物学 第 2 版 [M].北京：中国林业出版社，2006：88.

的反映。敏感的作家开始以全新的目光看待人与社会之间、人与人之间、人与自然之间、人的自身等方面所呈现出的新关系。特别是作家们感到苦闷、悲观，认识到社会生活的荒诞、人与人之间的冷漠和隔阂以及人的自我存在的危机等。悲观主义与虚无主义以及稍后一些的存在主义，便渗透在这一阶段的作品中。同时，这一时期内的哲学与心理学领域的柏格森意识流与弗洛伊德、荣格心理分析学，对文学创作也产生了深远影响，使得英国文学界的作家的思想异常活跃，进而产生了现代派文学。如伍尔芙（Woolf）就是一位写作技巧大胆的革新者，她的作品享有"散文诗"的盛誉。她还是一位具有独立见解的出色评论家，其评论的文章能以独到的见解征服读者。

4. 新浪漫主义文学思潮

19 世纪后期至 20 世纪初，出现了主张以奇异的、神秘的、有魔力的事物为创作题材，创造"美"的境界的新浪漫主义思潮，实际上它是象征主义、颓废主义、唯美主义与消极浪漫主义的逃避现实、歪曲现实等特点在新的历史条件下的混合与发展，后来演变发展为现代主义。代表作家有史蒂文森（Stevenson）等。史蒂文森曾多次出国游历，足迹遍布瑞士、法国、美国等地。他对各地的地理环境、风土人情等有着敏锐的观察，并将这些充分运用到他的写作当中。他的代表作有《金银岛》（*Treasure Island*）、《新天方夜谭》（*New Arabian Nights*）、《儿童诗园》（*A Child's Garden of Verses*）等。他的《携驴旅行记》（*Travels with a Donkey*）用幽默讽刺的笔调叙述了自己一段有趣的经历，反映出作者的世界观、对人生乃至对政治的看法。他描述的是细微的事物，却反映了深刻的社会现象。译者应注意传达这种轻松幽默的笔调，反映出作者玩世不恭的风格。

5. 批判现实主义思潮

作为现实主义文学艺术发展的最高阶段的批判现实主义，其文艺创作主张艺术的首要功能是对社会的判断、分析，因此批判的成分在批判现实主义作家的作品中占主要地位，故冠以"批判"之名，以显示其主要特征。批判现实主义思潮是自由资本主义上升时期的产物，是资本主义社会矛盾在文艺上的反映，它的进步意义在于：真实而深刻地揭露和批判了腐朽没落的贵族阶级和满身铜臭的资产阶级的丑恶本质，展示了贵族阶级走向衰亡和资产阶级取而代之的历史进程。有的作品对劳动人民的悲惨遭遇表示同情，在艺术上，批判现实主义作家着力反映现实，自觉地掌握了典型人物与典型环境的关系。批判现实主义丰富了艺术技巧和手法，提高了作品的表现力。英格兰当时小说家中的这支伟大的流派描绘了中产阶级的各种人物，从"值得尊敬"的领年金人、政府股票拥有者（此类人鄙视各种生意人，认为他们粗俗）到小店主兼律师助手。这些小说家生动、富有说服力的描述向全世界展现了全部政客、时事评论员和道德家加在一块儿揭露得还要多的政治、社会真相。中产阶级是如何被狄更斯、萨克雷、夏洛蒂·勃朗特和盖斯凯尔夫人描绘的？中产阶级充满自负、过分拘谨、偏下专横并且无知。文明世界承认作家在针对该阶级的一句指责警句中的评定，即他对社会地位比自己高的人奴颜婢膝，对社会地位比自己低的人专横暴戾。维多利亚中期以后，随着科技文明的发展，古老的、宗法的农业英国已不复存在，旧的和谐关系遭到破坏，社会成为为自己奋斗的个人的集合体。同时，社会生活环境随着物质进步而变得日益冷漠和无情，因为在物质文明逐渐发展而人与人之间的关系却愈益疏远的情况下，人们把家庭视为避风港和安全岛。家庭观念因而越来越强烈，稳定而亲密的家庭成了受人尊重的社会关系，这样的家庭的重要性在维多利亚时代的作品中便有了充分的反映，因为这类作品给当时的读者带来了无限欣慰。在当时的社会关系及文化背景下，中产阶级沉湎于物质追求，对文学艺术美毫无兴趣与欣赏力，生活目的粗俗，生活方式秽亵。因此，有学者主张通过提高国民的文化素养来克服社会上流人士的庸俗作风。巴特勒（Butler）对达尔文的进化论思想持有异议，他认为达尔文学说没有考虑到人的思想在进化中的主动作用，因而作为哲学思想很有欠缺。于是他又回到拉马克（Lamarck）的观点上，提出"非意识记忆说"，认为人的习惯是代代经历后遗传的表现，人的"非意识记忆"是遗传来的，他的《众生之路》便是这样一部以形象来说明后代人通过"非意识记忆"和祖先相连，而又通过本身的经历和欲望去丰富这种记忆，然后再传给下一代的杰出作品。[①]

（五）当代英国文学思潮（1960 年至今）

当代英国文学思潮主要是后现代主义思潮。20 世纪 30 年代的英国，社会依

---

① 苏明鸣. 塞缪尔·巴特勒《众生之路》的研究 [M]. 北京：首都经济贸易大学出版社，2019.

然动荡，政治事件迭起。第二次世界大战后，面对两大阵营的对峙，资本主义经过大调整，迎来了生产力发展的黄金时代，出现了跟战前迥然不同的许多新特点。法国的都兰（Touraine）提出了"后工业社会"的概念，表明资本主义经过其自身发展的第二次浪潮（工业化阶段）已进入第三次浪潮（后工业化阶段）。资本主义经济已经知识化、信息化、市场化、消费化、全球化，这一切全是日新月异的科学技术所带来的，所以哈贝马斯（Habermas）慧眼独具，提出"科学技术是第一生产力"的观点。从 20 世纪 50 年代起，后现代思潮反映在文学上，出现了"垮掉的一代""黑色幽默""荒诞派"等写作风格。文学批评上的精神分析、形式主义、新批评、阐释学、西方马克思主义、女权主义、后殖民、解构主义、接受美学、读者反应理论等，都是后现代思潮的反映。后现代主义是西方资本主义社会的产物，是对现代主义的一种反驳，其特征之一就是取消某些关键性界限，打破高级文化和大众文化或流行文化之间的界限。

1945 年，二战落幕，英国也从长期的战争状态中解脱，进入和平发展时期。但是战争严重削弱了英国国力，经历了战争的人们心中充斥着对现实的抱怨和忧虑，同时也夹杂着对政治的关心，这些都在当时的英国文学作品与思潮中展现了出来。文学理论方面的代表作品有考德威尔（Caudwell）的《幻觉与现实：诗的源泉研究》。小说家们也继续在传统与现代结合的道路上发展着，如赫胥黎（Huxley）、格林（Greene）、福尔斯（Fowles）、衣修午德（Isherwood）等。20 世纪 50 年代出现了一个特别的群体——愤怒的青年，这也形成了一个十分有影响力的文学思潮。其代表人物有艾米斯（Amis）和韦恩（Wain）。他们在自己的作品中表达出了极强的对社会等级森严和贫富差距较大的现状的不满。艾米斯在作品《幸运的吉姆》（Lucky Jim）中塑造了一个不幸者以一种意想不到的形式得到幸运的故事，深受读者喜爱。这部作品是这一文学流派的代表作品。[①] "愤怒的青年"的创新之处在于表现了新的内容，而不是在文学形式上进行创新，因此他们并没有在艺术上进行突破。直到 20 世纪 60 年代实验主义小说出现，英国文坛艺术才有了创新的动力和方向。相较于欧洲大陆其他地区和美国，英国实验主义诞生得比较晚。

---

① 艾米斯. 幸运的吉姆 [M]. 谭理，译. 南京：译林出版社，2008.

进入 20 世纪八九十年代，英国文坛思潮涌动，各种不同的思想汇聚。文坛开始批评资本主义对金钱的狂热追逐。文学作品在对现实主义的叙述中渗透了黑色幽默、魔幻现实主义等后现代主义思潮。小说创作更喜欢使用历史题材，在以历史为主题的创作中质疑真实观念，使得创作者对历史形成了一种自我认知。这也形成了一种新的小说类型——新型历史小说。

二、美国文学思潮

（一）近代美国文学思潮（16 世纪—18 世纪）

1. 殖民地时期的文学思想

最初移民至美国的多是清教徒，在这一时期，文学发展受到了神学的影响。同时美国文学还呈现了一种新的特征，即重视理性（reason）。理性是哲学范畴中人们进行逻辑推理的能力和过程。严格意义上讲，理性是和感知、情感、知觉、欲望等对立的能力。人们能通过这种能力直观地掌握真理。康德认为理性是在统摄原则之下将知性提供的概念进行综合，从而形成统一体的概念，康德提出将能够提供先天原则的理性定义为纯粹的理性，并与专门和行为活动相关的实践理性进行区分。[①] 在形式逻辑中，亚里士多德将推理分为演绎的归纳，也即从一般到特殊和从特殊到一般两种，这种分类也一直存在着。在神学中，理性和信仰有很大的区别，它通过发现的方式或解释的方式来面对宗教真理的人类理智。不同教会、不同时期，理性的使用界限也存在着不同的规定。

2. 独立革命（1775—1783 年）前后的美国文学思潮

18 世纪 70 年代，北美洲的英属殖民地掀起了独立革命运动。在这场运动中，殖民地人们的精神生活在很大程度上受到资产阶级启蒙思想的影响。启蒙运动所研究的是上帝、理性、自然、人类等各种相互关联的概念。它的另一方面是近代科学的兴起，如培根的归纳法、笛卡尔的演绎法、伽利略的物体降落法则、牛顿的万有引力定律等，致使自然神论和基督教都受到新的无神论的威胁。在理论方面，思想家首先讨论理智与感情的关系，最后讲法治、改良，主张革命。在政治

---

① 康德. 纯粹理性批判 [M]. 蓝公武，译. 北京：商务印书馆，2017.

思想上，霍布斯提出社会契约说，卢梭写出《民约论》。在历史观方面，培根反对历史循环论，首先提出人类是在不断前进的。于是，启蒙运动的代表们以向民众传播这些知识和革命思想为己任，反对旧的殖民统治秩序。启蒙运动给清教传统以决定性的打击，第一次把与宗教无关的教育和文学带入了人们的生活。启蒙运动中的作家们为美国的文字注入了鼓舞人心的活力，同时也努力使自己的作品更为纯净和精确。这一时期，美国大众对牛顿、斯威夫特、洛克等科学家、哲学家及作家非常感兴趣，法国的启蒙思想作家也很受欢迎。于是，独立革命时期的文学已不同于殖民地文学，由于独立革命期间充满反抗与妥协之间的尖锐斗争，迫使作家们采取政论、演讲、散文等简便而又犀利的形式投入战斗，同时，由于政治上的独立促进文化上的独立，美国文学的民族性开始萌发，开始逐渐摆脱英国文学传统的垄断局面，因此这一时期的文学具有浓烈的政治论辩风格，带有强烈的政治色彩，使文学明显地受着革命的影响。潘恩（Paine）在《常识》中激扬的文字和《独立宣言》中雄辩的语言同华盛顿（Washington）、拉斐特（Lafayette）的武器一样，为美国赢得独立做出了巨大贡献。可以说，没有潘恩的作品，就没有华盛顿领导的军队；没有杰弗逊（Jefferson）的作品，就不可能赢得法国的援助。同时，报纸、传单、小册子得到很大发展，论辩文学和讽刺文学极为繁荣，革命时期的大量战斗歌谣既以辛辣的嘲讽抨击英国军队和保皇党人，又以极大的热情鼓舞殖民地民兵和人民的斗志。这一时期在整个美国文学史上具有很特殊的意义，为日后美国文学的独立发展创造了基本前提。小说家和戏剧家们努力从历史和文化上说明美国的辉煌传统，与弗伦诺（Freneau）等人在诗歌领域的爱国主义精神相呼应，力图缔造美国的民族文学。富兰克林（Franklin）是一个启蒙主义者，他的思想观点显示了一个新兴资产阶级代表的立场、学识和风度，不少人把他视为实现"美国梦"的楷模。当然，这一时期的美国文学仍带有浓厚的欧洲风格，其完全"本土化"还有待于19世纪浪漫主义文学的发展。

1783年，美国独立革命取得胜利，文化民族主义色彩的增加召唤着美国作家书写自己国土上的神奇和历史，促使他们对其民族语言和普通民众产生了极大兴趣。韦伯斯特（Webster）指出："美国在文学上也应该像在政治上一样独立，在艺术上也应像在军事上一样著名。"① 如此宣言，促使美国文学摆脱对英国文学传统的依赖和模仿，逐步走向独立发展的道路。与此同时，战争结束之后的美国在政治和经济领域发生了翻天覆地的变化，杰克逊（Jackson）领导时代所提出的政治平等的理想让人们生活在乐观的状态下，同时大量移民涌入美国，工业化也逐渐普及，西部大开发将人们的活动领域不断向西扩大。种种变化让"美国梦想"的魅力变得更加迷人，人们对国家的进步和社会的光明前景充满了信心。此时年轻的人们对国家发展和生活充满热情，因此吸引了全世界的人们不断涌入美国。社会的发展与变化使得19世纪上半叶美国文学创作充满了浪漫主义色彩。作家们从欧洲浪漫主义文学中吸取了经验，开始描绘美国的历史、传说与现实生活。美国的文学内容也逐渐丰富起来。直至南北战争前，这段时间都是浪漫主义运动的快发展时期，大量风格各异的作品不断诞生，在形式和内容上都体现了鲜明的民族特色。批评家们将这一时期美国文学的发展称作"第一次繁荣"。

　　杰斐逊（Jefferson）在《弗吉尼亚笔记》上的注释和巴特拉姆（Bartram）的《旅行笔记》揭开了美国文学独立的序幕。然而，尽管作家们努力采用清晰和有力的创作理性来影响民族的信念，但整个18世纪美国文学依然在很大程度上采用了当时英国的写作模式。这一时期杰出的诗人弗瑞诺（Freneau）的创作灵感、风格、观点以及规则的诗体都沿袭了英国的写作模式。连富兰克林也模仿了英国散文家艾迪生和斯蒂尔（Steele）的《观者报》。

　　20世纪二三十年代，美国文坛先验主义蔚为大观。先验主义是一场思想解放运动，先表现为宗教、哲学思想中的改革，倡导人文主义，强调人的价值，反对权威，崇尚直觉，主张个性解放。后扩展到文学创作领域，倡导追求自由，主张摆脱英国文学的束缚，重视人的精神创造，在先验主义作家的努力下美国浪漫主义文学开始蓬勃发展。在这一思想运动的代表作家中，爱默生和梭罗（Thoreau）两位先验主义理论家是浪漫主义文学的奠基人，霍桑（Hawthorne）、梅尔维尔（Melville）、罗威尔（Lowell）等人参与其中。他们在德国的先验论、柏拉图主义、印度和中国的经书以及各种神秘主义者的著作中追根溯源，相信宇宙万物实质上的统一性和人类固有的善良天性，以及在揭示最深刻的真理方面，内在的洞察力

① 张鑫友.《美国文学史及选读》学习指南 第1册 [M]. 武汉：湖北科学技术出版社，2003：41.

优于逻辑和经验。他们也都是著名的浪漫主义散文家，除了诗歌创作外，其主要的文学形式都是散文。作为道德哲学，先验主义既不合乎逻辑，也不系统化。先验主义者只强调超越理性的感情和不受法律、习惯约束的个人表达方式。但他们呼吁文化复苏，反对美国社会的功利主义。他们拥有信仰精神的超脱和仁慈的普遍力量，认为仁慈是万物之源，万物是仁慈的一个部分，因而他们让那些鄙视清教徒所信奉的刻薄的上帝的人感兴趣，也吸引了那些鄙视新英格兰一元论所鼓吹的苍白无力的神的人。作为一种哲学性的文学运动，先验主义从 19 世纪 30 年代到内战爆发期间，在新英格兰发展极为迅速。爱默生认为人类是绝对仁慈的一部分，梭罗认为自然才是神圣的"洁白无瑕"。此后的先验主义者由于受到内战的惊吓，把认为人类像上帝一样而恶行不复存在的思想看成是乐观主义的愚蠢行为。先验主义强有力地表达了那个时代知识分子的状况，它所代表的思想对美国伟大的作家，无论是当时的霍桑和惠特曼还是后来的作家，都产生了巨大的影响。

新的世界环境和欧洲浪漫主义传统的思想阵容塑造了美国作家的个性。18 世纪末，新浪漫主义在英国已经崭露头角，并且很快延伸到整个欧洲大陆，至 20 世纪初期传入美国。美国浪漫主义文学有着多元化的特征，其精髓和它所蕴含的文化底蕴一样，是多变、富有个性而又充满矛盾的。然而浪漫主义也有统一的特征，即道德上的热忱，强调个人主义和直觉洞察力的价值，认为精华来源于自然世界而糟粕来源于人类社会。

（二）现代美国文学思潮（18 世纪—20 世纪 60 年代）

历史发展至现代的标志在于社会具有了现代性的特征。现代性（modernity）是与古典性相对的一个概念，它最早诞生于文艺复兴后期，也就是启蒙时期。现代性的核心是"启蒙"和"理性"。引领整个西方文明进入现代文明发展高峰时期的是文化合法工程。

近代以来，人类社会的现代化发展以及科技、工业革命等导致了文化合法工程的诞生，这也是引领西方文明进入现代文明发展的高峰时期的重要动力。从学理角度分析，现代性是西方文明史发展的重要阶段。科技进步、工业革命和资本主义的发展为社会和经济带来了各方面的变革，也促进了现代性的诞生。欧洲启蒙主义大师认为现代性是一个伟大工程，是人类社会健康发展的蓝图。韦伯（Weber）认为理想社会由三个领域组成，科学、艺术和道德，它们分别被工具理性、艺术理性和道德理性支配着。卡林内斯库（Calinescu）在自己的著作《现代性的五副面孔》中表达了这样的观点：现代性挣脱了黑暗的时代，使人类得到觉醒和启蒙，它向人们展示了美好而灿烂的未来，因此人们开始主动参与未来的创造过程。这具体表现为线性发展的时间观念与目的论的历史观，故又称为"启蒙现代性"①。也就是说，现代性中存在着非常强的线性时间观念和目的论历史观，它是从启蒙运动和近代工业革命的伟大成果中诞生的，它弘扬理性主义，强调个体的主体性，维护工业化和理性制度的发展，以社会分工思想和科学精神为指导。

现代性引发现代派文学的兴起。美国文学史上的现代主义时期以第一次世界大战为起点，从 20 世纪 30 年代经济大萧条时期一直延续到第二次世界大战。这是美国文学的第一次繁荣时期，从这个时期起，美国文学开始产生世界性的影响。

在第一次世界大战的前几年里，19 世纪的现实主义和自然主义仍然保持着强劲的态势，优雅的传统和流行的浪漫情调也依然是文学的主体。至 1900 年，美国的艺术开始在躁动的现代性边缘摇摆不定。

进入 20 世纪后不久，美国经济得到了飞速发展，资本垄断进一步集中，大量人口聚集在大城市，工农运动的规模也越来越大。随着科技的进一步发展，工业经济也逐渐萌芽，人们的生活也逐渐向着城市化演进。随之而来的是生产的大规模扩张、消费和娱乐的大规模增长，国家经济文化和人们的生活模式开始变化。社会的变革在悄然发生，道德伦理价值观念也在不断发生变化。人们在变革的过程中得到了视野的开阔、知识的增长和思维方式的变化。自 19 世纪的传统现实主义手法和惠特曼式文学风格发展而来的文学形式已经无法表现当时的社会与人类的精神，传统的艺术词汇也难以精确地描绘出这种变化，因此文学界急需新的表现形式，一些文学前卫思想也逐渐出现，如表现主义、超现实主义、印象主义等，它们在展现了资本主义发达社会中的各种矛盾与人们的精神世界文艺的同时也推动了散文创作的发展，提升了散文艺术的表达能力。

---

① 卡林内斯库.现代性的五副面孔：现代主义、先锋派、颓废、媚俗艺术、后现代主义 [M].顾爱彬，李瑞华，译.北京：商务印书馆，2002：51.

第一次世界大战是当代美国文学的巨大分水岭。继 19 世纪坡（Poe）和詹姆斯（James）在理论批评的基础上，文艺理论与文学批评迅速发展起来，自由主义的文学批评家蔑视传统的创作清规，他们的论点为美国现代文学的发展提供了条件。欧洲的现代派文艺不断被介绍到美国，也加速了现代派文学的成长。布鲁克斯（Brooks）是自由派批评家，他所著的《美国的成年》对粉饰现实的斯文传统进行了批判，并呼吁新的文学的出现，他对美国文学传统做了很多评价，对美国文学自信的确立产生了良性影响。布鲁克斯受到弗洛伊德（Freud）的精神分析学说的影响，他的文学评论《马克·吐温的考验》就是以弗洛伊德的观点去研究美国文学的专著。偶像破坏者门肯（Mencken）的散文集《偏见》为现代文学的张本，他的作品横扫了之前的偏见，同时也产生了很多偏见，但不可否认的是他为现代文学发展扫清了很多障碍。此时的美国文学批评家中，还出现了一个试图以马克思主义观点来解释文学现象的左翼文学批评派。如卡尔弗顿（Calverton）和他的著作《美国文学的解放》这类作品。另外，战后不少人深切感受到这是一个悲哀的时期，梦想也已成为泡影，因而感到失望。因此，这又是一个信仰危机的时代。自达尔文提出进化论之后，信仰危机就逐渐严重，此时更是加剧扩大。之前，人们从神话信仰和幻想中找到生活的意义，然而到了现代，科学飞速发展使神话和幻想都幻灭了。现代人无法再相信那些虚无缥缈的信仰。尼采（Nietzsche）说出了上帝已死，罗素表示宇宙已经没有了目的，人们不再相信上帝能拯救自己、拯救世界，人的一切努力、热情和慷慨最后都会化为泡沫，想要活下去就要在无尽的绝望当中鼓起勇气。缺乏信仰，人的思想和感情就很难一直保持，因此就会产生生活混乱、脱节和破碎的感觉。缺乏信仰，人们就缺少了生存的安全感，于是就生出许多忧郁和绝望的情绪。万事万物都让当时的人们感觉到了一种分裂感，感觉上帝已经离开了他的子民，宇宙失去中心，生活也失去了意义，现代西方成为一处空虚的精神荒原。此外，弗洛伊德强调人的行为动机，主张如实宣泄感情的心理学观念和伯格森（Bergson）所提出的关于主、客观的时间概念，促进了文艺领域各种观念的改变。

美国作家渐渐开始了对人类内心世界的描绘和分析。在两次世界大战之间，美国现代文学创作也接受了欧洲现代派艺术的影响，都从主观的角度来表现现实的事物，福克纳（Faulkner）等"迷惘的一代"作家就是在这种背景下产生的，包括海明威、菲兹杰拉德、帕索斯、肯明斯等。他们一方面消极悲观、失望"迷惘"，一方面对当时美国 19 世纪维多利亚时期遗留下来的传统思想、更早的清教徒思想残余以及一系列虚伪不合理的社会现象进行了讽刺和批判。下面重点介绍几位有代表性的理论家及其文学思想。

詹姆斯羡慕欧洲的古老文明，他认为欧洲有古老的文化传统，是进行创作和寻找创作题材的好地方，认为美国缺乏伟大文学作品所需要的"素材"，对美国社会生活的物质主义的粗俗和精神上缺乏典雅与修养感到厌倦。但又觉得美国比欧洲纯洁、有生气，这种看法对他的创作影响很大。詹姆斯的文艺理论倡导形式与人类价值并重，认为小说的目的在于表现各种形式的现实生活，如幻觉、绝望、回报、折磨、灵感、欢乐等，主张艺术家感受生活、理解人性，然后忠实地将这些写入作品。詹姆斯的现实主义小说具有心理分析的倾向，上承欧美现实主义、自然主义和先验主义，下启欧美现代主义，使他成为 20 世纪意识流小说先驱的心理现实主义的奠基者。他的评论著作《小说的艺术》①（*The Art of Fiction*），主张内容与形式一致，还把它们之间的关系比作针与线一样不可分离。杰克·伦敦（Jack London）的思想极为复杂，马克思和尼采都对他产生过影响，他的作品往往既包含对资本主义社会的批判，又渗透着资产阶级思想，还反映出作者的哲学观——弱肉强食是生存竞争的基本法则，其作品深刻揭露了资本主义社会的各个侧面，但他本人却又向往上流社会的奢侈和豪华。20 世纪 20 年代后，新人文主义者遵从古代的理性传统，主张"自我节制"，实际上是反对新文学的发展。代表评论家是浪漫主义及其流派现实主义和自然主义的坚决反对者白碧德（Babbit，1865—1933 年），他在《文学与美国学院》中呼吁学者回到古典文学的研究中去，在《卢梭与浪漫主义》中抨击卢梭思想在 20 世纪所起的作用，在《民主和领导》中研究了社会和政治上的一系列问题，在《论具有创造力》中把浪漫主义概念的自发性和古典理论的模仿性作了鲜明对比。斯泰因（Stein）曾创"迷惘的一代"一词，创作上她勇于实验和改革，为了准确地描写真实，她模仿儿童的简朴、单调、重复和不连贯的语言，注重文学的声音和节律，从而创造出一种稚拙的文体。

---

① 詹姆斯. 小说的艺术 [M]. 崔洁莹，译. 成都：四川文艺出版社，2021.

她还吸收电视的特点，用重复但又有细微差别的文字和句子来表现一种流动的、连续不断的景象。她不大用标点符号，特别是问号、冒号和分号，认为那是累赘。桑塔亚纳（Santayana）用极为优美的散文来表明他思辨的自然主义和批判实在论思想。同时，他又是一个怀疑论者和人文主义者。他认为，判定任何事物的美实质上是建立一种理想。《理性生活》是其重要的理论著作。受黑格尔（Hegel）影响，他认为理性生活并非完全局限于知识活动，理性的各种表现形式都是本能冲动和与观念相对应的客体的结合。1929 年，美国经济危机爆发，社会矛盾也进一步尖锐。工农运动频繁，马克思主义思想在人们当中蔓延，信奉马克思主义的代表者有斯坦贝克（Steinbeck）等。马克思主义文艺批评派出现，他们对资产阶级文学进行了批判，并试图通过历史唯物主义的观点来审视美国文学传统，借鉴苏联的文学经验，推动美国无产阶级文学的诞生。

之后，文学界的流派划分逐渐增加，美国文学局面更加多样化。新批评派是其中最有影响力的流派。他们重视对文学作品本身的分析，尤其在现代诗歌分析上产生了很多独特的观点，改变了过去仅从背景知识和个人印象的角度进行批评的方式。新批评派的总倾向是忽视文学作品的社会意义，将文学作品从历史和社会背景中分离。第二次世界大战规模空前，美国知识分子对战争的残酷感到万分震惊，甚至开始质疑人性中是否存在善良，并深刻体会到了人无法控制自己的巨大力量。因此他们开始对文明和进步产生了动摇，开始探索人的内心世界。

战后，美国的文学评论再度繁荣。特里林（Trilling）与麦卡锡（McCarthy）等人都是这一时期很有见地的评论家。在"冷战"、麦卡锡主义和朝鲜战争的背景下，作家的创作远离政治，非美活动委员会控制着人民的思想与言论。即使有一些关于社会和文学的评论意见，也是不触及重大问题、不涉及问题本质的意见。德莱塞（Dreiser）是美国著名自然主义作家，深受巴尔扎克和达尔文影响，其中达尔文的"适者生存"思想对他影响甚大，他把自己的小说看作是整个世界中的一片丛林，自然主义风格在他的每部作品里都得到了体现。德莱塞的杰作之一是《美国悲剧》（*American Tragedy*），之所以这样命名，是因为他认为悲剧是美国社会本身而不是哪个人造成的，这部小说巩固了他在美国文学史上的地位。德莱塞打破了维多利亚文学传统中的许多禁忌，其作品中的人物带有明显的时代烙印和强大的感染力。他的叙述有时比较粗糙，但人物对话自然、真实。海明威（Hemingway）提出"冰山理论"（iceberg principle），他说："冰山运动的意义就在于只有八分之一露出水面"。①海明威的创作就遵循了这种"冰山"原则，他常常使用轻描淡写的笔法来表现隐藏着的强烈感情。他的作品表面上看起来很简单，但实际上都精心加工过，极富暗示性和底蕴，这使他的文体极为精练简洁。海明威还继承了马克·吐温（Mark Twain）以来的口语风格，他的人物会话极富乡土气息，角色有血有肉。艾略特（Eliot）也是出色的文学批评家，他的评论散文写得清新透彻，文字利落，他提出创作的"非个人化"，认为以艺术形式表达感情的有效途径是运用"客观相关物"，即以具体的客观存在表现抽象的主观思想。②

1922 年，英国诗人艾略特发表著名长诗《荒原》轰动了欧美文坛。《荒原》为西方现代社会提供了一个象征性的比喻，"荒原"意识也是这一时期重要的文学思潮。"荒原派"思潮属于后期象征主义文学的范畴，这一思潮继承和发扬了象征主义文学，把借助想象、隐喻来表现抽象哲理和内心的艺术主张推入一个新的境界。艾略特经历过一个痛苦幻灭的青年时代，但他凭借着灵活大胆的语言探索了现代西方文明在各个领域的衰败，表现了现代文明濒临灭绝而又不见希望的困境。其作品色调灰暗，内容比较晦涩，后来的作品虽然仍有现代文明的苦闷，但对于出路已有信心，色调相当明快，文字也写得颇为流畅。作为文学评论家，艾略特写了大量文学评论，强调作品所引起的美感与作品所表达的哲学思想无关。在诗歌创作上，他重视乔叟、莎士比亚传统，强调运用日常口语的节奏感，追求语言的独特含义和新奇比喻，他认为 18 世纪的诗歌趋于理念化、概念化，19 世纪的诗歌过于放纵感情，过分注意表现个性，主张向 17 世纪前期、文艺复兴后期学习。艾略特的创作与评论对 20 世纪西方文学流派有一定影响。他的文学批评著作最重要的是《传统与个人才能》。文中他以强烈的诗句反对浪漫主义的个人独创以及表现个性的主张，提出：一篇诗作不同凡响之处应体现在诗歌与诗人前辈作品之间千丝万缕的联系上。此时期诗歌创作上的"意象"审美规定，也为文学带来了新气象。③庞德（Pound）是意象派诗歌的创始人，他将"意象"界定

---

① 吴文子，龚浩敏 . 英美文学选读辅导手册 [M]. 北京：北京理工大学出版社，2000：359.
② 虞又铭 .T.S. 艾略特的诗学世界 [M]. 上海：上海社会科学院出版社，2020.
③ 艾略特 . 传统与个人才能 [M]. 上海：上海译文出版社，2014.

为"描绘一瞬间出现在脑际的复杂的思想与感情",认为诗歌必须"把自己笼罩起来",即诗人不能直接抒发个人的心理感受,只能通过客观的非人格化的东西来达到目的,因而他采用神话、文学典故等间接地表情达意。[①] 意象诗歌的作品主张描述直接、表达凝练、语言遒劲优雅、感情充沛强烈,这一创作思想也影响了散文。

(三)当代美国文学思潮

到 20 世纪 60 年代,美国出现的一系列事件打破了 20 世纪 50 年代的沉寂。如美国大学校园里的反战运动、路德·金(Luther King)领导的黑人民权运动、社会上出现的一股强烈要求改变社会秩序和文化的思潮等。

在越南战争、民权运动、女权运动等事件之后,美国文坛重新活跃,出现了许多喜欢思考的作家。他们认识到了美国社会的复杂性和人们价值观念的混乱,并对如何阐释这种现实产生了疑惑,于是他们通过一种怪诞、夸张的形式来再现生活中的混乱与疯狂。他们在作品中展现了没有目标的世界,叙述了荒诞破碎的故事,描写了反英雄的内容,甚至塑造了不完整的形象。文坛中各种创作思潮和文学观念也纷纷涌现。例如,"迷惘的一代"、黑色幽默、重农派等都有很强的代表性。

"迷惘的一代"是 20 世纪 20 年代在美国文坛崛起的以海明威、菲茨杰拉德(Fitzgerald)等人为代表的一批新的作家。他们大多数是美国资本主义繁荣时期成长起来的知识分子,经历过第一次世界大战,后来又经历了经济危机,深切感受了垄断资本主义社会制度,从而重新考虑旧有的价值和道德标准,并寻求一种能充分表现自己的文学创作方法。他们以反战和理想破灭为主题,运用新的表现手法进行文学创作,以真切性、现实感和感染力赢得了许多读者。但他们的作品往往存在着明显的逃避现实的思想倾向,并带有苦闷、迷惘、对前途丧失信心的不安与愤懑之情。"迷惘的一代"的作家大多表现出对战争的厌恶情绪,他们不再相信道德说教,通过玩世不恭的态度来消极抗议。代表作有海明威的《太阳照常升起》。菲茨杰拉德和海明威等作家都在作品中表现了幻灭的悲哀之感。在他们之后的伍尔芙在 10 年里创作了好几百万字的小说,主人公全部是她自己,其

---

① 常耀信. 精编美国文学史(中文版)[M]. 天津:南开大学出版社,2016.

主题是不断的需求与连自己都搞不清楚的目标。

南方文学派是 20 世纪 20 年代发端于美国的一个文学流派，由以福克纳（Faulkner）为代表的具有美国南部地方色彩的作家群组成，以《南方评论》等重要刊物为阵地。这些作家在思想倾向和艺术风格上的共同特点是着重描绘美国南方的历史、人物、风俗、景色，并对之渗透着一种既赞颂又谴责、既怀念又憎恶的双重感情和心理。他们的表现手法与意识流小说有相通之处，但标新立异，善于将古旧的悲剧题材与"现代化"的最新的艺术手段相结合，夹带着传统文学形式的冲力与惯性，为人们展现一幅"奇异流动的、不可捉摸的"现代文学的怪诞图景。福克纳的代表作有《声音与疯狂》，他长于刻画复杂的人物以及创新写作手法反映美国南方社会的面貌。他所创作的约克纳帕塔法世袭小说具有十分独特的特点，如地方感、历史感和乡土社会感等，这也让他成了欧美文学的重要代表。以福克纳为代表的南方作家大都对现代资本主义的物质文明进行了批判，他们的作品当中描写了很多罪恶和变态心理，希望以此来让人们看清社会的污秽与黑暗。

"重农派"的影响力很大，其主要由以逃亡者派为主的 12 个南方作家构成，其中有华伦（Warren）、泰特（Tate），诗人弗莱彻 (Fletcher)，剧作家扬格（Younger）等。他们共同撰写了专题论文集《我要表明我的态度》，这部作品在当时的社会上引起了很大反响。其中的文章主旨都是以南方农业社会为标尺对当时的美国社会进行批判。之后，以泰特为主的几名作家又编辑出版了论文集《谁占有美国？》。在经济大萧条时期，重农思想影响了很多美国南方知识分子。这种思想在很多作家的作品中都有所体现，一时间在社会上产生了巨大的文化潮流，甚至被称作"重农运动"。1939 年，兰塞姆（Ransom）创办《肯庸评论》，重农派作家有了自己的主要活动阵地。新批评派也是以这一刊物为中心形成的。新批评派很多成员都来自重农派。

"垮掉的一代"主要成员是美国现实青年作家，其成立的标志是 1955 年美国旧金山一所美术馆中所举办的诗歌朗诵会。这里的"垮掉"指的是"爵士音乐的节拍和宗教境界"，用以指代那些垮掉但是满怀信心的流浪汉和无业游民。他们非常不满战后的美国社会，但又无法反抗麦卡锡主义的政治高压，因此就通过一种特殊的方式来表达抗议，并形成了独特的社会圈子。他们的反叛情绪表现出一种"地下文学"的潮流，通过激进主义的方式来反抗资本主义和马克思主义。他们的作品主要讴歌他们的反叛生活，有些人将这种生活和情绪写入文学作品中，就形成了"垮掉的一代"文学。

"黑色幽默"派是美国小说中最具代表性的流派之一，至今仍影响着美国文学发展。"黑色幽默"是喜剧中的一种美学表现形式，但带有一种悲剧色彩。它诞生在美国动荡的社会背景下，与资本主义社会出现的荒诞事物有很深的联系。"黑色幽默"作家虽然也反对权威，但是他们认为社会环境是很难改变的，因此其作品中流露出很深的悲观与绝望。例如，《第二十二条军规》《第一流的早餐》等作品。作品中描写了世界的荒诞、社会对个人的压迫，用无可奈何的嘲讽态度和夸张扭曲的方式表现了人的自我与环境之间的不协调，让这种不协调在作品中显得更加荒诞可笑，同时又能让读者感受到一种沉重和苦闷的感觉。"黑色幽默"作家的创作方法也与传统不同，其小说情节缺少逻辑，表述时也经常将现实生活和回忆混合，用插科打诨的形式讲述严肃的哲理。"黑色幽默"派作家有海勒（Heller）、平钦（Pyncheon）等人。

第三节　文学翻译相关知识

一、翻译概念及其价值

（一）翻译概念

广义上讲，翻译指的是不同语言之间和语言与其他表意符号之间的信息转换。例如，英汉互译、语言和声音之间的转换等。

狭义上讲，翻译是通过突破语言障碍和形式转变的方式来实现思想交流的语言手段之一。翻译是两种或多种语言相互的活动。人们将一种语言转换为另一种语言的翻译过程是语言形式的变化，也是语言含义的传递。

从"翻译"的定义来看，翻译即言语的转换，使读者能够理解。《新华字典》

解释为：把一种语文译成另一种语文。①《现代汉语词典》解释为：把一种语言文字的意义用另一种语言文字表达出来（也指方言与民族共同语、方言与方言、古代词与现代语之间一种用另一种表达）；把代表语言文字的符号或数码用语言文字表达出来。② 翻译所蕴含的意义有两层，一是忠于原作表达的意义进行翻译，二是两种语言之间的相互转换。

（二）翻译的价值

从翻译的历史来看，翻译就是一部政治经济与文化交流历史。在远古时期，翻译工作就已经开始了，世界各民族之间相互往来、开展文化交流、互通商业贸易、进行宗教传播。与我们的文学史、文化史一样，我国有着两千多年的翻译史，这是我国文化的瑰宝，为我们积累了宝贵的文化财富。对于优秀的译者来说，首先要了解翻译的意义，这样才能加强对翻译事业的了解，做好翻译这份工作。

对于翻译工作，大家有着不同的见解，可谓是仁者见仁、智者见智。有人说"一句话译出来，有褒有贬，吃力不讨好"。从古至今对于翻译的认识，大家都有着不同的看法，有弘扬赞美的、有贬低讽刺的，各家之言，不一而足。

随着经济的发展，国与国之间的交流日益加深，我们也深切地体会到翻译在当今社会中的重要性，而且这种重要性还有进一步加强的趋势。每年市场需求的新译者数量都在不断增加，各个行业各个领域都需要翻译人才。意识到翻译的重要性之后，我们才能够更好地在翻译领域做出努力，才能更好地看到自身价值的体现，翻译的价值主要有以下几项。

1. 美学价值

意境指的是语言艺术作品中以形象描绘的方式表达出的境界与情调。它是作品描写的景象和表达的含义融合而成的。文学作品追求修辞的最佳表达效果，其前提就是追求和创造意境。在文学翻译过程中，译者要尽可能表达出原作的意境，在此基础上，再追求创造出与原作相同的意境，以实现翻译的美学价值。具体而言，译者不仅要动笔，而且要动情。莎士比亚的"和泪之作"与曹雪芹的"一把辛酸泪"，同是文情相生、挥笔挥泪！创作是如此，翻译也应该如此进行再创作。

---

① 中国社会科学院语言研究所.新华字典 [M].北京：商务印书馆，2020.
② 中国社会科学院语言研究所词典编辑室.现代汉语词典 [M].北京：商务印书馆，2017.

译者要通过翻译走近创造者的创作过程，了解他们的心理活动、心理状态和个性，甚至追求自己的艺术思维，获得其美学形象。翻译者从作品中学习作者、知道作者，甚至成为作者，和作者达成共识，这是一个从浅到深的理解过程。传统心理学将人们的知识定义为"知识""爱""意义"和精神运动，即通过逐渐和广泛深入的理解（感性），然后具有相应的输入情感体验（情感混合），并随着意识行为的意志（主体意识）而获得知识。在艺术欣赏和创作的过程中，翻译者的心理活动经历了从有意识到无意识的过程。

翻译者在不知不觉中与作者以及作品进行心物交融，然后脱离作品本身，回到自我意识中，从感知形象到抽象思维的过程，与作者达成了美的共识，然后实现艺术再创造。这是一个渐进的形象过程。在认知过程中，翻译者在心理上不断地整合各部分的作品。翻译者通过对作品的不断整合形成美学形象，从而感受到审美形象，这是一种较高层次的感知。与感知开始的感觉不同，新的感觉将进一步作用于意向的心理综合，直到形成整体意向。

文学翻译的艺术再现活动是"超然的"，其中译者所操作的不是有形结构，而是超越时空的物象。因此，作者通过直觉和形象整合，抽象地总结形式结构的含义是必要的，在译者和作者之间达成默契的共识。根据从作品中获得的感性信息，译者构建与作者相似的审美形象，并与作者的思想达成共鸣，以"看"原创的艺术境界达到心灵的共鸣。随着这种共鸣，译者将跟随作者的想象力，按照作者的想法，进入原作的审美意境。

2. 社会化价值

翻译的价值还体现在社会文化层面，社会的变革、文化的发展往往和蓬勃开展的翻译活动有关。翻译可以引发特定文化乃至社会制度的变革，也可以推动不同文明向前演进。古罗马的希腊文学翻译推动了拉丁文学的诞生，五四时期的西学东渐及大规模翻译活动促进了现代白话文的形成和发展，这些无疑都是翻译的社会文化价值的最佳佐证。再者，从社会文化的角度来考察翻译现象，可以使不同时期的翻译文学得到更为合理的解释。

3. 理论价值

翻译本身并非理论，它的所谓理论价值，并不是指它作为理论的价值，而是指它对于翻译研究和翻译理论有价值。换言之，翻译作为翻译理论的直接研究对象，是翻译理论赖以生存和发展的"物质基础"，因而它对于翻译理论有价值。翻译理论乃至翻译学作为独立学科的健全和发展，在很大程度上都依赖于翻译这一"物质基础"的存在和发展。离开了这个基础，翻译理论的存在和发展就无从谈起。反过米，翻译理论通过翻译的描写和总结，又可以给这个活动提供指导，带动翻译实践更好地发展，在人类文明向前发展中更好地彰显其不可或缺的作用。在这个意义上，翻译实践是前提，它不会因为翻译理论的存在而存在，但因为有了它的存在，翻译理论的存在才成为可能。同时又往往因为它的发展，翻译理论的发展才成了有源之水、有本之木，翻译对于翻译理论的价值也在于此。

二、文学翻译的内涵解读

（一）文学翻译的界定

这个问题的答案似乎显而易见：文学翻译即对文学作品的翻译。然而，我们在使用"文学翻译"这个术语时，很少注意到这个词的双重含义：它既可以指文学翻译作品，也可以指文学翻译的行为。如果我们进一步追问，会发现问题远非那么简单：什么是文学？什么是翻译？文学翻译与非文学翻译有何区别？文学翻译的本质是什么？对这些基本问题，我们未必能给出令人信服的答案。因此，有必要对文学翻译的概念进行简要的梳理。

关于"文学"（literature）一词的概念，古今中外都存在广义和狭义之分。

广义的文学指的是一切口头的或者书面的作品。狭义的文学就是如今我们所认知的文学、情感、虚构的或想象出的作品，如诗歌、小说、散文等。此外，还有一些难以进行归类的、人们习惯将之称为文学的作品，如传记、纪录文学、儿童文学等，这部分被称作"习惯文学"。通常我们所说的文学翻译，就是对文学作品和散文、戏剧、小说、儿童文学等作品的翻译。

文学是以语言为基础的艺术，翻译的核心也是语言。语言运用不仅是文学和非文学之间的主要区别，也是文学翻译所必须重视的主要问题。

根据古往今来众多学者的观点，我们大致概括总结文学和文学语言的特点如下：文学作品所呈现的内容是虚构的，是建立于想象之上的；文学创作的主要目的是审美；文学更注重语言本身，而非语言的意义，以表达人类的丰富的感情为主；文学语言的内涵丰富，并且与语言背后的特殊历史文化密切相关，形式上丰富多彩，具有创意性，语言独特，具有节奏和韵律。简而言之，文学的想象性、审美性、创造性、抒情性是它与非文学（科学和日常语言）的显著区别。当然，我们也必须明白艺术与非艺术、文学与非文学的语言用法之间的区别是流动性的，没有绝对的界限。此外，不同文学体裁在上述性质上的表现程度也不尽相同。例如，小说对语言形式（音韵、格律等）的关注就不如诗歌和散文，而后两者对语言描写的内容（人物、情节、环境等）的重视就远不如小说。从语言的特征方面进行分析，文学翻译作品的语言也应当具有想象性、创造性、审美性和抒情性等特征。从内容方面分析，文学翻译就是用另一种语言对文学作品的语言形式、艺术形式、内容与情节、形象与意境等内容进行生动的再现。

上述对"文学翻译"的界定，在一定程度上厘清了文学翻译和非文学翻译的关系。然而，上述定义却无法回答文学翻译行为本身的性质问题：文学翻译是对原作的临摹还是创作？是一门语言转换的技巧还是货真价实的艺术？文学翻译是否具有不同于文学创作的性质？对这些问题的回答不仅仅是概念问题，而是关乎我们如何看待文学翻译的本质、地位、价值、标准、方法和评价的关键步骤。

（二）文学翻译的本质

在使用"文学翻译"这个词时，应当注意它既可以指文学翻译作品，也可以指文学翻译的行为。我们常常混淆两者，将文学翻译作品的性质与翻译行为的性质混为一谈。对于前者，由于文学翻译的对象——文学文本的特殊性，文学翻译作品当然也具有审美性、形象性、创造性、抒情性和模糊性等特点。而我们对文学翻译行为的认识经历了一个不断发展的过程：模仿、创造、技巧、艺术、改写、操纵、叛逆、阐释等。这些认识实际上分别反映了文学翻译在 3 个层面上的基本要素。

1. 文学翻译的客观性

这里的客观性指文学翻译中原文的客观存在。文学翻译与其他文学形式的区别就在于：文学翻译必然与用另一语言写作的原作存在一定程度的相关性。换言之，文学翻译的基础是再现原作的"文本目的"，即文学翻译的目标就是要生产出一个与原作有关的文本。文本目的包含两个要素：一是原作是客观存在的，二是译作必须与原作有某种关联性。作为原作的文学作品具有自身的语言结构，以及由这个结构所呈现的事物和事实。对于译者来说，原始作品在语言形式、艺术表现手法、情节内容、意境上都是客观的。这些结构、事件和事实的复制是文学翻译的道德基础或基本伦理。完全脱离原始作品的写作不再是翻译，而是重写、虚构、模拟或创作了。但是，应该指出，原文的客观性并不是限制文学翻译的唯一因素。翻译和原文的相关性可以由翻译者的主体意识和社会规范来进行调节。

2. 文学翻译的社会性

文学翻译建立在特定的社会文化之上，其主要目的就是让译语社会群体能够阅读该作品，因此它的创作必然会受到社会因素的影响与制约。文学翻译作品要想得到译入语文化社会和人们的认可，就必须尊重译入语的社会文化，遵守其语言规范。翻译者也要在工作中遵守社会、道德和翻译规范，合理安排译者主体和社会之间的关系，包括与读者之间的关系、与出版社之间的关系等。只有符合规范的译文才会受到译入语文化背景下的人们的欢迎，成为经典作品。

3. 文学翻译的主体性和创造性

文学翻译中常常会渗入译者的主观经验，因为文学作品的意义本身就带有一定的主观性，解构理论和阐释学指出，意义是由主体与对象融合所产生的，主体性、时间性的混淆和意识形态干预使得翻译的意义不可能等同于原本的意义。译者是翻译工作的主导者，具有独立的自我意识和特别的主观世界。尽管翻译工作会受到原作及其客观世界、译文生存和译入语社会规则的制约，但总的来说依旧有很大的自由度。翻译者并不直接面对读者，而是预设读者的存在，然后将自己阅读原作的心理体验传递给读者。因此翻译也可以说是对原作的主观性和创造性阐释，译作虽然是在原作的基础上创作的，但是却不能等同于原作，它延续了原作的生命。

原作的客观性、文学翻译的社会性和译者的主观创造性分别反映了文学翻译与原作、译入语社会文化和译者的关系。这三种性质之间并行不悖，各司其职。

原作的客观存在是无可否认的事实，它控制着译作中语言结构与事实的基本指向或"文本目的"；译入语社会文化规范控制着翻译的发起、进行和接受过程；译者主体性支配着具体的翻译实践，译者可以选择遵从或违背社会规范。简单来说，文学翻译就是译者在译入语社会文化规则的制约下实施的存在于另一文化系统中的与原作有关的主观性、创造性活动。

三、文学翻译的价值与标准

（一）文学翻译的价值

对文学翻译价值的认识是一个相对宏观的问题。从表面上看，这个问题与文学翻译实践没有直接的联系，但随着当代翻译学（尤其是文化学派）和比较文学的发展，文学翻译的地位问题越来越关乎译者对自己所从事的工作的价值的认识，越来越明显地影响着译者对具体的文学翻译策略的选择。因此，简要地整理一下文学翻译与翻译文学的概念，了解文学翻译与文学系统的关系，能够帮助文学翻译者明确自身工作的重要性和巨大的文化价值。

1. 文学翻译与翻译文学

前面已经对文学翻译进行了界定，这里我们看一下什么是"翻译文学"。实际上，长期以来，我国文学界并没有"翻译文学"这一称呼，而是习惯上使用"外国文学"来称呼"来自外国的文学"。但人们忽视了一个事实：真正的外国文学应该是"外国作家用本民族的语言创作的主要供本民族读者阅读的作品文本"，而"翻译文学"才是"由翻译家转换为译入语的，主要供译入语读者去阅读的文本"。[①] 这一忽视导致我们常常产生这样的错觉：似乎莎士比亚、托尔斯泰、巴尔扎克都能用流利的汉语为中国读者创作。因此，为翻译文学正名不仅能使其名副其实，而且有助于凸显"翻译"的价值——翻译文学必须通过翻译才得以存在。

我们已经清楚文学翻译的双重含义，因此，如果我们用这个词指文学翻译作品，那么正是具体的文学翻译作品构成了"翻译文学"这一文学体裁。而如果用这个词指文学翻译行为，那么文学翻译就是创造翻译文学的过程。

---

① 王向远. 翻译文学导论 [M]. 北京：北京师范大学出版社，2015：17.

2. 翻译文学与文学系统

翻译文学与文学系统之间的关系实际上是翻译文学的地位问题。这个问题最早的理论回答是以色列学者埃文·佐哈尔（Even-Zohar）在 20 世纪 70 年代提出的"多元系统论"[①]。这个理论的最大贡献在于，承认翻译文学是本民族文学多元化系统的一部分。翻译文学与翻译语言体系之间的关系使它可能在多变量系统的中心或边缘，或者它可以占据主导地位和次要地位。翻译文学占主要地位的三种情况是：①多变量系统是"边缘"或弱者；②多变量系统处于"萌芽"和"年轻"阶段；③复数制处于"危机"或转折点，甚至文学真空状态。

在我国文学界，翻译文学与文学系统关系问题直到 20 世纪 90 年代才得到应有的重视。其中，谢天振等人系统地论证了"翻译文学是中国文学的组成部分"，提出了文学翻译是对原文的"创造性叛逆"的观点。[②]文学翻译家的主体创造性和文学翻译作品的汉语属性是这一论断的主要依据。该论断的价值在于它确立了翻译文学在中国文学中的独特地位，从而极大地提高了翻译文学的价值和地位。

文学翻译是创造翻译文学的手段和过程。如果说翻译文学是中国文学大家族中的一员，那么文学翻译也可以被视为文学创作的手段之一。如果说诗歌通过语言形式、小说通过情节、戏剧通过对话等文学手段来进行创作，那么文学翻译就是通过"翻译"这一手段来创造翻译文学。这种文学手段独立于其他手段的因素在于：两种语言、两种文学传统和两种文化在翻译家的头脑中激荡和交锋，促使翻译家创造性地理解、阐释，并用译入语重新创造出新的文学形式。由此可见，文学翻译并不是一种缺乏创造性的活动，而是译者通过对外来文学进行吸收和借鉴，从而促进本社会文学发展的重要活动。文学翻译的文化价值与其他文学形式有很大区别，且无法被替代。

（二）文学翻译的标准

"翻译标准"这个定义本身有三层含义，第一，是判断译文质量的标准；第二，是翻译工作的最高水平；第三，是翻译工作应当遵守的原则。传统翻译学和

---

① 高圣兵 . 译学刍论 [M]. 苏州：苏州大学出版社，2017.
② 谢天振 . 译介学 [M]. 上海；上海外语教育出版社，1999.

翻译学语言学派大都非常重视总结或制订一套指导和衡量翻译实践的标准。翻译标准不仅使我们能够拥有一个公认的尺度来判断翻译的质量，也让文学翻译者有章可循。我们今天了解的文学翻译标准仍然具有这样的价值。但是我们必须看到，翻译标准在当代翻译学（尤其是文化学派、解构学派）看来已经成为一个历史性的概念。我们曾经奉为圭臬的翻译标准并非毫无瑕疵。

1. 历史上的翻译标准

中外历史上都曾产生过影响力较大的翻译标准。例如，1790 年泰特勒在自己著作中提出的"翻译三法则"：①译者应完全复写出原作的思想；②译作的风格和手法应和原作属于同一性质；③译作应与原作一样通顺。①

19 世纪末，我国翻译家严复提出了"信达雅"原则，"译事三难：信、达、雅，求其信，已大难矣！顾信矣不达，虽译犹不译也，则达尚焉。"《易》曰：'修辞立诚。'子曰：'辞达而已。'又曰：'言之无文，行而不远。'三者乃文章正轨，亦即为译事楷模。故信达而外，求其尔雅。"②

此外，还有 20 世纪 50 年代我国翻译家傅雷提出的"神似"标准③和钱钟书的"化境"标准④；苏联的费道罗夫提出的等值论翻译标准，即"等值翻译就是表达的原文思想内容完全准确并在修辞上、作用上与原文完全一致"⑤；等等。这些翻译标准或原则在各自的时代都曾经发挥过重要的影响，推动了翻译实践和理论的发展。有些至今仍然是文学翻译者公认的行业标准。我们不少人对"信达雅""神似""化境""功能对等"耳熟能详，它们对当今的文学翻译者仍然具有一定的约束、规范和指导意义。

翻译标准的意义重大，但是随着时代的发展以及翻译学的不断进步，传统翻译标准也逐渐显现出问题。例如，传统翻译标准将文学翻译的最高理想（"信达雅""神似""化境"）与评判翻译质量的尺度和具体翻译实践原则混为一谈。而实际上，所谓"神似""化境"的理想翻译不仅在现实中难以实现，而且也很难用来作为评判译作的具体标准。

① 泰特勒 . 论翻译的原则 [M]. 北京：外语教学与研究出版社，2007.
② 赵祥云 . 中国特色政治话语体系翻译规范多维研究 [M]. 开封：河南大学出版社，2022：136.
③ 许钧，宋学智，胡安江 . 傅雷翻译研究 [M]. 南京：译林出版社，2016.
④ 钱钟书 . 林纾的翻译 [M]. 北京：商务印书馆，1981.
⑤ 司显柱 . 翻译研究关键词 [M]. 上海：东华大学出版社，2018：25.

2. 重释"信达雅"

严复的翻译标准诞生之后的一百多年里，我国翻译工作一直受其影响。"信达雅"三个字对于我国传统译论而言意义重大。我国当代译论中也有很多内容是在其基础上发展而成的。这些译论中有一部分对"信达雅"提出了一些批评，但更多的是继承、补充、修订和改造。因此，"信达雅"在我国文学翻译史上的重要地位和未来的长期存在，使得我们必须重新审视这三字标准的意义、价值、本质以及我们的翻译态度。

（1）"信"是文学翻译的基本原理

严复的"信"指译作应当忠实于原作。"信"当然不是字对字的死译，因为"顾信矣不达，虽译犹不译也"[①]。可是，到底"信"于原文的什么呢？在何种程度上才算"信"呢？学者讨论得更多的是如何通过"达"和"雅"实现"信"，而"信"的内容却似乎是不言而喻的，即原义的意义。而在当代翻译学看来，这恰恰是问题的关键：原作的意义到底是什么？文本的意义是确定不变的吗？意义究竟是如何产生的？如果说意义是翻译家对原作的理解，那么这种理解必然受到翻译家本人思想感情的影响，翻译家理解的意义等于原作的意义吗？

意义是译者的意识、原作的语言符号、语境和作者意图等各种因素的"合成物"。如果把这些问题考虑在内，我们会同意——"信"或"忠实"并不像想象中那样单纯。由于译者主观性的介入，"信"变得不再客观。这也许就是为什么尽管严复本人以"信"为第一要义，但在他的译著中，也时常会出现一些明显"不信"的例子。

但这是否说明"信"在今天的文学翻译中就不再适用了呢？当然不是。首先，翻译之所以为翻译，最根本区别就是译作与原作的必然联系；离开原作，也就无所谓翻译了。因此，"信"在本质上是一种维持（文学）翻译存在的必然因素和基本伦理。它要求译作应当与原作保持一定的关系，这种关系使文学翻译作为一种文学形式得以维持稳定。一千个译者的笔下纵然有一千个不同的哈姆雷特，但莎士比亚戏剧的基本情节、人物、对话、背景甚至语言结构必然是相似的。其次，"信"的必要性还在于其文化价值，通过翻译，译者可以深入了解其他民族文化，

---

① 刘佳，萨娜. 汉英翻译中的中式英语 [M]. 长春：吉林文史出版社，2017：2.

为本民族文化发展注入新的元素，推动本民族语言文化的更新与发展。

然而，既然对文学作品的意义的理解不可避免地带有翻译者的主观因素，因此永久的意义、绝对的"信"或"忠实"是不可能存在的。在这个意义上，"信"实际上是翻译的根本责任，也就是翻译者在自己的理解的基础上有责任尽可能忠实地反映原始作品的整体意义、形式、风格和读者的内心。

"信"是翻译的第一要义，但是"信"却不是绝对的，它有一定的调节空间。又或者说，译作和原作之间的关联是文学翻译工作中的必要因素，但这种关联的紧密程度却能视情况进行调节。一般来说，如果译作对原作的语言结构亦步亦趋，不惜违背译入语的语法规则，我们称之为"逐词对译""硬译"或"死译"；如果译作严格遵循原作的语言结构，但兼顾译入语的通顺，我们称之为"直译"；若译作与原作的语言结构若即若离，而主要关心译入语的流畅自然，我们称之为"意译"；若译作全然不顾原作的语言形式，而只是根据原作的事实和事件进行重新创作，我们不妨称之为"自由译"；最后，连原作的事实和事件都随意篡改，任意发挥的译法就只能是"豪杰译"了。

历史上，这五种译法都曾出现过，当代文学翻译实践基本上排除了"硬译"和"豪杰译"。多数译者倾向于在直译、意译和自由译之间选择。调节"信"程度的依据来自译入语文化对翻译的社会规范和译者的主体选择的影响。

（2）"达"是文学翻译的必要条件

"达"指译作的语言通顺流畅，符合译入语的语言规范。一般而言，译文是供不懂外语的读者阅读的，因此译文语言的正确和通畅是对翻译者的基本要求。仍用鲁迅的话来说："凡是翻译，必须兼顾着两面，一当然力求其易解，一则保存着原作的丰姿。"[①] 所谓"求易解"即希望翻译能够符合译入语的语言传统。译入语读者很难接受明显违背译入语语法规则和阅读习惯的译作，因此"达"是文学翻译的必要条件。"达"的主要服务对象是译入语读者，是为了满足他们对译作符合自己语言习惯的期待而存在的。

从本质上说，"达"这一标准体现了文学翻译的社会属性。文学作品要想被译入语文化的读者接受，就不能违反其社会文化规范和语言规范。这些社会规范

---

① 程帆.我听鲁迅讲文学 [M].北京：中国致公出版社，2002：231.

将按照译入语的标准判断译文优劣，决定推崇、容忍或排斥某个译本。有经验的文学翻译家都会考虑并尊重来自读者、出版社，甚至宏观的政治经济状况、意识形态等社会规范。

由于语言、文学系统和文化差异的存在，"达"与"信"的冲突在文学翻译中是不可避免的。当两者发生冲突时，翻译的社会规范和译者共同决定如何处理两者的关系——社会规范制定了特定时期翻译应该实现的"信"与"达"的程度；而译者根据其主体性采取实际翻译策略来实现具体的译本。对严复来说，"顾信矣不达，虽译犹不译也"，也可以说，在"信"与"达"冲突时，他选择了"达"。

不过，语言上的"达"只是文学翻译的最低标准。文学翻译的目的是得到创造性的文学文本，如果我们的翻译只是"流利和易于理解"，而不是生动地反映译作的文学翻译，这可能不是文学翻译的初衷。确保文学作品的文学翻译有两种基本方法：一种是"信"，忠实地再现和保存原始作品的特色；二是充分发挥翻译者的主体性和音译的创造力，弥补文学翻译语言文化空缺造成的损失。

（3）"雅"是译者的主体选择

我们今天所理解的"雅"多为"古雅""高雅"之意，但严复所说的"雅"却有具体的所指，即用汉代以前的字法、句法来翻译。以今天的标准来看，汉代以前的字法和句法自然是古雅而晦涩的，这也是严复的三字标准招致争议和指责最多的地方，那严复为什么要主张"雅"呢？《天演论·译例言》中说得很清楚："《易》曰：'修辞立诚。'子曰：'辞达而已。'又曰：'言之无文，行而不远。'三曰乃文章正轨，亦即为译事楷模。故信、达之外，求其尔雅，此不仅期以行远已耳。实则精理微言，用汉以前字法、句法，则为达易；用近世利俗文字，则求达难。往往抑义就词，毫厘千里。审择于斯两者之间，夫固有所不得已也，岂钓奇哉！"[①]

可见，严复主张"雅"有两个理由：一是为"行远"，即译本符合当时的文章正轨，流传久远；二是为"达易"，即为了更通顺流畅地传达原作之深义。严复认为古雅的文辞不仅是翻译得以流传的保证，而且更适于用来传达艰深的理论。理解"雅"的意义和价值不能脱离严复所处的时代和所翻译的文本内容：19世纪末20世纪初的中国，阅读艰深的西方理论著作的人主要是晚清士大夫。士大夫

---

① 赫胥黎. 天演论 [M]. 严复，译. 北京：华夏出版社，2002：5.

们一方面对西方无知无识，另一方面却又顽固保守于自身文化道统，要让这样的读者去阅读陌生而艰深的译著，最切实可行的办法就是"雅"。通过深邃高妙的文辞，令士大夫们相信译著中蕴含着"大道"。因此，严复对"雅"的选择实际上是针对特定文体和特定读者对象的一种"不得已"的具体翻译策略。

一方面，重新审视"雅"的意义，不能片面批评严复译作的语言艰深晦涩。"雅"在当代译论中遭受批评的原因很大程度上是由于人们对"雅"采取了固定不变的态度。重释"信达雅"，应该看到"雅"的背后对读者和实际翻译内容的考虑。换句话说，如果严复的读者对象和原作性质发生改变，"信""达"以外的第三条翻译标准的内涵也很可能发生改变。例如，翻译文艺作品强调形式与寓意的"美"；注重原作风格的翻译家主张"切"；强调原作神韵则要求译作"神似"；强调译作和谐统一则主张"化境"；重视翻译创造性则要求译作与原作"竞赛"；强调读者接受则提出要令读者对译作知之、乐之、好之；等等。由此可见，译者主体性在文学翻译的具体策略选择中发挥着极其重要的作用。因此，"雅"所体现的是从事翻译工作的译者的自由选择。文学翻译者在工作中要根据自己所了解的译本读者的接受习惯来表达原作的内容，面对不同的文体也要灵活地选用不同的翻译策略。另一方面，我们还必须看到，文章的翻译都是随时代的变化而变化的，不存在永恒不变的标准。严复的"雅"现在看来艰涩难懂，而现在的优秀译文在数百年后也可能变得同样晦涩。语言、社会和文化的不断演变，要求不同时代的文学翻译家生产出不同的译本。

四、文学翻译的准备

（一）文学翻译者的素质

文学翻译是创造力强、过程复杂的艺术形式，译者要准确理解原作的艺术特征，并在此基础上创造出具有相同艺术性的译作。因此译者要具备语言、文学、艺术感悟、知识和职业道德等方面的较高素质。

1.职业道德

职业道德是从事任何职业所必需的基本素质，文学翻译尤其如此。因为译作通常是给不懂外语的读者阅读的，读者对译作质量的信任完全建立在对译者职业道德信任的基础上。因此，文学翻译者首先必须具备良好的职业道德。文学翻译工作所需的职业道德有以下几个：正确的工作态度、严谨的工作作风、顽强的精神和追求完美的意志力。具体而言，翻译者在翻译工作中要保持正确的工作态度，要追求艺术之美，抛弃急功近利之心；在具体工作中要力求精准、严谨，不能马虎；在翻译工作遇到困难时要迎难而上，不能放弃，更不能投机取巧；在工作中不断积累工作经验，不断提升自己的能力，做到精益求精。

从老一辈翻译家的工作经验中我们能够学到很多专业道德相关的内容，严复曾经为了翻译一个名词而"旬月踟蹰"。傅雷在翻译工作中也十分严谨，即使是准备工作也是一丝不苟；为了保证工作质量，翻译速度也十分缓慢："初稿每天译千字上下，第二次修改（初稿誊清后），一天也只能改三千余字，几等重译。……改稿誊清后，还得再改一次。"①

2.语言资质

毫无疑问，语言能力是翻译工作的基础，缺少扎实的双语基础、驾驭语言的能力和译者的语言视野，就无法成为优秀的翻译者。扎实的语言功底就是翻译者要熟练掌握原作语言和译入语的语言规范，不仅要善于书面表达，还要熟悉口头表达，熟悉具体的语言环境与语言运用规范。熟练的语言驾驭能力主要指译者在语言的词汇、语法、语义和语用层面上的驾驭能力，凭借字、词、句和语篇等具体的语言要素得以实现。

语言资质还包括译者的语言视野。如果译者只停留在字、词、句、语篇等层面，那就谈不上具备高屋建瓴的语言视野了。译者要认清语言与个人的内外部因素，如语言与思维、语言与感知之间的微妙关系；同时还要清楚语言与社会的相互关系，如语言与方言、语言与语言接触等的关系。例如，高尔基的《海燕》有许多中译本，其中流传最广、影响最大的当数戈宝权的译本。戈宝权对这个不足千字的文章五次修订重译，对词序、选词、标点等反复研究、精心锤炼，力求语言上的完美，他还考虑了作者风格、社会环境等语篇内外因素，以及译文在读者中可能产生的影响。这些都反映了优秀的译者所要具备的语言资质。

① 怒安．傅雷谈翻译 [M]．沈阳：辽宁教育出版社，2005：64.

3. 文学修养

译者要有优秀的文学素养，也就是要具备丰富的文学知识、拥有较高的文学造诣、了解相关的文学理论。文学翻译的对象是文学作品，因此译者也要具备足够的文学知识，能够准确把握文学作品的含义，熟知不同的文学文体，熟悉不同的行文风格，对作家有深入了解。对作家的要求是"写什么像什么"，对译者的要求则是"译什么像什么"。

林语堂是一位著名学者、翻译家，一生致力于用中文和英文进行写作和翻译，著译颇丰。他对东西方文化的了解都十分透彻，中英文造诣深厚。关于林语堂，他的中文"补课"的故事可以给我们学习翻译的人许多启示。林语堂从小学到大学都就读于教会学校，其英文造诣和对西方文化的了解便是由此培养出来的。不过，十几年的教会学校学习导致他语文荒废。到清华大学以后，他便开始了漫长的"补课"历程，研读许多古文作品和国学经典，广泛阅读文史类、语言类书籍，最终在古典文学名著英译上获得巨大成就。

缺乏文学修养的人做文学翻译，这是不可想象的。像林语堂一样，著名的文学翻译家都有深厚的文学造诣，他们都熟识国学和西方文化，学识渊博，著作文风严谨，译作自然。要培养文学修养，就要向他们学习，博览群书，用心学习，毕生学习。

4. 艺术感悟能力

译者要具备高超的感悟能力，也就是要有丰富的生活经验、优秀的创造性思维与灵感，这样才能完成优秀的译作。若是缺少生活经验和艺术修养，就难以切身感受原作者的思想情感，无法产生共鸣，也就无法在译文中完美展现原作的神韵。翻译是一种极具创造性的工作，其难度甚至比得上文学创作，创作要求作者有一定的生活体验，但是翻译却要求译者体验他人的生活感受。傅雷的译作有 34 部，其中最多的是巴尔扎克的作品，有 15 部。他选择作品有自己的准则。从文学类别的角度来看，翻译者要认清自己的优势和劣势，选择自己所擅长类型的作品进行翻译。从文学派别的角度分析，译者也要清楚自己适合哪一派的文学作品，比较适合翻译哪个作家的著作等。

傅雷在《翻译经验点滴》中说道："作家是解剖社会的医生、挖掘灵魂的探险家、怜悯和同情的宗教家、激情的革命家；所以成为他的发言人，就得像宗教家奉献一样，像科学家一般精准，就像刻苦的革命志士一样顽强。"①这段话形象地指出了译者与作者的关系，与郭沫若所言异曲同工。

5."杂家"功夫

翻译工作对知识的"杂"要求很高，译者至少要精通两种语言，还要了解很多驳杂的知识。因为所译内容是杂七杂八、各行各业的，若不了解便极易出现误译。不过，现在翻译行业已经开始出现行业分工，即每个译者专译一个或几个领域的内容。如此，各领域的译者需了解相关领域的事情。这使得翻译越来越准确，整体质量不断提高。

文学译者面对不同主题、不同类别的文学作品，虽然不必像学习理工等知识一般进行专业的研究与探索，但是也要做到足够了解。文学在内容上涉及的知识很复杂，理工、政史等学科知识以及国学、西学、美学、考古、戏剧、音体美等知识也可能有所涉及。因此，文学翻译者不仅要有足够扎实的语言学和文学知识基础，还要拓展自己的知识宽度和深度。译者须是"杂家"，做翻译不仅需要具有语言和文学功底，其他学科的修养同样重要。

可以说，凡是被我们尊称为翻译家的人，无一不具备本节所述的 5 方面的能力，他们有些确有语言天赋，却绝不仅仅依靠天赋，而是靠辛勤的汗水、不懈的努力、无数的实践，才达到了令人仰望的高度。

（二）文学翻译的准备工作

文学翻译者只有在具备了上述基本素质的前提下，才有可能真正从事翻译工作。培养职业素质是一项长期而持续的准备工作，也可以说，职业素质是文学翻译准备工作的宏观方面。在翻译工作进行之前，译者还要做很多准备工作，以确保翻译的效率和质量。

1.收集工具资料

在正式开始翻译之前，有经验的文学翻译者都会有一个工具资料准备的过程。工具的准备指译者获取文学翻译所必需的字典、词典、工具书、软件工具和网络

---

① 郭著章.翻译名家研究 [M].武汉：湖北教育出版社，2005：338.

资源等，这是一个"硬件"准备过程。初次进行长篇作品翻译的译者可能需要一定的投资和时间来准备工具，并学习使用这些工具的技术。而有多次翻译经验的译者则只需要针对要翻译的文本收集各种有用的资料，或者说进行"软件"准备。

围绕需要翻译的文本收集资料对专业译者来讲是一件必要的工作。这些资料关系到译者能否深入地理解原作并成功地创造出译本来，但同时，收集资料的工作又与译者本人的经验和阅历密不可分。收集资料的过程始于翻译之前，但并不一定止于翻译之后。多数专业译者几乎随时随地都在收集对自己有用的资料。

所需收集的资料大致可以归类为两种，通用资料和专用资料。所谓通用资料就是指文学作品中可能涉及的知识材料，如政治、经济、历史、文化资料等，资料形式有词典、百科全书、相关书籍、网络资源等。专用资料就是指针对本次翻译工作所准备的资料，如不同版本的原作，其他译本、作家的相关信息，作家的其他著作等。

2. 研究作家作品

研究原作作者及其其他作品是翻译工作必需的前置工作之一。其目的在于深入、准确、全面地了解和把握原作的精神实质。如果缺少这一步，译本就可能出现断章取义、前后矛盾、词不达意、肤浅等问题。因此译者在工作开始之前，尤其是在翻译文学名著之前必须要做好对作家及其作品进行了解的工作。

对作家的研究包括了解作家的生平事迹、创作经历、作品风格等，如果可以，译者也可联系在世的作家进行交流，从作者处了解作品创作的主要意图，交流对作品的理解。

作品研究就是对即将翻译的原作进行认真的分析和阅读。之后也可以阅读与原作相关的文学评论，从其他角度来理解作品，了解作品的文学创作手法、人物形象塑造所表达的含义以及作品的语言风格等。有时，作品研究还包括同一作品的不同版本的甄别。由于历史或其他因素，存在时间较长的文学作品往往有多个版本，版本之间或有冲突或相互补充，版本甄别对于理解作品的完整风貌有重要作用。原作前后的序或跋对于理解原作也有一定参考价值。

3. 研究其他译本

某些文学作品可能已有译本出版。在已出版的译本中，有些可能由于年代久远、语言过时，不适于当代读者阅读；有些译本可能限于时代背景，偏离或违背原作；有些译本则因为翻译者的文学观或翻译观而呈现不同的特点。但无论如何，这些译本对于重新翻译该作品有着独特的价值。首先，这些译本可以帮助我们更准确地理解原文。其次，这些译本为我们树立了质量标准，我们的任务是创造出超越它们的新译本。最后，最重要的是，我们可以从其他译本在语言、文化和文本风格转换的得失中学习到前人的经验，从而提高翻译质量。总而言之，在其他译本的基础上，译者可以更清楚地思考："我应该创造怎样的译本？我的译本和其他译本究竟有何不同？"

4. 分析读者对象

分析读者对象是指译者对文学译本的读者需求要有准确的认识。文学翻译的目的就是提供读者阅读的译本。译者的服务对象就是译入语读者，译者必须充分了解他们的需求，了解他们的艺术爱好和文化修养，只有这样才可能更好地为他们服务。在与出版社协商的过程中，出版方可能会对该文学译本的市场预期、读者对象进行一些说明。值得注意的是，出版社对读者对象的预期不一定与原作的读者对象相同。例如，出版社可能会要求译者将莎士比亚戏剧翻译为儿童文学作品、把戏剧译为小说、把诗歌译作散文、把针对女性的文学作品译为大众读物等。这样，译者就需要对自己译本的读者形成一个明确的认识。

考虑读者因素是译本成败的关键之一。一般来说，文学译本的阅读群体不懂外语，因而才需要阅读译本。普通读者对译本的要求除了"原汁原味"，还要译本具备相当的文学性和艺术价值。因此，译者在翻译过程中必须兼顾这两个方面。但也有不少时候读者要求更简明易懂的译本，译者需要简化语言，减少阅读障碍，如为儿童读者翻译文学名著。还有些时候，某些译本针对的群体是少数熟谙双语的专业人士，如外国文学研究者。对于这类读者，往往需要译者大量加注，进行所谓"研究性"翻译。如萧乾、文洁若翻译乔伊斯（Joyce）名著《尤利西斯》就是这样的翻译。总之，读者对象分析对于译者的翻译策略意义重大，不清楚译本读者为谁的译者，或忽略译本读者需求的译者，其译本很容易被读者忽略和遗忘。

读者对象分析要注意几个基本原则。第一，根据读者群体的需要选择原作。只有对读者的需要有足够的了解和研究，才能保证文学翻译的作品受到读者欢迎。

第二，充分了解作品读者的知识状况，使用恰当的语言。例如，如今的翻译者就不能用晦涩的文言文来翻译国外的经典著作，而是要适应现代人的阅读习惯和文风，使用简洁的白话文翻译，否则译文就难以得到读者的喜爱。第三，根据译本读者对象群体的不同层次调整翻译策略。对同一部作品，有时为满足不同层次读者的需求，译者在语言表述和结构安排等方面要有所差异。一部本身思想内容丰富、语言功底深厚、文字优美的文学作品，对文化层次高的读者，译文版本在忠实通顺的基础上还需保证和原作一样求"雅"；而对于文化程度不高的读者则只能灵活处理，有时需采用加注解释甚至是简化部分信息的翻译策略。当然，译者不应当因此而歪曲原文本的基本思想和基本语言特点。

（三）文学翻译的工具

"工欲善其事，必先利其器"，任何工作都离不开工具，文学翻译亦如此。现代文学翻译者在翻译中经常使用的工具有字词典、工具书、翻译辅助软件、网络资源和各种参考资料等。熟练并恰当地使用翻译工具可以使翻译更加高效、译文更加准确。很难想象，在电子网络时代和信息时代，仅依靠纸笔和词典，缺乏运用各种现代翻译工具能力的人能够胜任高强度、高难度的文学翻译工作。

1. 字词典与工具书

毫无疑问，字词典和工具书是译者必备的基本工具。字词典和工具书的使用需要注意两点。第一，对待字词典和工具书采取正确的态度。无论经验多丰富的文学翻译者，在具体从事译本翻译的时候，都会碰见新词、难词或意义模糊的词语，因此在翻译实践中，必须乐于、勤于查阅字词典和工具书。但是，我们也必须看到字词典的局限性。词语的确切意义更多地依赖于具体的语境，译者不能照搬字词典的解释。第二，掌握正确的字词典和工具书使用方法。准确、快捷地查找所需的词语要求译者具有丰富的实践经验和技巧。译者需要充分地了解各种词典的特点和局限，迅速地选择和使用某部字词典。总之，要了解词典、勤用词典、善用词典，但不依赖词典。

为了选择合适的词典，我们需要了解字词典的种类及其优缺点。文学翻译中常用的词典大致分为三类。一是单语词典。这种词典的优点是：词汇量大，释义全面，例句丰富，不易产生理解偏差。不足是：释义中会再次出现生词，有时意义在另一种语言中难以选择精确的对应表达。文学翻译者利用单语词典可以更确切地了解词语在源语或译入语中的含义和用法。在汉译英中，使用英语词典能够帮助译者译出更准确、更地道的英语译文。二是双语词典。其优点是：释义简明，易于理解；使用方便，有时可直接取词。不足是：释义过于简单；例句用法不够详细；同义、近义词不易区分，可能造成理解偏差或表达错误等。三是各种专门词典，包括涉及特定专业领域的专业词典、人名地名词典、典故词典、俚俗语词典、成语词典等。这些词典的作用是提供专门信息，补充普通词典的不足。

根据词典的特点，我们在文学翻译的原作理解阶段一般常用单语词典，以更确切地了解词语在源语中的含义及用法。而在译本创造阶段则较多使用双语词典，以获得译入语中更贴切的用语。两者缺一不可，往往为了一个字、一个词或一个短语，译者必须交替查阅多本字词典。当然，如上所述，文学翻译不能依赖词典。第一，字词典中的释义仅仅是字义、词义，而字、词的准确意思必须结合上下文才能准确理解。第二，翻译要使用大型或中型词典，英英、英汉、汉英、汉语词典都要勤于翻阅。第三，理解原文时若某词释义较多则选择其中最能顺应上下文的，翻译措辞时不可拘泥于词典里的固定释义。

虽然纸质词典是文学翻译最基本的工具，但其致命的缺陷是词条更新滞后，难以跟上新词频出的现代社会步伐。随着现代技术的发展，除纸质词典外，电子词典和网络在线词典也在发挥着巨大作用。电子词典又可细分为小型便携式电子词典和电脑用电子词典。小型便携式电子词典的特点是：便于携带，查阅快速，可发声，有同义词辨析、惯用法解释，以及简单的翻译功能等。但是，多数便携式电子词典的释义不够准确详尽，例句不够多，文化背景注解有限。用于电脑的电子词典词汇量大、解释权威、例句丰富、功能多样。例如，在国内广泛使用的"金山词霸"，国外不少著名词典的电子版，如《牛津英语词典》(*Oxford English Dictionary*)、《柯林斯高级英语学习词典》(*Collins Cobuild for Advanced Learners*)、《朗文当代英语词典》(*Longman Dictionary of Contemporary English*)等。这些电脑词典的光盘版可直接安装在电脑上使用，检索起来异常方便。有些词典甚至集成了多本词典，查询极为方便，如 Babylon 电子词典。对于采用电脑进行翻译的译者来说，电脑词典已成为一件必备工具。

对文学翻译者用处较大的还有一类词典——网络在线词典，即可以利用网络在线查询的词典。这种词典查询更为方便快捷，词汇量大，且更新极其迅速，弥补了传统纸质词典更新出版缓慢的缺陷。例如，《牛津英语在线大词典》（*OED Online*）是英语发展史上最权威的参考工具书之一，收录了包括 1989 年推出的第二版《牛津英语词典》共 20 册以及 3 册补充资料（1993 年出版的第一、二册和 1997 年出版的第三册）。目前，正进行修订的第三版共计超过 60 万英文单词，除了提供字词的解释、词性、发音、用法外，还记载了历史来源及其演变，同时提供词源解析与丰富的指引，可选择查询全文、定义、语源和引文，可查询已知字义而不知如何拼写的字词，可通过设定年份、作者或作品来查询引用语，可查询由各种不同语种转化而来的英语单词，堪称英语的史学词典。

文学翻译者常用的工具书包括：各类大型百科全书，专门类百科全书，历史、典故、文化风俗类图书等。不少大型百科全书都已有光盘电子版问世。例如，著名的《大英百科全书》（*Encyclopaedia Britannica*）、《中国大百科全书》等。电子版百科全书不仅节约了大量成本，而且查询极为方便。有经验的文学翻译者在实际工作中往往会发现，很多时候需要查询的并不是特定的词语，而是某个人名、某个地名、某个机构或某个特定领域的背景和专门知识。这些知识的来源主要是上述各种工具书。

除了使用词典和工具书外，文学翻译者往往还需要查阅作者及作品的背景和相关历史及文化资料，搜寻有关的传说、轶事、传记、典故、引文、历史、宗教、地理、风俗等自然人文资料作为参考。这些参考资料的载体各不相同，有百科全书、年鉴、地方志、报刊、文章书籍、图册画册、音像材料、手册，甚至广告、宣传册等。由于计算机技术的普遍应用，除了纸质资料，还存在无数的电子版资料，网络虽然极大地扩展了我们的搜索范围，使我们有可能找到极其丰富的可用资料，但有时也增加了查找最确切资料的难度。为了准确快速地获取所需的资料，我们还需要掌握资源检索的一般方法。

2. 网络资源检索

文学翻译传统上往往被看作是在书斋里完成的事，与外界的交流极其有限。

但自从人类跨入网络社会，译者的交流空间得到了空前扩展。译者可以通过互联网检索资料，如检索作品、作者的生平等各方面信息；可以通过各种邮件组发表相关观点；可以利用讨论组对特定作家或作品进行讨论；甚至可以利用聊天工具直接与全球范围内的人进行交流与讨论。网络资源是当代文学翻译工作者的有益助手。充分利用互联网，尤其是有关翻译的互联网资源，可以快捷有效地解决不少难题。我们以最常用的网络资源检索方式为例，介绍如何利用网络资源进行文学翻译工作。

（1）搜索引擎

搜索引擎指提供信息检索服务的大型搜索网站，这类网站为文学译者提供了大量有用信息。译者可从中了解到围绕关键词的相关信息、背景知识、语言实例、双语或多语的对应翻译等。国内使用最广的搜索网站包括 Google、百度等。Google 是目前最强大和使用最普遍的门户网站。相信不少翻译者在遇到难题、需要了解特定的背景知识或需了解某个具体词语如何翻译时，都曾使用 Google 来进行搜索。该网络资源是目前世界上最大、最丰富的信息资源库，提供了来自世界各地的难以计数的信息。Google 的翻译工具可以实现大段文字的翻译，还提供整个网页的翻译，在"翻译网页"处输入网站地址，选择译入语即可，可以实现大多数主要语种间的互译。由于信息资源丰富，加上所提供的是基于科学统计的翻译系统，翻译质量相对比较高。

（2）在线翻译网站

不少网站提供在线翻译服务，文学译者可根据需要查询相关的翻译问题。较常用的翻译网站有以下几种。① WorldLingo。该网站提供网站翻译、文档自动翻译、电子邮件翻译和人工专业翻译等服务，支持多国语言。如果需要这方面的翻译，可以直接在该网站相应的栏目下输入需要翻译的内容。WorldLingo 不仅可以在网站链接中使用，还可以向 Microsoft Word 提供翻译服务。不过，目前对文档的翻译只能逐句翻译，不能进行篇章翻译。虽然如此，在翻译准确率和连贯性方面该网站都有出色表现，所以值得参考。②中国专家翻译网。该网站提供的即时翻译主要有英汉互译、汉译日、俄译汉和德译汉等。因为有众多翻译人才的支持，所以该网站的翻译质量较好。不过，目前只提供了文本翻译功能。该网站提供的有偿翻译功能实际上是由翻译人才完成的，所以如果要提供翻译服务，那就申请加入类似的翻译团体；如果需要翻译，那么也可以向类似的网站求助。

（3）综合检索资源

信息检索一般可以通过图书馆、电子数据库、网络搜索引擎三种方式来完成。进入图书馆查找资料是传统的最主要的资料搜寻方式之一，优点是可获得一手资料，缺点是信息量受限、效率不高。电子数据库，如 ScienceDirect、Springer、proQuest、EBSCOhost、Gale、Web of Science、PQDD 等，对于文学翻译实践而言，更多是提供参考。而网络搜索引擎使我们能够通过对关键字段的搜索在浩如烟海的网络信息中找到需要的资料，优点是便捷快速、信息量大，缺点是真伪掺杂，需要使用者具有较高的甄别信息的能力。

在文学翻译中，如果涉及的内容文学性不强，但背景知识极为丰富，那么译者应该充分借助网络资源的力量，以便节约大量的时间和精力。当然，就目前而言，再完善的网站系统都无法进行真正的文学翻译。文学翻译中的个别内容可以借助翻译软件和翻译网站，但要顺利完成文学文本的完整翻译，还必须依靠译者的文学翻译能力。

（4）借助翻译工具

21 世纪以来，机器辅助翻译（computer aided translation，CAT）软件取得了令人瞩目的发展。曾经被认为只能翻译简单的科技文本和应用文本的机器辅助软件已经能够处理越来越复杂的文本，包括辅助翻译文学作品。越来越多的译者已经开始在文学翻译中利用机器辅助翻译工具。本书简要介绍三个专业译者使用比较广泛的软件工具，译者可以根据自己的需要和对工具软件的掌握能力进行选择。

首先，由语言工程技术公司开发的 Power Translator 是一个强大的翻译软件，目前主要在科技、商业、经济等领域发挥作用，文学翻译方面的应用正在逐步开发。该翻译软件内有多个模块，如果需要一边输入、一边翻译，那可以用专门对直接输入或粘贴的文本进行翻译的模块 Logo Trans；如果要翻译拷贝的电子文本，那么就可以用翻译模块 Clip Trans；如果要在各个窗口中自动翻译，那就使用其中的 Mirror Trans 模块；等等。其中最具特色的是 Translate Dot Net 模块，该模块能够在线翻译 20 多种语言，有强大的数据库做支持，翻译准确率与同行业的翻译软件相比更高。其次，Power Translator 不仅能够利用其中的词典进行广泛查阅，还在 Logo Trans 模块中设计了"未译词表"（untranslated word list），译者可以通过它自建词库，从而提高翻译准确度。

另一国际知名的翻译软件是 TRADOS，名称取自三个英语单词，即 translation、documentation 和 software。新版的 TRADOS 2007 利用强大的 SDL 软件技术，可方便地翻译处理各种格式的电子文本，如普通 Word 文档、网页、表格等。TRADOS 最大的特色在于采用翻译记忆（translation memory，TM）系统。该系统的工作原理就是用户根据原文和已有的译文建立起翻译记忆库（也叫作平行语料库），翻译时，系统将根据翻译内容搜索相同或相似的翻译资源，提供翻译参考，避免译者进行重复的劳动，译者只需翻译新的内容即可。翻译记忆库也会不断学习和存储新的译文，更新内容。翻译记忆系统的原理简单，但非常实用。由于专业翻译领域所涉及的翻译资料数量巨大、范围相对狭窄，造成了翻译资料的不同程度的重复。有了翻译记忆技术，不仅可以消除重复劳动，还可以进一步提高翻译质量。文学翻译者在翻译长篇作品时往往也涉及外国人名、地名的重复输入，TRADOS 的翻译记忆系统可以大量减少重复劳动，提高翻译效率。并且 TM 系统可以存储和检索大量文学文本及其译文，这样文学译者可以在翻译过程中参考已有的译文，从而提高翻译的质量和效率。

我国也自主研发了一些翻译软件，其中比较有代表性的就是"雅信 CAT"。它与之前的自动翻译系统不同，是一种计算机辅助的翻译系统，其主要工作机制是通过翻译记忆和灵活的人机交互来提高翻译效率，节省资源和支出，保证翻译的质量。这个软件适合需要精确翻译的小团队和个人。它实现了人和计算机的优势互补，系统还具备自学功能，能够不断完成语料的积累，降低翻译工作者的劳动强度，避免重复劳动。"雅信 CAT"系统有 70 多个专业词库，内含 700 多万条词条，能够帮助普通翻译员提高翻译水平，提高专业翻译者的效率和工作质量。在最近更新的版本中，语料库管理功能更加强大，用户能够随时管理语料库，进行增删和修改操作，提高语料库的精确性和实用性。

除了以上软件外，翻译软件中比较有名的还有 Systransoft、Linguatec 等，译者可以依照个人喜好以及特定任务进行选择。

五、文学翻译的过程

文学翻译的过程或者说原作"重生"的过程究竟是怎样的呢？在不同的文化传统、不同语言之间和不同译者的身上，这个过程不尽相同，对于不同体裁和风格的作品也各有差异。不过，如果全面地考虑文学翻译的性质，将控制翻译的社会文化因素和译者的主体因素包括在内的话，文学翻译的过程可以大体分为以下两个步骤：翻译文本的选择与文学文本的解读、文学译本的创造及修改和出版。每个步骤都是一个复杂而综合的过程。

（一）翻译文本的选择与文学文本的解读

1. 翻译文本的选择

选择哪个国家、哪种语言、哪个作家的作品进行翻译看起来似乎是出版社或者译者自己的事，但是出版社和译者在选择作品时绝对不是随意的，而是经过多方面考虑而决定的。决定出版社或译者选择哪部作品的原因来自很多方面，如外国文化、本国文化的自我意识、社会环境因素等。出版社和译者身处特定的社会文化环境当中，必然要考虑到社会群体的需要。社会文化对翻译选择的影响表现在三个方面：第一，译者选择的翻译文本；第二，译者选择的翻译语种；第三，对译者的选择。从翻译实践中来看，似乎是译者主动选择了某一本，但是实际上社会文化会通过一定的手段来影响译者的选择，如报酬的提升或者名望的提升等。译者选择译本也会受到一些条件的制约。例如，译者本身作为译入语文化的成员，在社会化的过程中形成了一定的翻译规范。这些规范根植于译者的思维当中，因此译者的选择也会表现出一定的社会性。此外，专业译者在选择译本时也会受出版商和翻译机构的制约，自己无法自由作出决定。

2. 文学文本的解读

在确定了需要翻译的文本之后，译者就要进行解读文本的工作。文学翻译者首先需要解决原作中字词的含义的问题。这些字词在特定的语境之下有着特殊的含义。原作所使用的字词是作者所决定的。但一般情况下，译者阅读原作时大都无法与原作者取得联系，因此译者对原作的阅读就是从读者的角度对原作产生的多样化阅读体验。译者在阅读中理解的"意义"并不是非语言符号所指概念之间的固定关系，而是文本符号、语境和主体因素的融合。但是原作的语言符号大多数还是有固定的意义的，否则人类就无法通过语言来传递信息和思想了。因此译者对原作的多样化理解依旧存在共通之处，那就是原作的基本事物和事件是不变的。

文学翻译就是译者根据自己的理解用另一种语言创造出新的作品。译者对文本的解读并不单纯是阅读的过程，一个负责任的文学翻译家对文本的解读往往要建立在反复仔细的阅读过程之上，同时还要对原作和作者的其他作品进行研究。

（二）文学译本的创造及修改和出版

1. 文学译本的创造

在解读和研究原作的基础上，译者使用译入语进行译本的创造工作。译本创造并不只是语言的转换，还综合了其他的因素的影响。第一，文学译者必须考虑如何让译文和原文的事件及语言结构相关联，这也是文学翻译的首要目的，其中最重要的就是如何通过译入语的创造性使用呈现原作的语言艺术形式。第二，译者在进行译文创造时，要考虑当下的文学翻译规范和社会文化对译文的接受程度，否则可能会出现读者拒绝这一译本的问题。第三，译者要充分认知自己在翻译中的主体作用，协调自己、文本目的和翻译规范的关系，提高翻译的质量。

2. 译本的修改和出版

无论翻译者采取什么样的翻译方法，译作都必须经过多次重复阅读和修订，才能最终形成。这些阅读和修改往往是由译者以外的人来进行的，翻译规范的作用将会反映在最后出版的作品上。翻译可能受到外力的删减和改变：限于译入语社会文化观念，译者可能会对某些被认为是不良文化的内容进行净化；出于商业利益的考虑，出版社可能要求译作按特定读者的需要进行大幅度修改，某些出版社甚至要求译者提供"直译"译本，再交出著名作家进行润色以创造更好的译本。

第二章　英美文学翻译的基本理论

本章主要讲述英美文学翻译的基本理论，从六个方面展开叙述，分别是英美文学翻译的修辞与意境、英美文学翻译前的文本分析、英美文学翻译的历史文化情境、英美文学翻译的笔法与风格、英美文学翻译的语境适应论、英美文学翻译的语篇理论。

第一节　英美文学翻译的修辞与意境

一、修辞

谈到修辞，进入人们思想视野的首先就是炼字、选词、调音、设格等古老传统。从现代美学思想的角度来看，修辞是指在特定的语境中，通过对语言材料进行精选和调整，以达到提高语言表达效果的目的，因此，修辞意味着创造语言之美。王易在《修辞学通诠》中说，"修辞学"就是"研究辞之所以成美之学"，意即对词语的修饰和润色、选择和斟酌、加工和美化，揭示了修辞即创造语言美的实质。

我们详细地回忆中外人士对修辞的论述，文人注重修辞，是因为语言是思想的外衣，语言风格是作家整个风格的重要组成部分。优秀的作家总是在语言技巧上苦心经营而显示出鲜明的特色，因为词语的选择与锤炼，虽然需要考虑整个语篇的文体与风格，受到语篇的制约，但它主要靠的是译者的语言基本功，靠的是译者通过语法和修辞来细心琢磨。修辞探讨的是词语本身的审美意义，作为审美对象的艺术语言，它可以挣脱语法的羁绊，穿越文字符号，展示一片美的天空。

修辞的特性有三。一是综合性，即修辞现象不只表现在语言的某一个方面，而是表现在语音、文字、词汇、语法各个方面。二是具体性，即与思想内容有着具体的、直接的关系。三是文学性，即文学是语言的艺术，即使非文学作品，也要讲究语言的艺术。这种语言的艺术集中表现在修辞的文学性上。杨慎指出："论文或尚繁或尚简。予曰：'繁非也，简非也，不繁不简亦非也。'或尚难或尚易。予曰：'难非也，易非也，不难不易亦非也。'繁有美恶，简有美恶，难有美恶，易有美恶，惟求其美而已。"[①] 此处谈到评论修辞的标准，不是看其繁或简，也不是看其难或易，主要是看其美与恶，而以美为最高标准，此论最为精辟，揭示了修辞的灵魂。

从翻译的角度来看，修辞是一种通过对原文语言内容进行艺术加工，以达到完美传达审美信息，对译文语言进行修改和调整、润色和加工的过程，旨在追求完美的语言形式，提高译文的语言质量，使其达到优化和完美的境界。

修辞应具备清晰（clearness）、统一（unity）、集中（mass）、有力（force）、变化（variety）、悦耳（euphony）及衔接（cohesion）等特征。清晰是思想和词义的清晰，也包括精确、特指和具体。佩特（Pater）认为，"表达与思想的绝对一致"是所有文学的"必不可少的美"。[②] 史蒂文森（Robert Stevenson）认为，恰当用词需要"数年的文学操练"。[③] 兰德尔（Landor）讨厌虚假的词，主张"仔细地、艰难地并苦苦地寻求那些适当的词"。[④] 这一思想类似于严复说的"一名之立，旬月踟蹰"。[⑤] 统一是说在一个语篇之中，一语、一句、一段或整个语篇，应该围绕中心只讲一件事，只求一个效果，不容许节外生枝，加进题旨或情感以外的东西。集中是把所讲的内容聚集成一个整体，把力量集中在理想的要点上，强调理想中所要强调的东西，达到重点突出的效果，不可平分秋色。如在句、段、篇结构中，重点不在开头就在末尾，附属部分则在中间。句子及更大单位必须精心设计，以便强调重点。强调的手段有并列、倒装、悬念和重复等。其中的悬念就是圆周句（periodic sentence），即把重点句子放在最后，它不仅发生在篇章的组织上，而且发生在句子的构建上。如果强调句首，用的就是松散句（loose sentence）。"有力"

---

① 郑奠，谭全基.古汉语修辞学资料汇编[M].北京：商务印书馆，1980：368.
② 从莱庭，徐鲁亚.西方修辞学[M].上海：上海外语教育出版社，2007：212.
③ 从莱庭，徐鲁亚.西方修辞学[M].上海：上海外语教育出版社，2007：212.
④ 从莱庭，徐鲁亚.西方修辞学[M].上海：上海外语教育出版社，2007：212.
⑤ 陈宏薇，李亚丹.新编汉英翻译教程[M].上海：上海外语教育出版社，2013：8.

是指既通过精心的人为设计，又不用人为的力量代替自然的力量。自然表达的力量来自深邃的思考。作家手中的笔应该是犁铧，只有犁铧才能在深深的土壤中耕耘，所以最好的办法是力求干净、利索、有力。用词经济有助于增强表达力度，简洁是智慧的灵魂，不必要的重复应当避免，宁可舍掉好的，也不要增加没有价值的。不过德·昆西指出，这样的一种风格"适合用于已知话题的格言或警句，而不适合需要探索的话题的调查过程"①。"变化"是指行文贵在变化。"文似看山不喜平"，千篇一律写不出好文章，单调太过会破坏情感，分散读者注意力，变美好为可恶。修辞虽然要有规律、规则，但任何规律的遵循、任何规则的实施以及任何修辞成分的使用都必须是灵活的，都必须遵循变化规律。"悦耳"是要求语言文字富有音乐性，讲究节奏，能够吸引读者。"衔接"是指文章在单词、短语、句子及段落各个层面上要紧凑、连贯，相互衔接，连成一体。

在英美文学作品当中，双关语是十分重要的一种修辞效果。它的形式具有幽默的特色，在历来翻译英美文学作品的时候，人们都会注意到它的重要作用，也是人们进行翻译时的重点。双关语的音是比较复杂的，在复杂的英语语言环境之下，要想把它准确地翻译出来也不是一件容易的事。本书着重对修辞中的双关语进行叙述，从而对具体的翻译策略进行探讨。

双关语是一种利用谐音相同的效果，使得某些语句和词语在特定的语境中呈现出双重含义的语言表达方式，这种表达方式基于句子语义的差异。它可以通过两种意义互相转换从而达到表达一定意思的目的。在一句话中，一面表达了词句的本意，而另一面则隐含了言外之意，具有双重的含义。在文学作品中，双关可以起到很好的表达作用，不仅能够增强语言的表现力，而且能让读者感受到文章中蕴含的深刻意义。在双关语中，词句的内在含义并非作品所强调的核心内容，而作者所欲透过语句传递的言外之意，方为作品的关键所在。因此双关语的使用非常广泛，几乎可以说无所不在。其并非仅仅是一种修辞效果，而是一种潜藏在文字之间的游戏，如同一场隐秘的文字盛宴。所以说双关也是一种语言艺术手法。若能善用双关语，不仅可赋予作品语言更为丰富的内涵，更可提升作品的幽默性和讽刺性，从而达到一定的丰富语言效应。

---

① 从莱庭，徐鲁亚. 西方修辞学 [M]. 上海：上海外语教育出版社，2007：214.

（1）英语双关语的形式和分类

在翻译英美文学作品的过程中，不同的作家对双关语的运用呈现出独特的形式特征，从而赋予作品更为深刻的艺术感染力。双关语作为一个独特而又重要的语言现象，受到了很多专家学者的重视，他们从各个方面分析了其语言特点以及翻译策略，希望能够为人们的英语学习提供帮助。在双关语的形式和分类方面，一种广泛使用的说法是使用同音词，但这两个词具有不同的含义，以表达幽默的文学效果，这也是中文词汇中所隐含的意义。在文学作品的翻译当中，也会涉及这种语言现象，所以我们应该重视起来。此外，还有一些学者对双关语进行了不同的归类，包括主观和客观两种类型。从这两种情况可以看出，英语双关语是通过多种修辞格形成的一个独特而又有趣的文体类型。主观的双关语是作者以积极主动的方式表达了这些言外的含义，而客观的双关语则是作者并非有意识地运用这种修辞手法，而是读者对作品词句的一种解读方式。由于英语双关语的形式和分类具有高度复杂性，因此在翻译英美文学作品时，需要根据不同的类别、语境和语义特征进行灵活的调整和优化。

（2）英美文学作品中双关语的修辞效果

在英美文学作品中，常常运用双关语的修辞手法，以达到更加优美的表达效果。这类双关不仅包含了词义上的限制，还蕴含了谐音上的巧妙运用。其中较常见的一种便是语义双关。语义双关是一种表达文义的方式，它通过对一个词语的双重含义进行分析和解读，以达到更高层次的表达。谐音双关语是以词语的音近为基础，运用同音词和近音词等技巧来实现的一种语言表达方式。这里以谐音双关为例，"Lady M: If he do bleed.I will gild the faces of the grooms withal. For it must seem their guilt." 这句英文描述的是麦克白在行刺邓肯之后，把凶器带了回来。麦克白夫人得知了这样的情况后，让自己的丈夫把凶器拿回到杀害邓肯的地点，但是当时的麦克白心里十分恐惧不敢回去，麦克白夫人就说出了这段话。文中运用了"gild"和"guilt"的谐音，"gild"是"染红"的意思，但是它与"guilt"发音相近，"guilt"却有"有罪"的意思。在这个双关语的运用中，生动地描绘了麦克白夫人在得知自己的丈夫涉嫌杀人罪后，仍然企图将此事归咎于他人的恶毒心态。

（3）英美文学作品中双关语的翻译

翻译加注释法。在翻译过程中，一种表达方式是在译文中呈现一层含义，而另一层含义则以注释的形式呈现于文中。这种翻译的方式可以将源语和译语之间的关系清晰地展示出来。为了确保翻译的连贯性，必须遵循保留原作意图的原则。例如，"She's too low for a high praise, too brown for a fair praise, and too little for a great praise." 这里的"low"不仅指身高，也指"地位低下"，"fair"除了"白皙"也有"公正"的意思，这两个引申意就可在注释中解释。

对等直译法。对等直译法要求在翻译英美文学作品时，只要使用了双关语的地方，相应的译文中都能够找到对应的翻译内容，以确保译文的准确性和可读性。例如，"On Sunday they pray for you and on Monday they prey on you." 翻译：今天为你祈祷，明天就对你开刀。其中的"pray"意思是"祈祷"，"prey"意思是"掠夺"，这两个词形成了近音双关，产生了讽刺效果。

意译法。在某些英美文学作品中，某些词句的创作受到当地语境和文化习惯的影响，因此在翻译过程中采用双关语是一项相当具有挑战性的任务，通常需要运用意译法的翻译技巧。意译出的是原文中所隐藏的意思。假若不考虑词句的隐蔽性，直接将其原本的含义翻译出来，那么就可以避免不必要的风险。这种译法不仅能够让读者感受到语言的魅力，还可以使作品具有独特的美感和内涵。意译法可分为两类，其中一种是直接进行音译，其翻译方式较为直接。这种方法要求译者对语言结构以及上下文等方面都要充分了解。另一种翻译方式则注重于保留原文的精髓，以达到卓越的艺术效果。

翻译英美文学作品是一项相当复杂的任务，尤其是在考虑到环境和文化差异的情况下，对于某些特定的修辞手法，如双关语的翻译，则变得更加具有挑战性。双关语是一种含蓄的表达方式，它能够传递出作品所蕴含的深刻内涵，同时也是作者文学思想的重要体现，是作者进行文学创作时不可或缺的一种写作技巧。在翻译过程中，译者应该根据不同语言习惯以及读者阅读心理等因素，对译文做出相应调整。若善加运用双关语，文学作品中的讽刺、幽默和诙谐元素将得到更为深刻的呈现。因此，对于英美文学作品修辞效果的提升，需要持之以恒地进行长期的努力。

二、意境

从我国古典美学传统的角度来看，意境是我们民族最基本的审美趣味和审美理想，是我们对于情感、思想和文化的深刻理解和表达。意境的创造和表达是诗歌的重要任务之一。在古典写作中，借景言情、寓情于景的手法，使得作品的诗情画意达到了高度融合，从而在艺术上呈现出含蓄蕴藉、诗味浓郁的特点，让读者在阅读时感受到一种悠然深远的境界。

尽管西方缺乏意境的概念，然而康德的审美意象以及黑格尔的"美就是理念的感性显现"等类理论却与其有着诸多相通之处，因为它们都重视托物言志、借景抒情以及象征手法的运用。作者所欲表达的思想感情不直接道出，而是借用其他事物来间接暗示，这样做能够突破那种平铺直叙所带来的表达意向的过分确定、局限和直白，从而使其表达的意向与内涵趋于广阔、丰富和含蓄，读者的想象活动也会变得活跃，获得更多的审美趣味。

（一）意境的层次

《庄子·天道》中说："世之所贵道者，书也。书不过语，语有贵也；语之所贵者，意也。意之所随者，不可以言传也。"[1]郭象解释说这是"求之于言意之表，而入乎无言无意之域"[2]。这表明存在着两个不同的层次：一个是表面意境，另一个则是深层意境。语言文字所呈现的意境外部结构即表层意境，是作者或读者直接呈现的一系列"意象"。深层意境是文字背后的意蕴，这种意蕴能"使味之者无极，闻之者动心"[3]。

根据意境理论的分层结构，翻译者在翻译过程中必须为表面的意境注入更深层次的思想内涵，以使读者能够透过译文的文字表达，更深刻地感受到其中的内涵。翻译的过程是一项对原文进行理解和对译文进行表达的复杂过程，而意境的层次理论则提示译者在翻译过程中需要特别关注以下几个方面。

1. 准确理解原文的词语，感受原文的表层意境

欲窥"言语之中的现实"，领略原文语言形式所蕴含的艺术境界。译者在进

---

[1]　张文澍. 庄周 [M]. 大连：大连出版社，1998：130.
[2]　王振复. 中国美学重要文本提要 上 [M]. 成都：四川人民出版社，2003：165.
[3]　陈璧耀. 国学概说 增订本 [M]. 上海：上海教育出版社，2020：216.

行翻译时，应该尽量使译文读者与原作中的人物、事件和场景等产生强烈的共鸣，以达到"言为心声"之目的。翻译之道在于深入领略原作所蕴含的情感氛围，不仅要从字面上理解作者的意图，更要将作者内心所感所想淋漓尽致地呈现出来。

2. 深刻把握原文的意蕴，进入原文的深层意境

要求翻译者沉浸于原作所营造的艺术氛围中，将其转化为对象，与原作者在心灵和审美上达成完美契合和共鸣。

3. 将原作的艺术意境化为我有

译者化入原作对象之中，主要是指译者与原作者一同悲、一同喜，与原作者的感情达到高度一致，但并未将原作的形象、思想、感情和意境以有形的体式建构起来，这就需要经过从"化入对象之中"到"化为我有"的转换。在这个转换中，译者凭借自己的知识储备，把原作的审美意境融化在自己的大脑中，并重新转换为与原作大致一致的意境，将内心的审美感受与原作的艺术氛围相融合，塑造出栩栩如生、情感深刻、意境优美的艺术画面，让人体验身临其境的感受。

4. 运用与原文相同的笔调传达原文的意境

意境创造和翻译的一般原则是：悲伤的心情配以凄凉的景色，欢乐的心情则配以美丽的景物。有时也用相反的原则，那就是王夫之《姜斋诗话》中所说的："以乐景写哀，以哀景写乐，一倍增其哀乐。"[①] 以乐景写哀，主要是通过乐景引起愁思，通过哀与乐的对比，达到以哀景写哀所达不到的艺术境地。在中国文学中著名的例子有《诗经·小雅》："昔我往矣，杨柳依依；今我来思，雨雪霏霏。"

（二）栩栩如生的景物描写

意境的营造需要逼真的景物描写，力求生动形象，如同画面一样呈现在读者眼前，因为写景的文字大多是美文，写得清晰、美丽、饱含诗意，语言生动具体，具有形象性、直觉性和情感性，是一幅用语言勾勒出的画，具有无限的感染力。译文需要以同样的优美文笔再现出原作的诗情画意。

---

① 孙立. 明末清初诗论研究 [M]. 广州：广东高等教育出版社，2011：194.

（三）境外之境

姜夔《诗说》论修辞，指出："若句中无余字，篇中无长语，非善之善者也；句中有余味，篇中有余意，善之善者也。"[1] 意谓语言文字达到了最高境界还不够，只有"余味"才是作品的最高境界。钱钟书《谈艺录》中说阿瑟·韦利（Arthur Waley）以译汉诗得名，"所最推崇者，为白香山，尤分明漏泄。香山才情，昭映古今，然词沓意尽，调俗气靡，于诗家远微深厚之境有间未达"[2]。这里的"远微深厚"，实即韵味深长，意在言外。

通过艺术的联想、想象的独特功能，以及艺术意境的含蓄、象征、暗示等作用，读者不仅能够领略到译文所蕴含的意境本身的内涵，感受到意境本身所直接具有的美，更能够在无限时空意识中创造出"景外之景""象外之象""弦外之音""言外之意"的奇妙境界。这种再造术式的审美方式使译者与原文作者之间形成一种心灵上的沟通。这是一项具有创造性的审美活动，它是读者根据自身的生活经验和后续素养所进行的，旨在创造出一种全新的境界。这种再造境界既不是作者主观臆想出来的，也不是译者凭空杜撰出来的。译文所描绘的情境是一种能够直接感知和把握的真实感受，而外部环境则是一种"无法触及的远方"的虚幻境界，无法被完全覆盖。它既不是"无画处皆成画图"，也不像"无字之处皆成句语"，而是在翻译过程中经过作者的审美判断与选择之后才出现的一种境界。这就是严羽在《沧浪诗话》中所写的："故其妙处，透彻玲珑，不可凑泊，如空中之音，相中之色，水中之月，镜中之象，言有尽而意无穷。[3]"

（四）隔与不隔

欧阳修《六一诗话》中说："状难写之景，如在目前；含不尽之意，见于言外。"[4] 王国维在其《人间词话》中用"隔"与"不隔"来阐述这一审美理论。所谓"隔"是"如雾里看花，终隔一层"[5]；"不隔"就是"语语都在目前"[6]。显然，

---

① 尹贤选.古人论诗创作 增订本 [M].北京：中国书籍出版社，2020：124.
② 钱钟书.谈艺录 补订本 [M].北京：中华书局，1984：195.
③ 刘艳芬.佛境与唐宋诗境 [M].北京：中国戏剧出版社，2018：255.
④ 田中元.方法论视域下的文本阐释 [M].天津：南开大学出版社，2018：66.
⑤ 尹贤选.古人论诗创作 增订本 [M].北京：中国书籍出版社，2020：72.
⑥ 丘振声.中国古典文艺理论例释 [M].桂林：漓江出版社，1984：174.

"不隔"才是创作的理想境界。"隔"与"不隔"是对创作和鉴赏过程中发生的一系列审美活动、审美现象做出的综合评价和集中概括。从横的方面说，主要有"情""景""辞"三大因素。以写"情"而论，王国维认为，"真"则"不隔"，涂饰则"隔"。直抒真情，略无隐饰，只有"真"才能美，不真就不能动人，不真就不能使人产生美感。可见以"情感"为审美对象的诗词作品，其"隔"与"不隔"，表现为真与不真，实质为美与不美。写景体物之作，其"隔"与"不隔"的实质也在于能不能使人产生美感以及产生什么程度的美感，但其所以能使人产生美感又与写情不同，因为它主要在于景物的"神理"，而不追求形貌的真实。至于"辞"这个因素当然也很重要，因为它是物化的手段、信息的载体，其自身又有独立的审美价值。但是，"情""景""辞"这三大因素对于构成作品的审美价值只有相对有限的独立作用。艺术作品的"隔"与"不隔"，也不是三者相加的失败或成功，而是三者按照艺术思维的特殊规律，辩证运动、自然融会的结果。就纵的方面讲，又包括艺术境界的形成、艺术境界的物化、艺术境界的复制三个环节。首先，在创作的构思阶段，能不能在作者头脑中形成生动鲜明的艺术境界是决定"隔"与"不隔"的第一个环节。艺术境界形成的关键在于如何运用艺术思维，使主观的情、志、意与客观的物、景、境达到辩证统一、自然妙合。其次，从观物得意、因景生情到情景交融、意与境浑，这就是物我统一、情景妙合，这就是在作者头脑中初步形成生动鲜明的艺术境界的过程。不过，这种艺术境界只有作者自己能感觉它，它虽然鲜明生动，但往往稍纵即逝，因此优秀的作者不仅善于运用艺术思维捕捉到生动的艺术境界，而且善于及时地把它物化进语言文字中。因此王国维强调说："境界之呈于吾心而见于外物者，皆须臾之物。惟诗人能以此须臾之物，镌诸不朽之文字，使读者自得之。"[①] 这就是说，作品"隔"与"不隔"，不仅要看作者头脑中有没有形成鲜明生动的艺术境界，还要看作者能不能把它"镌诸不朽之文字"，否则读者还是不能"自得之"的。所以，境界的物化是决定作品"隔"与"不隔"的第二个重要环节。在境界的物化阶段，造成"隔"与"不隔"的关键则在于如何处理艺术境界与声律、辞采的关系。由此可见，在创作的意境物化一环中，决定作品"隔"与"不隔"的不在于物化手段

---

① 王国维. 人间词话 [M]. 长春：吉林文史出版社，2007：122-123.

即"辞"本身，而在于"辞"能否把意境物化，或物化的程度如何。最后，境界的复制，这是诗词作品"隔"与"不隔"的最终表现。人们通常所说的"隔"与"不隔"，也主要是指物化在作品中的辞采、声律中的艺术境界能不能在读者的头脑中被近似地复制出来。当代西方"接受美学"认为一切文学作品的价值是由两种因素构成的，一为创作意识，二为接受意识。作者物化在作品中的创作意图，必须经过读者调动生活经验，发挥主观想象，进行丰富、补充、具体化，才能够实现。物化在作品中的艺术境界的有关信息能否被读者快速而明晰地感知到，以及它被感知以后，能否迅速、明晰且大量地唤起读者的有关生活经验、审美经验，进而引导读者运用自己的经验迅速而明晰地创造一个近似原作的艺术境界，这个区别就是"隔"与"不隔"。能则"不隔"，不能则"隔"，其快速、明晰的程度不同，也就是程度不同的"隔"与"不隔"。王国维说的"语语都在目前，便是不隔"[1]，就是指物化在其中的艺术境界能够在读者头脑中迅速、明晰地复制出来，而其语言文字所携带的信息，对读者的生活经验、审美经验具有特别强大的召唤力量。而仅能唤起读者在欣赏有关作品时曾有过的审美感受的余波，加上这些感受的属性不同，很难构成一个完整的境界，因此就不能不"隔"了。这三大因素、三个环节，任何一点处理不当，都能影响审美效果，造成不同程度的"隔"。反之，要使作品获得最佳的审美效果，达到较高的审美境界——"不隔"，那又必须做到诸因素、诸环节辩证统一。

散文翻译以"不隔"为标准，意味着读者通过译文的语言可以直接领悟到原作的美和思想，读译文如同阅读原作一样获得同等感受。就翻译实践而言，"隔"的情况有两种：一种是译者翻译时没有与原作者通过审美直觉和谐地统一起来，致使他的译作难以引起读者的审美感受；另一种情况是译者对原作之美已有深切感受，然而在表达时却"文不达意"，使读者不能感觉其美。散文的翻译也是美的创造，对于原作的美，译者既需要通过直觉把握，又要具备分析的能力，并能够把对原作美的感受诉诸文字，以使译文读者同样得到美的感受。

---

[1]　丘振声 . 中国古典文艺理论例释 [M]. 桂林：漓江出版社，1984：174.

（五）感情移植

文学重情，文章也有情。王国维说："一切景语皆情语也。"[①] 表明"情"是文章作品的首要品质。散文翻译时，译者在深入领会原作之情后，只有通过蕴含着情愫的词语、饱含深情的文字将其传达给读者，感染读者、打动读者，才算真正完成拜译的任务。散文译作情感性的强弱，在一定程度上决定着译文感染力的强弱，只有充满译者强烈情感的译文，才能真正受到读者喜爱。无论是情溢言表或情蓄言中，还是情隐言外或情融意境，都必须有"情"。

（六）思想与逻辑

思想是作者所感悟的情感内容、旨趣含义等。作品需要有与之相称的主题。如果内容微不足道，而文体十分庄重，那肯定是不适宜的。作品必然是形式与内容的有机统一体。在散文中，读者可以发现，作者无论是描写人生还是自然，无论是探讨"自家事"还是"人家事"，都是从内心深处的自我领悟出发的。他不是在自问自答中表达自己对世界的看法，而是在自我感受中去体会和理解，从中获得审美享受。这种领悟，是对事物所蕴含的独特意义和卓越品质的发掘。这种独特而又深刻的发现，往往是以自己的感受为基础的。这一发现，不仅是我们对事物的观察和思考，更是我们感知到的结果。感受与领悟，两者都属于感性认识。实际上，感悟是一种综合性的思维过程，它需要观察、思考和感知等多个方面的综合作用。在散文创作过程中，我们常常可以看到作者对某一对象或现象的思考与感悟，并将之升华为作品所表达的思想内涵和美学意境。作者只有通过深刻思考和巧妙领悟，才能创造出散文中那些隽永的思想、情感和味道。这正是"我"感受到的散文的魅力所在。因此，尽管散文的素材涵盖了无限的自由和广阔，但作者所描绘的却是自己深刻领悟到的生活经验中的一部分。没有实质性内容的文字，只是无病呻吟文字的矫饰，不可能打动读者。那么，如果原文本有深刻而丰富的思想，而译者没有准确理解，也没有忠实地传达出来，即使译文有优美的语言，也不足为训。散文讲情景交融，创造出既优美而又深切动人的意境，最终还得看整个诗篇的立意，这"意"就是思想。在情景交融的过程中，意念应当成为

---

① 艾雯 . 人间词话全解 全民阅读提升版 [M]. 北京：北京联合出版公司，2015：247.

一种统一的力量。因此，在描写自然风光时，立意的高低直接影响着意境的深度和广度。

逻辑是指作品的思维形式和文本结构，译文应当忠实地反映出来。鲁迅曾经在《关于翻译的通信》中比较过"日落山阴"和"山背后太阳落下去了"这两个句子，他说："我自己的译法，是譬如'山背后太阳落下去了'，虽然不顺，也决不改作'日落山阴'，因为原意以山为主，改了就变成太阳为主了。虽然创作，我以为作者也得加以这样的区别。"[①] 在他看来，这两个句子"原意"不一样，应当加以"区别"。像这样改变句中主宾之序形成表达上"主旨"不同以致改变了"原意"的方式，就是忠实再现原作思维逻辑。其实，文学性散文翻译，即便是以审美思维为主，也不能排除抽象思维。翻译过程是运用语言的过程，也是运用思维的过程。在翻译中，要准确地理解原文、忠实地再现原文，就离不开逻辑分析，如对长句进行有机的分割，厘清其脉络。可见，逻辑在翻译中的作用体现在语法分析和思想内容的理解上。要真正译出原作的风格与文笔，传达原作的审美效果，时刻也离不开逻辑思维。要想抓住原作者的感情，透视其精神活动，如实译出原文的风貌，更须经过逻辑上的判断推理、演绎归纳、抽象升华等一系列再创造的思维过程。

第二节　英美文学翻译前的文本分析

在英美文学翻译作品中，文本分析扮演着至关重要的角色，它能够帮助我们更好地理解作品的内涵和外延。以英美散文为例，我们将对其进行文本分析，深入挖掘其中的内涵和外延。散文可根据其内容和形式特点分为两类，一类是应用散文，另一类则是创作散文。对于散文的应用，必须确保其内容真实可信，不得虚构；而在创作散文时，则应避免随意创作，而是有意虚构作品。因为任何文学作品都有其艺术性与思想性，而作为文学体裁之一的应用散文更是如此。散文之于文学创作，犹如一种独特的语言风格，以散文为媒介，呈现出别样的艺术魅力。当一位作家有意创作一篇文学作品时，他会赋予各种应用散文以更高的文学性，

---

① 鲁迅.鲁迅全集（第四卷）[M].广州：花城出版社，2021：210.

从而使其成为一篇文学散文。

英美散文的创作源于散文作家对其所处时代社会生活的深刻认知，因此读者有必要对当时的社会背景进行分析，以了解、认知和评价其作品的主题、思想和艺术表现形式，从而更好地理解其创作目的和动机。因此，分析文学作品是一项重要的工作。为了真正理解作品的主题和思想，我们需要深入挖掘其艺术特色和成就，以便能够恰如其分地表达出来。要准确地把握作者表达的思想感情和艺术特色，必须通过分析作品来完成。在阅读和欣赏作品的过程中，分析作品是一个不可或缺的环节，它能够帮助我们更好地理解和欣赏作品。它在我们理解作品时，不仅起着"向导"作用，而且能帮助我们达到深化理解的目的。从本质上说，分析作品只是为了理解作品，欣赏作品才是真正意义上的学习。对于作品的分析，必须考虑到其客观实际和作者的初衷，而在欣赏作品时，读者的审美观念则扮演着主导角色。在理解作品时不能只看作者本人的思想，还要考虑到作品所处的历史时代、社会环境及作者当时的心理状态等因素。作品的分析不应受到读者主观因素的干扰，读者不应将个人的主观感受和认知强加于作者和作品之上。读者的审美感受和审美观念是唯一能够决定其审美判断的因素，而欣赏则仅限于这些因素。这就决定了作品分析与欣赏之间既对立又统一、既相互区别又紧密联系的关系。因此，对作品进行深入的分析可以增进对其内在价值的领悟，但并不等同于对其进行欣赏。只有在分析中才能真正领会作品的内涵。对于作品的理解和分析而言，欣赏是一种有益的方式，但它并不能替代对作品进行的深入分析。或许在分析直观艺术时，我们可能会忽视其与欣赏之间的互动过程，从而导致"一见钟情"的直接效应产生。对于语言艺术而言，无论是在古代还是现代，对于阅读和欣赏之间的分析过程都是不可避免且不容忽视的。因为文学作品作为一种特殊形式的审美对象，其意义往往来自作者所创造的语言结构及其表达手段。当读者将语言所构成的艺术作品转化为具体的艺术形象时，实际上是通过对其进行深入的分析和综合，从而达到了预期的艺术效果。这种分析、综合的过程，就是作者将自己的审美经验转化为作品意义的过程。如果我们能够以实事求是的态度对一篇散文进行深入细致的分析，那么不仅可以加深我们的理解，同时也能够提升我们的欣赏体验。

一、知人论文、具体分析

当我们要理解一篇散文作品时，应当做到知人论文、具体分析。英美散文的作家都是来自英美地区的，那么在创作时就会融入作家自己的思想和生活。所以在对其散文进行分析时，先要对作家及其时代背景有所了解。每个人都有不同的遭遇、思想历程和艺术道路，即使是处于同一个时代的作家，创作出的作品也有各自的思想和特点。进一步来讲，一位作家一生所有的创作，都是会随着他的思想和艺术水平的发展而不断变化的，因此同一作家不同时期的作品也会存在思想上的差异。因此，对于一篇散文的分析，必须深入了解其创作背景、当时的社会生活状况、作家的思想和艺术特点，以及作家在这一时期的生活经历、思想状态和艺术进步等方面。只有这样才能使我们对作品有一个比较全面深刻的认识。对于作品的分析，若仅限于就事论事，那么要深入了解其特点，并做出恰当的历史评价，将是一项艰巨的任务。因为它不能全面地反映一个作家的全部经历和活动轨迹，也不可能从宏观上把握其整个创作过程。因此，对于一篇作品的深刻理解，必须将时间、地点和条件作为转移的唯一标准，以确保其内在的连贯性和完整性。

二、从分析结构入手

对于一篇散文的分析，我们可以采用知人论文和具体分析这两种普遍的方法。这样才能对作者及其作品有一个比较全面和正确的认识。对于具体的方法而言，必须从对结构的深入分析入手，以确保其有效性。什么是散文的结构呢？散文的结构通常分为三个层次，分别是文体、思想内容和艺术形式。其中，最重要也最为复杂的则是文体结构了。文体结构的归属，实则取决于其所属的文体类型。在写作时，作者可以选择不同的文体来表现自己的思想感情和反映生活的本质。对于散文的创作，必须遵循特定的文体规范，因此在对作品进行分析时，我们必须仔细审视其标题，以明确其文体特点。文体格式是一种抽象的、通用的、公式化的结构形式，其目的在于满足特定的应用需求，并为所写的内容提供一个框架。不同的文章有各自独特的结构特点，这也决定了其表达效果与风格。散文作品的结构形式体现了文体的格式要求和框架作用，因此在分析散文结构时，必须仔细审视题目、明确文体特点，深入了解其文体结构。

优秀的散文常常是作者根据自己所确定的主题思想（"立意"）对某一事件或问题的某一方面进行创作（所谓的"谋篇"）。如果没有主题而只是根据材料随意地拼凑段落就成了无病呻吟的文字，即使是好文章也不会受到欢迎。因此，散文的结构实质上是由其主题思想的逻辑框架所决定的。如果不注意这种逻辑性，就可能把文章写得枯燥乏味。为了深入理解思想内容的逻辑结构，必须先掌握字句的含义并进行章节的疏通，然后再进行抽象的逻辑分析，以便全面把握文章的内在联系。从某种意义上说，一篇散文的整体构思过程实际上也就是对其具体内容的展开过程。对于叙事文和说理文而言，其内容结构的分析和把握相对容易；而对于写景文和抒情文而言，则需要更多的技巧和经验。当然，也不能说叙事文比议论文章更复杂些。由于前一种表达方式直接呈现为逻辑结构，而后一种则通常采用具体形象或形象性手法来表达思想，且常常呈现出抒情诗的特点，即形象的跳跃性和逻辑省略，如寓情于景、用典喻理、比兴寄托等，因此必须对具体形象的含义进行分析，以把握它们之间的逻辑联系。此外，由于叙事与说理都要求有一定的逻辑性，所以二者也应结合起来加以研究，才能准确地理解作品所表达的思想感情。考虑到散文作者通常不直接运用逻辑语言来表达其态度，因此必须对散文中具体的描写场景和情感形象进行深入分析，以把握其逻辑联系。只有这样才能从宏观上认识散文的本质，从而使我们能更好地掌握和运用散文语言的规律。散文的艺术形式结构是由其思想内容的结构所决定的，而这种结构则是其思想内容结构的具体体现。此外，一篇散文的艺术形式结构是由作者根据主题思想的需要进行选材、剪裁和安排而完成的，因此对一篇散文的艺术形式结构进行分析，实质上是对其选材、剪裁和安排的具体分析。所有的素材都经过精心的筛选和处理，以确保其在整体结构中占据恰当的位置，从而形成一个思想清晰、重点突出的分层段落。

三、散文艺术形象的分析

散文所呈现的艺术形象，实则是作者以自身认知为基础，运用生动形象的手法和技巧，展现客观事物的真实面貌。它是一种主观与客观相结合的产物。因此，散文的艺术形象是由作者在作品中所呈现的自我形象与客观事物形象相互融合而成的。它具有一定的真实性与典型性、概括性和深刻性，以及审美上的高度自由等特征。优秀的散文作品不仅在客观形象上呈现出生动的形态，同时作者的自我形象也呈现出强烈的渴望，仿佛随时都可能跃然纸上。它们都以各自特定的内容和形式构成了具有高度审美价值的完整统一的艺术形象体系。由于不同作者的思想认识和艺术素养存在差异，同一作者在不同时期的思想和艺术都经历了变化，因此每篇优秀散文都呈现出独特的艺术形象，既体现在客观事物上，也体现在自我形象上。那么，什么才算是一个完整的人物形象呢？通常情况下，客观形象是由作品所涉及的具体主题综合而成的主题的形象性，而自我形象则是作者对主题的认知、情感、态度和倾向的综合表现或流露的总和。这两者既有联系又有区别，都是反映作家主体意识与客体对象关系的产物。因此，对于一篇散文的艺术形象进行具体分析，实际就是需要回答以下问题：其所呈现的形象应当是何种形态？它是如何构成的？具备何种特质？它反映了作者怎样的思想情绪？采用何种技巧和手法来呈现此事？它反映了谁的思想情绪和感情基调？作者的思想、情感和倾向在文章中是否得到了充分的表达？这就是我们通常所说的主题思想。通过对全文的具体主题进行深入分析和综合归纳，我们可以更加准确地理解和把握全文主题的形象性以及作者自我形象的表现，从而更好地认识这一作品的艺术特点。

　　同一位作者的不同作品所呈现出的自我形象或许存在着相当程度的差异。在文学作品中，作家通过自己的心理活动来反映社会生活和审美理想，而这种思想内容则往往要借助于具体事例加以表达和说明。因此，对散文作品的自我形象进行分析，实际上是对作者所写主题的是非、爱憎、好恶的思想、情感和倾向进行综合归纳，从而形成读者心目中的作者形象。在这里，我们着重探讨分析说理文中的形象性，即从语言上看作者如何运用典型事例来揭示事理或抒发情感。具体而言，对于说理文的形象性进行分析，需要深入挖掘其中例证的独特特征和表述方式。这类文章的典型形象往往不是直接描写或说明客观事实，而是通过人物心理活动间接地反映现实，从而使之成为具有一定主观色彩的"主观形象"。由于其所呈现的客观形象是以形象化的方式呈现的例证，因此在文章中得以体现。分析说理文的形象性，就是从论证对象入手，分析其语言的特色及表达的思想内容。

分析叙事文的图像化，即对其细节特征和描述进行深入剖析；而分析抒情文的图像化，则是对借以抒情的具体事物的特征和表现进行细致剖析。

四、散文语言的分析

散文作为一种文体，其物质表达方式唯一，即以语言为媒介。诗歌的声韵格律与戏曲的音乐、舞台和演员相比，前者的艺术性和表现力远胜后者。所以散文可以说是最简单的语言艺术之一。散文之所以具有如此巨大的魅力，是因为它是由文字构成的，并通过语言文字来传达思想感情和审美理想。作家以语言为媒介进行艺术创作，而读者则从字句的理解开始接触作品，最终归纳为欣赏其语言艺术。所以说，散文是一门以表达为目的的实用文体。鉴于英美散文多为文学性较强的应用散文，因此语言的技巧显得尤为重要且显著。在翻译过程中，我们可以通过对文章结构形式的分析来把握作者所表达的思想感情。在进行具体的分析时，首要任务是确保对词汇意义的准确理解，恰当地运用语法规律，以及巧妙地运用修辞技巧。同时，还要注重对文学作品所反映的生活内容和思想感情的理解与把握，并把它们融入自己的审美情趣中去，使之成为具有高度艺术性的艺术品。其次，需留意语言所处的时代背景，以掌握作品语言的时代气息。最后，每一位杰出文学家的散文作品都呈现出独特的语言风格，这也是我们在分析语言艺术时需要特别关注的。总的来看，散文作品的语言分析实际上是对英语语法修辞等技术技巧的深入剖析，是对文学表现手法技巧所依赖的工具手段的剖析，而非对文学性的剖析。

第三节　英美文学翻译的历史文化情境

社会文化情境的外部研究排除了把文学作品看作是一个封闭自足的客体的局限性，有机会更准确地把握文学与翻译活动的实质，其理论有助于译者在理解原作时，注意结合原作的时代背景，关注文化因素，以把握作品的真实含义。

一、历史

文本的历史性质决定了其阅读和翻译在不同时代所留下的独特印记，而随着时间的推移和社会的演变，读者对原文的理解也随之发生了新的变化，因此重译成了必然的历史趋势。从文学接受史角度分析，重译是文学作品在特定时空下被重新解读的一种特殊形式，是译者根据自己对原文中所表达的意义所做的创造性、叛逆性阐释。由于重译的引入，原作焕发出新的生命力，每一部译作的诞生都受到所处历史环境和社会背景的深刻影响，因此在对英美文学作品进行翻译时，需要考虑文学作品所处的历史情境。

二、文化

文化泛指人类社会历史发展过程中所创造的全部物质财富和精神财富，精神财富也包括社会意识形态。中国学者对"文化"一词历来有较为宽泛的定义，最早是南齐王融在《曲水诗序》中提到的"设神理以景俗，敷文化以柔远"[①]。文化包括文治教化、文物典章、朝政纲纪、道德伦序以及礼俗日用的一整套观念和习俗。真正作为"文化学"意义上的"文化"概念，来自拉丁文 culture，意含耕种、居住、练习、留心或注意、敬神各项。从这一词义延伸出文化多层次的整体结构：物质层、制度层和精神层。物质层指人类创造的"第二自然"，是对象化的劳动的结果。制度层是指渗透了人的概念的社会的各种制度。精神层包括宗教、哲学、科学、艺术以及性格心理、价值观念、思维方式、审美趣味、道德情操等。这三个层面相对独立又相互结合，构成文化的潜层、中层和深层。其中物质层文化最为活跃，容易变化，所以外来物质文化的吸收总是先行的，而且较容易翻译和接受。精神文化则惰性最大，不容易改变。有学者认为文化由四个方面构成：不同文化类型在创作力上表现的特点；它的心理素质，它所特有的思维方式、抒情方式和行为方式；最根本的价值观念。这只是文化的精神层面，不过是对文化精神层面更细的分类。它反映出在整个文化系统中，意识形态具有相对的独立性，具有自身的发展规律。

---

① 何薇 . 一座城市一本书 南京漫游记 [M]. 南京：河海大学出版社，2021：97.

文化有两个显著的品格：整体性和历史性。整体性意味着它有其自身的结构，不能理解成不同时期和不同领域的文化现象的简单相加，它规定了人类或社会活动的普遍化，排除了个体的偶然行为。这种整体性既有稳固和持久的一面，也有变动和转换的一面。稳固和持久，指文化被作为普遍的行为，被人类所理解和认同，吸纳和储存在文化的整体系列之中，从而支配着人的生活与活动。文化的进步源于其发展和完善，然而这种变革和转变只能在整体层面上进行，因为只有在整体层面上存在，文化才能展现其多种功能。人类历史的演进是一种不断完善和丰富自身本质的进步过程，它超越了某一特定历史时期的孤立现象，呈现出历史性的特征。由于社会实践活动不断向前推进，人们对客观世界的认识不断深化，从而使人类文化获得了持续不断的更新与发展。然而，文化并非完全等同于人类的进步，它具有自身的满足、发展和完善过程，需要以相对凝固的结构状态来展示其作用和功能，同时也需要通过结构转换的方式来充实和超越自我，这不仅构成了文化的断裂和阶段性发展现象，更是传统形成和超越的重要体现。

在翻译研究中，文化的视野不断地融入其中，成为一种不可或缺的元素。因此，要实现翻译目的就必须建立起一套符合客观实际的翻译文化观。翻译并非单纯的语言行为，而是一种深植于相关文化中的行为，其意义超越了简单的语言表达。从这个意义上讲，文化的视域决定着翻译的本质及其价值取向，即翻译不仅要传递源语的信息，还要将其转化为目标语言的符号系统并传达给目的语读者。翻译即文化内部和文化之间的互动交流，而翻译对等则是源语和目的语在文化功能上的相互对等。翻译文化观的确切内涵在于：①翻译应当以文化为基本单位，而不应将翻译单位局限于语言的狭隘范畴之内；②翻译不仅仅是简单的"译码—重组"过程，更是一个涉及文化交流的复杂过程，需要跨越语言、文化等多个层面，以达到更深层次的理解；③翻译的范围不应仅限于对源语文本进行描述，而应注重源语文化在目的语文化中所扮演的功能对等的角色；④在不同的历史时期，翻译所遵循的原则和规范也随之变化，这些不同时期的翻译都是为了满足不同文化背景下不同群体的需求。翻译活动的开展不可避免地受到特定文化环境的制约。翻译活动作为一种独立的文化活动，不仅能够推动文化的发展，还能够塑造文化的面貌，影响文化发展的方向和速度。

　　一国一地的文化，由于民族有异、国情有别，与他国他地的文化相比较，也必然呈现出层次不同、纹路有别的面貌。翻译要保持异国情调和源语文化内容，关键在语言层面，因为异国情调的产生，除了靠内在气韵的形成，还靠外在字词的点缀。

　　文化不同的民族对世界图景的看法不同，这在一定程度上影响该民族对世界的观察角度、评价尺度和对表达手段的选择，其价值判断与审美经验都是截然不同的。如汉语中"雪泥鸿爪"一词，苏东坡《和子由渑池怀旧》一诗的前四句："人生到处知何似，应似飞鸿踏雪泥，泥上偶然留指爪，鸿飞那复计东西。"在这里，"雪泥"是典雅优美的意象，承载着千百年文学的遗产，携带着世世代代文化的信息，这样一个充满诗情画意、内涵极深的词汇，如果直译照搬为"snow mud"（融化着雪水的泥土），就变成了一种"terrible thing"，不仅没有诗意盎然之趣，也丝毫唤不起外文读者对"人生无常、往事留痕"的丰富联想和美感经验，反而引起了"泥泞不适、举步维艰"的感觉。那么在这种情况下，翻译就必须视文本的性质、翻译的目的以及读者对象而灵活处理。

三、异国情调

　　异国情调（exotic atmosphere）是指作品中反映特定民族生活习惯、思维方式、语言文化、审美信息等的有别于其他民族的特殊氛围。散文翻译应当忠实地传达这些异国情调，给读者一个全新的异域审美空间。翻译是要给读者一个"博览外国"和"旅行外国"的机会，因此保存原汁原味的异国情调是译者的义务，也是译本成败的关键。

四、欧化

　　"欧化"是指忠于外来文化的特点，吸纳外语表达方式的翻译方法。鲁迅在《"题未定"草（二）》中指出："动笔之前，就先得解决一个问题：竭力使它归化，还是尽量保存洋气呢？"[①] 鲁迅是遵循欧化的，他认为"只求易懂，不如创作，或

---

① 许寿裳. 领读文化 鲁迅传 [M]. 北京：九州出版社，2017：62.

者改作，将事改为中国事，人也化为中国人"[①]。"归化"所指即在翻译过程中坚守本民族语言文化的传统，回归地道的本民族语言表达方式，这种做法不仅违背了翻译的本质，也不利于本民族语言的进一步发展。归化词的产生就是为了避免这一现象，而归化字在汉语里具有特殊意义和作用。歌德将翻译归纳为三种类型，即通过传递知识来实现翻译、表达作者意图的翻译和传达原作风格与思想内容的翻译。根据翻译文化的规范，我们可以采用一种类似于创作的改编性翻译方式。根据原文中的表达习惯或审美情趣而进行创造性翻译，采用逐行对照翻译的方式，即译者在原文下逐行写出译文，通过语言上的紧密贴合来还原原文的本质，这种方法可以被归类为逐句直译，但并非逐字死译。要使译本忠实于原作，就必须尊重原作者的精神和艺术价值。有翻译家指出，翻译的方式可以分为两种，一种是尽可能地避免干扰原作者的平静，以便读者能够更加接近作者；另一种方法是尽量避免干扰读者的宁静，让作者更加接近读者。后者即所谓意译，它是译入语中所使用的词语符合原作表达习惯和风格特点的一种方式。前一种便是欧化的。

（一）欧化形式的来源

欧化思潮源于五四时期，当时通行了语体文，用语体文翻译西方语文的译作增多，于是逐渐出现所谓欧化形式，这是指汉语表达中模仿西方语文的词汇和句子形式，同我们通常在写作中出现的"病句"或欠通顺句不是一回事。

从语言学上看，欧化形式是一种语言现象，它的来源完全是翻译和用"翻译体"写的文章。它的形成过程是"翻译—写作—口语"。因为经过这样一个过程，所以有选择、检验、淘汰的余地，发展到在口语里也使用时，就是"约定俗成"，形成习惯。这是符合荀子"名无固宜，约之以命。约定俗成谓之宜，异于约则谓之不宜"[②]这一语言学思想的。不过大多数欧化形式还是用于笔语，而且只可能通用于一部分人。

模仿外语的形式，要能被人接受、能通行，必须具备两个条件。一是有可能，就是与本国语法基本规律不抵触，能融合在本国语法里面，甚至是本国古语中本来就有的东西。二是有需要，汉语是相当古的，到现代已不够精密，需要增加一

---

① 许寿裳.领读文化 鲁迅传 [M].北京：九州出版社，2017：62.
② 杨建红.普通语言学笺疏 [M].天津：南开大学出版社，2020：110.

些语法手段，因此不少模仿外语的形式"应运而生"，并被接受。反之，如果不具备这两个条件，模仿了、输入了，也会被淘汰。一般情况下，在名词范围内的欧化，不影响汉语造句法，是容易接受的。这就是为什么在语言的发展过程中，词语变化最快，显得最活跃，而句法和语音则相对较稳定，变化缓慢。

（二）欧化形式和新表现法

语言是相互影响的，在各民族文化交往中，两种语言经常进行潜在的交流，作为民族特征之一的语言本身没有绝对排他性。译者朝夕涵泳于外文形式之中，翻译或写作时受外文影响是不可避免的。正因如此，译者有必要具备本国规范语法的知识，能够辨明所谓欧化形式中什么是我国语言规律所能接受的，什么是和我们的语言规律不相容的，在译文中既能输入新的表现法丰富祖国语文，又可以保持祖国语言的纯洁性。语法欧化的趋势是很自然的，不可横加阻挡。但并不是说我们可以任意模仿外国语言，毫无限制，如果祖国语言有相当的说法，就不必去搬弄一般人不习惯的洋说法。这种作法比较折中，基本符合欧化原则。

译者有接触外语的便利，因此有可能在输入新的内容的同时，输入新的有用的表现方法，使本国语言更加丰富。吸收和引进新表现法是翻译的积极作用之一，是发展民族语言的一个重要手段。翻译的创造性也体现在这方面。我们应当拿现代汉语的语法规律做基础，适当地采取外国语的语法规律，用来增加我们语言的严密性。

第四节　英美文学翻译的笔法与风格

一、笔法

"笔法"一词源自"春秋笔法"，意谓在看似平常的记事之中加入深刻的褒贬劝惩之意。这种主观意图被人称为"微言大义"。所以，《春秋》记事极为简略，遣词造句十分审慎，往往一字之中尽含褒贬，在力求最简洁的基本构想之中，体现出有繁有简的选择。①孔子修《春秋》，又把记史、评史、借史三者统一在一起，更加确立了这种文章写法和使用语言的艺术。这种"春秋笔法"极为深隐犀利，难以索解，极大地增加了文字的信息含量，给人留下了非常广阔的思维空间。这种笔法最显著的特色是其"简而有法"的叙事，即用高简的手笔、平淡的语言，寥寥几笔把历史的结论表达出来。从文学的角度看，这种行文方法往往要求用词准确、选词谨慎，将深隐的内涵寓于看似平淡的语句之中，所以胡适以来的许多学者甚至认定春秋笔法是我国修辞的最早萌芽。由"春秋笔法"引申出的"散文笔法"，已经不再是风格意义的概念了，它是用以区分散文与其他文字产品的概念，以免除由文体、语体、"文"与"笔"、散文与韵文、文学与非文学等区分法带来的不便。这就是说，只要是运用了"散文笔法"写出的文字产品，就是散文作品。散文笔法主要有以下五类。

（一）记叙笔法

记叙笔法写作者本人的所见、所闻、所感、所想、所历。翻译时一定要译出原作的笔调和作者的个性。如史蒂文森的《携驴旅行记》，叙述了一段自己的亲身经历，记叙中流露出自己对世界、对人生以及对政治的看法，描述的虽是细微的事物，却反映了深刻的社会现象。

（二）抒情笔法

抒情笔法重在抒发作者主观情感以打动读者。如欧文（Irving）的《作者自叙》，就是一篇抒情笔法的文章，写自己从童年时代就怀有对旅行的喜爱和对航海的向往，这是一种高尚的爱好和雅致的情趣。为了表达这一真实的情感，作者用语优美典雅、笔调工整规范、风格闲适静谧，描绘了一个田园诗般的意境。尤其在结尾几句，写得情景交融，翻译时需要忠实再现这种感情。

（三）描写笔法

描写笔法以写感受为核心，抒情浓烈，一切被描写的对象都是作者情怀的外在体现。作品写景为的是创造气氛、寄托作者的心境、抒发作者的情怀；写物为

---

① 孔子. 春秋 [M]. 长春：吉林文史出版社，2017.

的是托物言志、寄寓自己的精神与志趣；写人为的是凸显形象、表达作者对生活的感受和认识。因此描写笔法常常要注意情景交融、意与境浑。

（四）说明笔法

说明笔法是就某一主题阐述和发挥，其结构严整、逻辑力强、文字精确。

（五）议论笔法

西方的议论文字起源很早，源于古雅典元老院雄辩的演说，特点是深思熟虑的逻辑推理、真诚客观的事实陈述，而这一切又总是借助于文情并茂的文字来呈现。

二、风格

作品的风格指的是其所表现的主要思想和艺术特点，尤其是语言特点的综合表现，是作家的创作个性在文学作品的有机整体和言语结构中所显示出来的、能引起读者持久的审美享受的艺术独创性。风格是文学创作中从整体上表现出来的一种独特而鲜明的审美特征。它受作家主观因素及作品的题材、体裁、艺术手段、语言表达方式及创作的时代、民族、地域、阶级条件等客观因素的影响而产生，并在一系列作品中作为一个基本特征得以体现。简而言之，风格就是作家创作时的艺术特色，是某一作家的作品所不同于其他作家的表征和审美个性。艺术的生命在于独创性，作家永恒的艺术生命就在于独特的风格。古今中外，在文坛上闪耀着光芒的，唯有那些独具风格的艺术家。

（一）中西风格分类的差异

西方风格论多将风格区分为"主观的风格"与"客观的风格"，如《文学风格论》中指出："风格是语言的表现形态，一部分被表现者的心理特征所决定，一部分则被表现的内容和意图所决定……倘用更简明的话来说，就是风格具有的主观的方面和客观的方面。"[1] 而最多的是三分法，如安提西尼的崇高、平庸、低下；黑格尔的严峻、理想、愉快；威克纳格的智力、想象、情感；等等。西方最流行

---

① 蒋孔阳 . 蒋孔阳全集 第 4 卷 [M]. 合肥：安徽教育出版社，1999：426.

的风格分类，多半是从形式与技巧手法上来看的。如风靡一时的哥特式风格、巴洛克式风格、洛可可式风格、帝国式风格等。这与自亚里士多德以来西方风格论偏重于语言修辞与形式技巧的传统是具有内在的一致性的。

（二）对风格的统一性的不同认识

中国的风格与西方的风格都讲统一，但西方更多的是强调风格的主客观统一，而中国则更多的是强调风格的多样化统一，这是中西艺术风格论的又一大差异。

西方特别强调风格的主客观统一，只不过有时这一方面比较突出，有时另一方面比较突出。但在任何情况下，这两面孰轻孰重都取决于内容，根据内容较多主观因素或较多客观因素的性质而定。换言之，风格的主观性或客观性的或多或少只是以此为准。如果处理不好主观与客观的辩证关系就会失调，产生所谓"矫饰作用"，黑格尔称之为"坏的作风"。他指出："如果在这个广义的风格上有缺陷，那就是由于没有能力掌握这种本身必要的表现方式，或是由于主观任意，不肯符合规律，只听任个人的癖好，用一种坏的作风来代替了真正的风格。"[①]

而中国古代风格论似乎从来就不担心作家处理不好主观与客观的关系，似乎这个问题在中国古代作家身上并不存在。中国古代文艺历来以"外师造化，中得心源"为座右铭，这也与中华民族中庸的民族特征是分不开的。

（三）影响风格的因素

影响和制约风格的因素是多种多样的，可以分为主观和客观两大因素。主观因素就是作者，这也是最主要的因素，因为任何作品最终都是由作者的主观因素决定的，一切外界因素的影响都要经过作者主观主体的过滤才能起作用。客观因素包括文体、时代、诗学、语言、地域等，这些因素直接影响和制约风格的面貌，因为任何作者总是生活在一定的时代背景和特定的地理环境之中，受着特定的文化和意识形态、哲学思想、美学风尚及创作理论的熏陶，作品也总是反映一定时代的思想、特定地域的风情、某一诗学的载体，这便决定了风格不可能完全脱离外界的影响。

---

① 黑格尔.美学 第1卷[M].朱光潜，译.北京：商务印书馆，1996：373.

（四）翻译应当传达原作风格

风格理论要求译文忠实地传达原作风格，译者不能以自己的风格取代原作者的风格。如果一位译者始终按照自己所喜爱的风格翻译，那么各种不同风格的散文作品都会在译者的笔下变为一个模样，因此中外论者都极为重视翻译中的风格问题。

翻译应当传达原作风格，这是翻译的本质所决定的，也是译者永远要遵守的原则，它决定着翻译的成败。原文朴实，不能译得华丽；原文简洁，不能译得啰嗦。译者也不能用自己一贯的风格去翻译各家作品。

第五节　英美文学翻译的语境适应论

语境指语言使用和意义生成的环境，分为宏观语境和微观语境两方面。宏观语境涉及广阔的社会环境如政治制度、经济生活方式、时代背景、人文地理环境、民族文化心理、思维方式、宗教信仰等；微观语境主要指语音、词汇、语法、语体、语篇等语言因素。翻译时既要善于从宏观上运用整体思维方式，对语言运用作整体把握、整体分析，体现出一种语境通观的思想，又需注意从微观的角度分析词语的运用、行文及表现的手法，只有这样才能保证译文的成功。语义的形成与言语交际密切相关，现代语言学认为词语的意义只有通过言语交际单位——语句，才能获得真实的存在、发展和变化，并在交际中得到沟通、印证、修正。这种"交际"也就是语言的上下文或语境。

一、适应宏观语境

（一）适应原作社会政治制度

社会政治制度是社会环境的构成因素之一，也是一个社会存在的基本形式之一。语言作为人类最重要的交际工具，为人类服务，也为一个社会的政治、经济、文化等服务。语言虽然不是上层建筑，但它与上层建筑的各个方面都有着千丝万缕的联系，社会政治制度对语言的影响是巨大而深刻的，社会政治制度的变革会使语言发生变化。虽然社会政治制度发生改变并不意味着语言发生改头换面的变化，但它至少会使语言在某些表达方式上产生"飞跃"，语言使用者在这个"飞跃"中只有适应，才能在语言交际的领域里达到交际目的。如在中国先秦时期，战国纷争、诸侯力政、学术争鸣，语言文字上出现了"言语异声，文字异形"的局面，至秦始皇实行"车同轨，书同文"，确立了书面语言——小篆的正统地位，这种局面才结束。五四时期，"反对文言文，提倡白话文"改变了中国封建社会"言文不一致"的局面。

不同的社会政治制度虽然改变不了语言本身，但会给语言的使用带来不同的特点：制约语言的表达习惯、左右语言交际方式、改变语言的构成成分。处于不同社会政治制度下的人，运用语言也会具有不同的特点，为了适应社会政治制度的需要和社会环境的变化制约，必然要采取不同的表达手段。

因此语言使用者必须对不同政治制度下所产生的不同的语言现象、特殊语言表达方式有清楚的认识。

（二）适应原作经济生活方式

从语境学的角度看，社会经济生活本身就构成了制约语言表达的语境。经济生活是在日常生活中与人们最为贴近、社会环境中与语言交际者息息相关的方面。有什么样的经济生活，人们就会创造出与之相适应的能够如实反映其面貌的语言表达方式，包括词、句及各种习惯表达法。因此，当社会经济生活发生变革时，语言表达形式必然会改变，以最恰当的表达方式适应新的经济生活。一定社会的经济制度是与政治制度相辅相成的，经济制度决定人们的经济生活方式，人们无时无刻不生活在一定的经济生活中，因而在语言表达中必然会有与之相应的一系列表达手段。通过这些手段，恰当地反映经济生活面貌、交流思想。

（三）适应原作时代背景

从翻译的角度看，适应时代背景有以下几层含义。第一，在翻译过程中，译者对当代的社会状况应该是了如指掌的，作为现实的人，其语言表达也是现实的。从原作语言表达的内容上看，语言表达的信息内容应该是当代社会里的事物，或者是当代人所熟悉的事物，即与时代相吻合的事物。从语言表达者自身的特点来看，必须符合时代的特征。从语言表达的形式上看，表达者必须采取现实社会中鲜活的语言表达方式，尽量摒弃与时代不合拍的陈旧的表达法，在词汇、语法、修辞等方面保持着与时代同步前进的清醒头脑。从语言风格特征上看，语音成分、语汇成分、语法成分的构成及如何选取、如何表达是形成语言时代风格的条件，因此译文必须符合语言的时代风格，原因是语言的时代风格是与时代背景紧密联系在一起的。第二，对于译者而言，接受当代的语言成品比较容易，将自己所理解的意义与当代社会联系起来综合考虑，就能比较准确地理解语言的意义。困难的是接受非当代的或者说是另一时代背景下的语言成品。在这种情况下，译者对时代背景的适应就体现为他必须具备一定的历史知识，必须对语言成品形成的那一时代的面貌做系统的了解。第三，原作者有时会构拟一个时代背景（虚拟语境），并以这个时代背景为基点展开语言活动。这种情况对于历史小说家、科幻小说家而言是常有的事。译者对这类语言成品的接受，也表现在对其虚拟的时代背景的接受上。翻译这类作品，也需要译者具有丰富的历史知识以及较强的语境适应能力。如《格列佛游记》中的大人国、《未来世界》中的科技天地等。

（四）适应原作自然地域环境

地域环境不同，要求语言表达者采用不同的语言表达方式与之相适应，分布在不同地域的人语言特点不同，在语音上、词汇上以及语法上都会存在一些差别。这种差别要求人们在语言表达中做出恰当的调整，互相适应。

对自然地理环境的适应，就是要细心地去体会客观的实际情形，根据特殊的情境去交际。英国四面环海，人们早期的生活很大程度上依赖于海，他们创造了"海的文化"。而汉民族生活在群山陆地间，创造的是"山的文化"。这些文化都会在各自的语言中体现出来，影响语言的表达。当有人在恋爱中失意时，英国人可能用"there are plenty of fish in the sea"来表示安慰，而我们则用"天涯何处无芳草"。地理环境的不同，使语言表达中出现了一些只有熟悉当地地理环境的人才能够理解的表达方式。如李白的"功名富贵若长在，汉水亦应西北流"一句，用汉水不可能向西北流来说明功名富贵不可能长在，这种表达符合中国的地理特征，但如果是在非洲，这种表达则与其地理环境不相符合，尼罗河正是从东南向西北流去，那么这诗句恐怕要改译为"功名富贵若长在，尼罗亦应东南流"，不然其语义内容读者无法理解。

（五）适应原作人文地理环境

人文地理环境是由社会的人文因素构成的地域性环境。文化的形成脱离不了人文环境的影响，特定的人文环境造就了特定的文化，特定的文化又产生特定的表达方式。正是由于人文地域不同，语言形式上便有一定的差异，使各自的语言表达打上该地区的烙印。

（六）适应原作民族文化心理

民族文化心理是一个民族长期以来形成的一种具有区别性特征的心理定式。不同的民族具有不同的文化心理，这种文化心理在一定程度上制约着人们的语言行为，语言交际者往往从字里行间、言谈举止中反映出他们的民族文化心理，因此要想成功地进行语言交际，就必须适应民族文化心理。如表现在语言上的语言禁忌，就是一个民族的文化心理语言禁忌，它要求使用不同的表达方式来表达不同的意义内容。

语言是一种文化载体，语言中的词语往往会富有一定的文化内涵，具有一定的社会文化意义。由于各个民族在不同的历史时期形成了不同的文化积淀，所以某一个表示具体客观事物的词在不同民族语言里会被赋予不同的社会文化意义。这种社会文化意义与民族文化心理紧密相连，构成了不同民族语言之间的区别性特征。词语的社会文化意义对不同民族语言之间的语言交际具有一定影响，从翻译等值的观点来看，不同民族语言之间在具体的词语上是没有绝对等值的、成功的翻译，往往会寻找具有相对等值的词语。

语言的民族文化心理表现形式很多，有表现于词义的褒贬的。如英语中的"homely"这个词在英国指女子很会管家，是褒义词，而在美国指女子的丑陋。又如西方成语"小虾引出乌龟"，如果直译，会触犯汉民族文化心理，因为"乌龟"有它的负面文化意义，这时不妨译为"抛砖引玉"。这种差异还体现在词语联想上。如对不同的事物，不同民族有不同的认识，在民族文化心理上往往产生不同的联想。蟋蟀在中国古代文章作品里常以凄凉忧伤的形象出现，因为在汉民族文化心理上，蟋蟀在秋天的夜里鸣叫非常凄凉哀伤。而在英美人心目中，蟋蟀具有愉快的心理联想。

民族文化心理的另一表现是由各民族不同的风俗习惯构成的心理特征。风俗习惯对语言有一定制约，可以形成一些特殊的语言表达方式，或使语言具有丰富的内涵。民族文化心理还表现为审美心理不同的民族具有不同的审美观，这种审美观在某种程度上制约着人们的语言表达方式。如汉民族在漫长的历史发展中形成均衡、匀称的美学价值观，讲究对称和谐，因此行文习惯于运用整齐、均衡的"偶式"语言表达形式。这种整齐的句法结构反映出一种汉民族崇尚平衡美的心理。从汉语言本身结构来看，汉语在语音、词汇、语法及语义等方面都具有对称均衡的特点，在语用、句子的选用上，汉语也善于将简单的和谐、对称上升到一种哲学的高度，长短结合、整散兼用，由这些构成语言表达的和谐美和变化美。

讲究有序，遵循一定的有序原则，是汉民族文化心理的又一种表现。反映在语言表达上，就是语言单位铺排的次序。汉语行文，贵循序，忌颠倒，讲究起承转合，立题、破题、解题、结题。这都是汉语语序原则的体现。

（七）适应原作思维方式

思维方式是一种内在的语境构成因素之一，它对于外在的语言表达方式有一定的制约作用。思维与语言是"体"与"用"的关系，思维是"体"，语言是"用"。不同民族的思维方式不同，在某种程度上制约着人们的语言交际活动。汉民族的思维方式主要是整体思维、辩证思维和具象思维。就整体思维来看，对于语言表达，作者在写作之前先有一种整体布局观，文章开始的一句话、一个词，孤立地看没有什么好坏，一旦与整体联系起来，其优劣自现、好坏自明。局部与整体是人们思维中经常考虑的一对矛盾。在处理这一对矛盾时，汉民族多从人处着笔，从总体上阐释，注重整体效果。这种"语境通观"思想体现出思维对语言表达的影响。整体思维制约语言表达的另一种表现就是在语言运用中讲求词、句、段、篇的有机联系。讲究前呼后应、首尾一致，前有伏笔、后有交代，前有悬念、后有解释。在大的段落中，多运用各种连词、副词等将全篇连为一体。整体思维还使得汉语多用"意合法"来钩联分句，不拘于严格地用连词联系，这是汉语和其他语言之间的一大区别。不仅句子内部用"意合法"，句子与句子之间的联系也用"意合法"。这种行文，句子之间并无逻辑形式上必然的因果联系，铺排零散，句子向着一个核心目标聚集而成，不仅具有言简意赅的修辞特征，而且不依赖关联词语组成的句段，使得每个句子都具有独特的语义内容，同时还将预设的语义内容演绎成各种不同特点的句子，提高句子的思想张力。这种预设实际上是语言的一种表现形式，它依赖于语言表达者精密、深邃的思维能力和对整体语义内容的把握能力。在预设之后，语言表达者将整体语义内容演绎转换为语言的外在表现形式即各种句子。这又依赖于语言表达者高超的语言表达能力。就辩证思维而言，这种思维方式把天地万物都看作对立的具有美感性质的统一体，对立互补，互相渗透，互相影响，相辅相成。体现在语言上就是用正反互证、词义互训的方法来解释外界客观事物，善于将相对的表面上是矛盾的而内在本质上又是和谐统一的语言形式巧妙地用于语言作品之中。而具象思维的一个特点是在语言中大量地运用具体客观事物造词，构成形象逼真、具有描绘特点的词语。体现在音译外来词上，往往是习惯以直觉形象，在表音字上加上意符。在篇章营构中，多通过意象的并置来表达意境深远的语义内容。

英语是形态丰富的语言，往往用"形合法"。其常规的句子组合依靠语义内容、关联词语、结构层次以及逻辑联系来构成，从语言线性序列来看，大多是沿着语言线性序列延伸的，各个句子具有基本相同的性质、句式、句型乃至长短，通过加合集中表达语义内容，语义内容随着句群的扩展而丰满。这是在英汉互译时需要译者认真注意的。

（八）适应原作宗教信仰

宗教是人类社会与客观世界交往的产物，是一种世界范围的现象，属于社会意识形态。人们通过对上帝、神道、精灵、祖先或某些被认为与自己相关的圣物的极度相信和尊敬，把希望寄托于天国或来世等精神力量，形成宗教信仰，对人们的精神和日常生活有着重大影响。不同的民族、不同的社会群体或个人信仰的宗教不同，其语言表达方式也有所不同。

二、适应微观语境

微观语境主要指语言表达中属于篇内的上下文和前后语。它是由作者精心选用的与作品特定内容相联系的特定话语方式、结构方式以及文体风格等因素所营造出的氛围，同时它也代表了作者独特的文学趣味以及读者领悟这种氛围时特定的审美感受。适应微观语境表现在对语言结构的各个要素（语音、词汇、语法、语义、语体、语篇等）的基本情况，对篇章范围内的各级单位（词、句子、段落、语篇）的构成，对依赖篇内上下文的制约形成的词的语音形式、复杂的词义内容和词义关系、特殊的句式和特殊的表达方法都应十分清楚。相对于宏观语境，微观语境具有如下几个特点。第一，具体性。微观语境中的各种语言的"变体"都是具体的，语言表达形式是具体的，所以表达的语义内容也是具体的，它依赖于具体的语境而存在，不同的语境决定了它们的不同。第二，可操作性。微观语境中的各种语言变体都是可操作的，都可以通过一定的形式描写出来。我们可以把微观语境当作一个人为设置的阐释框架，进入了这个框架的语言单位都可以操作，从而使适应微观语境成为可能。第三，明确性。明确性是指微观语境中的各个语言单位从形式到内容都是明确的、可感知的，它不像宏观语境那样有广阔的社会背景和复杂的潜在的因素，即使是与宏观联系紧密的一些语言单位，只要进入微观语境，语用者就可以判明其性质，明确其语义所指。

（一）适应语音语境

语音是语言的物质外壳，它载负着一定的语义内容。语音形式的不同，直接影响着语义内容的表达，直接关系到翻译的优劣。语流音变的发生，是由语音的上下文语境造成的。所谓语音的"上下文"，即相邻的语音形式构成的语境。语流音变是建立在相邻两个音的相互关系的基础之上的。音节与音节的配合，也受制于语音的上下文语境。音节的数目、音节的响度等都依赖于语境条件。从音节数目上讲，音节内容有一种相互牵制的内动力，这种内动力使音节在数目的配合上一般以整齐、匀称的平衡形式出现。它们在具体的语言表达中就体现为一种单对单、双对双、多对多的平衡分布状态（包括连词前后的结构、动宾搭配），显得和谐、富有韵律，如果在配合上失去这种规律，就会影响译语的美感。

（二）适应词汇语境

词是在语境中运用的，一方面词的运用与宏观语境有联系，另一方面它又与微观语境息息相关。词语组合在一起，可以形成词的上下文语境。在词的上下文语境中，我们可以看到词究竟是以什么样的目的出现、词的不同选择的客观依据是什么、词语与词语组合的一般规律是什么、不同的语境中的词语交叉渗透使用的情况等，利用语境可以判断词语运用是否得当。语言体系中的词语一旦进入言语，也就进入了语境。在词汇的上下文语境中，某一被使用着的词本身就是构成语境的因素之一。当一个词与另一个词或更多词组合之后，它们之间便形成了语境的参照系，透过它们自己建构起来的参照系，我们可以判断词在语境中的作用。词的上下文语境可以改变词语在词典中的面貌，改变句子在语言意义上的解释，可以使语言单位在言语交际中获得各种各样错综复杂的关系。

（三）适应语义语境

上下文语境形成的词语之间的又一种关系是转化关系，从词语的语义的感情色彩看，上下文语境可以改变词语语义的感情色彩，使词语的语言意义与语用意义处于逆转或旁转的状态之中。

（四）适应语法语境

上下文语境可以帮助译者正确地认识词的语法性质和功能，认识词语的各种变化形式所受的制约条件，认识各种语法单位的功能变换。

（五）适应语体语境

语体即运用民族共同语的功能变体，是为适应不同交际领域的需要而形成的语言运用特点的体系，散文依照"笔法"作为与其他文字成品的区分标准，同时也很注意语体的运用。因为语体既与笔法有关，又与散文艺术有关。正式的语体一般用于跟不相识的人谈话，对社会地位高者或权威人士说话时用这种语体也是适宜的；非正式的语体通常用于跟相识的人谈平常事；随便的语体是在非正式场合中使用的语体，在交谊会上几乎无例外地都使用随便的语体；亲切的语体在家庭成员或非常亲密的小团体成员之间使用是很得体的。这些划分有助于散文翻译时正确选择语体类型。

第六节　英美文学翻译的语篇理论

一、语篇的概念

语篇（text）是指由具有特定主题和作者意向的一些意义相关的句子通过一定的连接手段、按照一定的思维模式、为达到一定的交际目的而结合起来的语义整体。

传统语言学在语言单位研究上的最高层次是句子（包括复句），把句子作为表达思想的基本语言单位。然而从表达手段来看，语言之间的联系不仅仅存在于句子内部，也出现于句子之间。像前指与后指，后一个句子中可包含前一个句子的内容代词化、名词化的要素。词汇的重复和照应，句子间的时、体形式的协调，特别是实体切分与上下句的关系等。因此，为了更充分地表达思想，应有超出句子并比它更大的单位，分离出这些单位，确定其内部联系、组织、形式特征以及各种范畴的关系，这就必须把目光投向大于句子的整体。从内容来看，句子往往不能表达一个完整的独立信息。如果要考虑到交际功能和社会效果，就不能不纵览全文、关怀全局，既是上下文贯串照应的方式，又探讨语言中那些情文相生、意随境变的问题。同时，句子总是出现在一定的上下文和语言情景中，因此从交际功能来看，没有孤立绝对的句子，句子与句子之间或者句子与语言情景之间，总是互相联系、互相制约的。所以在使用语言时，不仅要注意句子结构的正确性，更重要的是要从句子之间的相互联系中掌握使用的适合性。语言学作为翻译理论的基础学科，使得以词语或者句子为单位的翻译研究与操作受到冲击，要求将翻译单位研究的对象扩大到单句以外。如词的语境意义、语境同义词、语境反义词等词汇语义现象等，都是特定上下文的产物，只有联系上下文才能得到科学的解释。同义词或同义语法现象的互相代换，也只有在特定的上下文中才能成立。句子的实义切分和词序也同上下文有着密切联系。至于复杂句法整体，其本身就是超出单句的语言现象。因此，作为语篇局部的词语、句子、句群、段落及章节，从内容安排到语言手段的选择和组织都要受到语篇整体的制约。

二、语篇理论的内容

语篇研究主要有三类课题。一是对语篇中的单位的研究，包括这些单位内部各要素之间以及它们与其他单位之间是如何联系的、各个单位是如何组织成为连贯话语的等。二是与语篇类型有关的考虑，因为不同的语篇在功能目的、使用语言手段、所传达信息的性质等方面都相差很大。三是关于语篇的语义和语用内容，即话语内容方面的，包括各个语句之间的语义接应；各个单位如何在意义上相互配合以实现某个主题，甚至形成全篇的完整意思以及语篇所包含的不同类型信息及其相互关系；语篇的目的性、情景性；等等。

三、语篇理论的基本观点

（一）在篇章结构上注重文章的整体构思

托尔斯泰（Tolstoy）在《艺术论》中说："真正的艺术作品——诗、戏剧、图画、歌曲、交响乐，我们不可能从一个位置上抽出一句诗、一场戏、一个图形、一小节音乐，把它放在另一个位置上，而不致损害整个作品的意义，正像我们不可能从生物的某一部位取出一个器官来放在另一个部位而不致毁灭该生物的生命一样。"[1] 这就是强调整体构思的重要性。从全局的角度考察，句子的意义可能或强化或削弱，甚至获得新的阐释，因而也可能不同程度地丧失其原有的独立自主性。

（二）把篇章的分析落实到词句

讲篇章并不意味着忽视字句。文章的结构是通过语言体现出来的。分析篇章，就得抓住这些关键的词句。离开了语言分析篇章，那就无异于不用砖瓦盖房子，

---

① 托尔斯泰.列夫·托尔斯泰文集 第 14 卷 文论 [M].陈燊，丰陈宝，等，译.北京：人民文学出版社，2000：252-253.

是不可捉摸的，类似于空中楼阁。对整体性的强调和整合，不能忽视细节，因为文学翻译的细节往往是翻译成败的决定因素，哪怕是一字一词的斟酌和选择。实际上，即使是统一完整的思想、相关联的信息，依然要在篇幅、行文、意义等单位上做出分割，通过离散的单位、分割的局部来体现。

（三）注重完整性

所谓完整性，指的是在认知方面、审美方面充分实现了作家的意图。可见，完整性是语篇的本质性特征，它与话语的意图有关，当说话人认为其意图已经实现时，连贯话语才获得这一特性。这种完整性不同于完结性，完结性在于事实、事件、过程是否完结。

四、语篇理论的特点

语篇理论具有两大特点：关联性和整体性。

（一）关联性

语篇各单位之间的关联性是语篇的基本属性。关联性不仅仅是各个语句或其他话语单位之间形式上的联系，这种联系往往要反映内容上的关系，否则即使有形式上的联系，也不能构成连贯话语。语篇的关联性是依靠形式上的衔接和意义上的连贯来实现的，即衔接和连贯。

衔接（cohesion）是将语句聚合在一起的语法及词汇手段的统称，是形式上的联系。语篇的各级组成单位可以传达大小不等的意义内容，衔接就是各级单位的黏合剂。如果没有衔接，句子永远只是句子，层次永远只是层次，而形成不了语篇。对语篇衔接的认识和把握，不论是对原文的理解还是对译文的表达都很重要。分析和识别原文的衔接手段不仅有助于正确理解原文，也有助于选择合适的翻译方法建构译文。语篇的衔接可分为外部衔接和内部衔接。外部衔接即有形衔接手段，它属于语篇的表层结构，是语篇的外部形式联系。外部衔接有语法衔接和词汇衔接两大类。其中语法衔接有照应、替代、省略和连接四种。这些衔接手段的运用，最终的目的就是达到整个语篇的语义上的连贯。因为英语和汉语的衔接手段不一样，所以在翻译过程中要能识别原文的衔接手段，然后根据译语的行文规范进行必要的、准确的转换。翻译时，把握好这些线索和衔接形式，有利于传达原文的意味和风格。

连贯（coherence）是将词语、小句、句群合理、恰当地连成更大的语义结构的一种逻辑机制，是语义上的联系。翻译过程实际上是一个对源语进行语内或语际阐释的活动，因此正确地解读源语语篇是翻译很重要的第一步。而语义连贯是语篇理解的必要条件。内部衔接是语义衔接，没有外部标志，只能由读者根据作者所表述的思想、感情发展脉络去体会。内部衔接和外部衔接都是形成语篇结构的重要手段，但内部衔接更为重要，因为只有语篇的深层语义连贯，整个语篇才具有真正的黏合力，只有这种语义联系具有逻辑关系，才可以通过外部衔接手段使语篇结构各部分的联系明确显现出来。

（二）整体性

整体性体现出与各组成部分相关的完整而共同的思想，它具有以下几个特点。一是这种整体性是在全篇各个部分的基础上形成的，有些对局部单位形成整体重要的内容，可能对整个篇章并不重要，也有相反的情况。二是它与作者写作意图充分实现有关。三是语篇具有整体性意味着它获得了完整性。根据系统论的观点，复杂现象是由不同部分、不同层次要素组成的整体。这些要素互相联系、互相制约，在整体内部获得了一些原来没有的特性，并在不同程度上失去了独立自主的性质。而作为整体，它并不等于部分的加合，而是产生了新的特点和功能，有了后者就可以说具备整体性。语篇及其结构单位的整体性主要体现在有了共同的意思上。

整体性是体现出与各组成部分相关的完整共同思想。但这一共同思想在许多场合下并没有通过某一局部单位明确集中地表现出来，它可能分散地、隐蔽地存在于语篇各个部分，因此需要经过分析综合，才能找到语篇及组成单位要说什么，整合出共同的完整思想。而整合是一个心理过程，是把无形的、隐藏在语篇内（外）的相关意义纵向地聚合为有着多维联系的"共同意思"。语篇整合过程之所以是心理过程，是因为它处理的是意义、主题、观念、信息一类无形的现象，由不同局部单位的意义经过分析综合、求同去异、保主舍次所形成的"共同意思"，超越原来的局部意义，形成纵向上更高层次的总体思想，这种聚合而成的思想与各个单位，甚至与其他语篇有着辐射状的多重性质的多维联系。

语篇的整体性原理要求译者注意"整合"。如果说在非文学作品中，各个单位之间的逻辑关系比较单一明确、各种接应比较清楚、作者意图比较明确，进而通过分析各种单位的关联性，就接近把握整体思想，那么在文学作品中，整合的作用就比接应要大。因为作者的意图复杂隐蔽，它往往通过叙事、描写间接地表示出来，作品经常出现与主观思想无关的描写、描述或议论，发出不同的声音，各部分之间的联系不仅有逻辑的，还可能有联想的、形象的。这一切都加强了整合的作用，不借助整合，就很难把握其整体思想。比如，在理解公文或科技语篇中的整体思想时，主要借助有形的接应手段，比较容易获得共识。而对文艺作品的理解（指思想而非情节）则往往具有相当的伸缩性，有时会产生分歧。语篇越长，所要考虑的因素就越多，为了把握整体性，不论是在作者展现自己的意图时，还是读者理解文章思想时，都需要不时地回顾上文，整合的作用也就越大。尤其是在复杂的文艺作品中往往有多重声音、广泛联想、曲折的暗示、形象的联系，要把握作品精神、作者意图，仅仅靠语言学方面的知识恐怕很难做到，因此语言上的整合能力是理解语篇不可或缺的。荷兰语言学家梵·迪克（Van Dijk）对这一整合过程归纳了四项宏观规则：删除、选择、概括、归总。前两条是删略规则，后两条是替换规则。这些规则可以压缩信息，概括出客观信息单元并建立高一级语义单位。运用这些规则也体现出对把握语篇的语言理解能力。

五、语篇理论与翻译作用

语篇中关于单位、文体、语用等的课题也是翻译研究的课题。语篇理论将连贯而完整的较大的语言交际单位，如段落、整篇文章等作为研究对象，有利于译者在翻译时从整体上把握文章，弄清源语语篇中句与句之间结构上的衔接和语义上的连贯以及源语语篇的意图性原则和信息传递原则，以便充分地译出源语中所有的信息。因为离开了连贯的话语环境，单个的词、词组和句子一般来说是无所谓好与不好的。如"推"和"敲",都表达了一定的概念,都可以用作造句的材料,各有各的造句功能,很难说哪一个好哪一个不好。只有放到一定的语境中去,才有用得优劣的分别。因此,语篇翻译理论可以使翻译活动处于一个居高临下的有利地位,审视翻译的前前后后,随时回顾上下文,有助于译者作通盘考虑,从全局着眼。归结起来,它具备五个"有利"。

(一)有利于译者理解原文和建构译文

语篇理论可以帮助译者理解原作精神实质、语篇的主旨或作者的意图性。译者只有领会了作者的意图并准确再现且同时使目的语读者了解到原作者的意图,从而与源语读者产生相同的效果,翻译才算成功。因此在翻译时,如同写作一样,也要根据目的语的行文需要,适当运用连贯、衔接、意图和信息传递等原则。这实际上也就是发挥汉语优势,即在用汉语表达时,摆脱原文语言结构的束缚,调整语段内容的逻辑关系,删去重复累赘的内容,重新组织译文,使含糊不清的概念明确起来。这样既可以使译文言简意赅、表达确切,又符合汉语表达习惯。

(二)有利于译文主次分明、逻辑清晰、意义连贯

语言是呈线性排列的,即写作或翻译时,总是一字一词在时间上承接着,沿着一条直线绵延下去。一篇文章如果同时有许多线索,不能把它们同时摆在一个平面上,必须在时间上分先后,说完一点接着再说一点,这样发展下去,许多要说的话,哪一件在先、哪一件在后,要有个次序,这样便形成了层次。段落明确,不仅可以起到过渡、强调某一思想的作用,还可以增强文章的表达效果,表现作者的思路,帮助读者认识文章的层次结构,更好地理解文章的内容。语篇的这一层次可以防止文章的自相矛盾,也可以启发译者建构层次清晰的译文。如英语的绝大部分语段是有一个核心,以及与之相应的附属成分的,而且主要成分(核心)与附属成分逻辑关系明确。一个段落一般表达一个相对完整的意义。

(三)有利于译文从整体意义上接近原文并注意读者的接受

完美的语篇必须是一个有机统一体,完美的译文也必然是浑然统一的,只有这样才能使译文在整体意义上与原文等效。一般情况下,从语段甚至全篇的整体

上考虑译文比以句子为单位进行翻译更具完整性、准确性，也能避免断章取义、理解不切之弊。

（四）有利于译者处理好整体与细节的关系

在写作上除了注意遣词造句，还要注意布局谋篇。掌握有关篇章结构的知识，而且不同体裁的篇章也有不同的要求，这就要求译者注意篇章写作的一些艺术性技法等。翻译也是一样的，在不少情况下，尽管单词和句子都很好地译成了目的语，但译好的篇章或段落却令人很费解，译文读者看不懂，这就是因为忽略了语篇这一层次上的翻译问题。

（五）有利于译者调整译文

要使译文语篇连贯，译者首先要对原文语篇的连贯结构、原义的逻辑层次和脉络进行明确的分析和整体上的把握，然后在理解的基础上，再按照译文的连贯模式和规律进行重新组合转换。因为译文首先必须是一个连贯的整体，不能给读者的信息提取设置障碍和干扰。而译语语篇的连贯结构虽然受到源语语篇的制约和影响，但它毕竟是按译语语言体系来建构的，所以对原文连贯性的理解并不足以保证译文语篇的连贯。因此，译者必须采取灵活变通的办法，对译文进行必要的调整。

1. 结构调整

建构译文连贯结构的两大类要素是逻辑关系的重新确立以及线性顺序的重新排列。逻辑重组就是翻译中原文逻辑关系在译文中的转换过程，即原文连贯结构的重新建构过程。逻辑关系与行文的线性顺序是紧密相连的，同样的逻辑顺序反映到英语和汉语语篇中，其线性顺序未必是一样的。因此，译者针对源语和目的语不同的连贯结构，需要在思维方式上进行调整、变通，并把这种变通具体地表现在译语的连贯结构中。

2. 语用调整

当译语的语篇无法在结构上进行调整达到连贯时，译者就必须进入翻译的语用层面，对译语中失去连贯的地方进行深层次的语义挖掘，对译语读者的认知图式进行语用调整。比如，有时由于文化差异，源语作者和译语的文化图式有着质的差异，或是译者和译语读者尽管处在同样的文化语境中，但是在认知能力等方面也不可能完全一致。这样一来，在解读语篇连贯时，会出现以下两种失败情况：一是译语读者由于文化图式的缺省、相关经验的缺乏导致语篇连贯出现空位；二是译语读者由于文化图式的不同，导致语篇连贯错位。对于这种由文化差异导致的语篇连贯空位、语篇连贯错位，译者同样应进行深层次的语义挖掘，为译语读者提供有利于理解译文的相关语用知识。

第三章 中西方文化差异及其与英美文学翻译的关系

文化差异是历史与文化积淀的结果，正是由于文化差异的客观存在，意味着文化间的理解需要漫长的调试过程。本章讲述中西方文化差异及其与英美文学翻译的关系，从三个方面展开叙述，分别是中西方的文化差异、翻译的文化功能以及中西方不同思维方式的比较与翻译。

第一节 中西方的文化差异

一、观念体系差异

所谓观念体系，指的是与自我、他人、外部世界相关的信念与思想，所传达的是特定文化群体对社会现实的看法，也是在人们社会行为中逐渐渗透的、具有系统性与普遍意义的观念之和。在跨文化交往中，人们往往会依据这些观念去应对其他文化带给自己的行为上、思想上的混乱。一般来说，文化的观念体系主要体现在世界观、人生观、价值观三大层面。下面就来对比三者的差异。

（一）世界观的差异

世界观是人们对包含社会、自然界与人的精神世界在内的整个世界的总的观点与看法，代表了不同文化最为根本的思想基础。世界观从多个层面对文化成员的行为、感知等产生影响，并对经济、社会等也有着深远的影响。自从人类文明诞生，每一种文化都负载着自身独特的世界观。具体而言，世界观的文化差异主要表现为3点。

1. 对人与自然关系的认知

在对人与自然关系的认知上，不同的文化有不同的选择。

（1）中国人对人与自然关系的认知

中国人强调人与自然的和谐，即认为自然是人类的朋友，人与自然应该和谐共处。中国主张"天人合一"，就是对自然的热爱、对万物的珍惜，追求人与自然的和谐共生，这是中国文化延续至今的标志与特征。

（2）西方人对人与自然关系的认知

与中国人对人与自然关系的认知相比，西方强调两种观点：一种是顺从，另一种是征服。所谓顺从，即认为人在大自然面前无能为力，因此人需要等待大自然的恩赐。所谓征服，即认为人是大自然的主人，人们为了实现自己的利益，就必须对自然进行征服。

2. 对世界本质的认知

对于世界的本质问题，中西方有着不同的解答。

（1）中国人对世界本质的认知

在中国人的传统观念中，世界包含时间与空间双重意义。就时间层面上说，世界是溯之无始、追之无终的；就空间层面上说，世界是虚空无尽的。不仅如此，世界上一切现象都呈现为"此生彼生、此灭彼灭"，其间并没有永恒的存在，即所谓的"诸行无常"。

（2）西方人对世界本质的认知

在西方人的传统观念中，世界将"上帝"视作中心，所有的生命都是由神创造出来的。宇宙之所以这么浩大，也是由于造物主拥有无上的能力与智慧。如果没有神这一创造者，那么宇宙万物就不可能产生，道德也缺乏神圣的来源与神的监督。

另外，在这一世界中，价值世界与自然世界属于同一世界，灵魂世界与物质世界也属于同一世界，而时间作为一个舞台，将价值与事实、灵魂与肉体连接起来。如果没有神的存在，那么就不存在这个连接的关系了。

3. 对人性善恶的认知

关于人性的善恶，中西方的认识也存在明显不同。

（1）中国人对人性善恶的认知

中国文化主张"性善论"，即"人之初，性本善"，这一观念认为每个人只有挖掘自身的善，社会才能太平，是推崇社会和谐的一种表现。

（2）西方人对人性善恶的认知

西方人强调"原罪说"，即每个人的内心都有邪恶倾向，人人都存在"原罪"。受这一观念的影响，西方文化存在一种集体的忏悔与反思意识，人们也相信虽然人本身是邪恶的，但是也可以进行改变，所以在西方人眼中，人人都应该趋利避害。

（二）人生观的差异

人生观即对人类生存的价值与意义的根本态度与看法。人生观受价值观的影响和支配，除此之外还受到传统、历史等要素的影响和制约。

1. 中国人的人生观

中国文化主张"万变不离其宗"，这就意味着中国人求稳，统一与稳定是中国人生活的头等大事，是社会得以发展的保证。这种稳定包含个人的稳定、家庭的稳定、社会地位的稳定、社会关系的稳定等。

2. 西方人的人生观

相较于中国人的人生观，西方人认为人与动物之所以存在区别，就在于人需要不断审视自己的生存与生命状况。受这一思想的影响，西方人强调求变，并将其作为人生观。

（三）价值观的差异

价值观是基于社会、家庭的影响产生的，且经济地位发生改变，价值观也会发生改变。中西方民族所持有的价值观显然是不同的。

1. "天人合一"与"天人二分"

（1）中国人提倡"天人合一"

众所周知，"天人合一"精神是中国传统文化的精髓，延续了数千年，在这一精神思想的影响下，人们在审美观念上主要体现为与大自然相融，主张人与大自然是一体的。

在中国古代历史上，很多哲学家、思想家都提倡"天人合一"的思想观念，他们认为艺术的表现同样应该体现出人与自然的天性，顺其自然，不可人为强制。

儒家所提倡的美学观点是美学自身，不仅需要具有合理性的特征，还需要合乎伦理，与社会习俗观念相一致，实现"真""善""美"的统一。此外，中国古代历史上所形成的审美理论还重视体物感兴，即强调主体的内心与外在事物相接触。

（2）西方人提倡"天人二分"

在西方国家，人们大多认为世界是客观的，是与人对立的一个存在，即"天人二分"，人作为社会的主体，想要认识和了解世界，就需要站在对立面上对自然界进行认真的观察、分析、研究，如此才能从根本上了解和认识大自然，领悟大自然之美。

也就是说，西方人的文化审美观强调对大自然进行模仿，认为文化就是对大自然的一种模仿。希腊是西方古代文化的发源地之一，这一地区最突出的文化艺术形式就是雕塑，其在很大程度上表现出了西方人的审美观念与标准。

除了雕塑，西方人还十分喜欢叙事诗，二者作为艺术领域的典型代表，都反映了西方社会"天人二分"的审美标准，是一种写实风格的体现。西方人认为，人对大自然的审美一般包括两种心理过程：畏惧、征服，因此人们对审美判断的最终结果往往也局限于这两种心理过程。

2. 求善与求真

（1）中国人求善

从一定意义上说，中国文化是一种伦理文化，因为在中国古代文化中，认识、求真往往与伦理、求善结合在一起，并且前者附属于后者。儒学的经典之作《论语》，就是以伦理为核心的，然后延伸到政治等方面。孔子甚至将"中庸"看成美德之至。孟子也是在其"性善说"的基础上建立其"仁政"和"良知、良能"学说的。孟子认为，认识的先天能力（良知、良能）源于"性善"。"诚"的中心内容是善；"思诚"的中心内容是"明乎善"。唯有思诚、尽性，才能解除对良知、良能的遮蔽，获取充分的知识和智慧。

做人之道最为关键的就是追求善良。孟子曰："大人者，不失赤子之心也。"①一般而言，我们常说的赤子之心，就是指一种纯真而朴实的情感，表现为率真、自在，不妄图追求虚名、不贪婪财富等。这种纯真质朴之心，决定着人的生存状态与发展方向。对于个体而言，追逐功名利禄只是外在的表象，而非内在的本质，真正属于人类的是内心深处所缊含的善良之意，这才是人类生命的本真。在追求善良的过程中，我们需要领悟到平凡的日常中蕴含的真谛，基于此，不断提升自身的境界水平，做到宠辱偕忘、波澜不惊、仁爱豁达。

（2）西方人求真

"天人二分"的西方哲学观必然引出西方文化对真理的追求。认识自然的目的在于探求真理，以便指导自己去改变自然、征服自然。无论是古希腊哲人赫拉克利特、柏拉图，还是亚里士多德，都主张认识的根本目标在于发现真理，智慧就在于认识真理，并把认识真理视为人的最高追求。人们眼中的中世纪代表着愚昧、荒诞，即便如此，那时候的人们仍然大肆宣扬着对真理的追求。奥古斯丁（Augustine）就认为，在真理面前，心灵和理性都要让步，人人都想要获得幸福，但是途径只有一条，那就是获得真理，并且认识了真理便认识了永恒。在中世纪，神学利用各种方法证明上帝的存在，这在一定意义上是为了求得神学真理。但是，要发现真理还需要运用科学的手段，因此培根创造出了通过实验与理性来发现真理的科学方法。同样，笛卡尔也强调，追求真理要运用正确的方法，至于什么是正确的方法，还要深入研究。对于真、善、美的向往，是人类共有的特性。但是，西方文化是先求真、再求善，真优于善的。例如，古希腊早期哲学只涉及真，而未涉及善。后来，道德问题在哲学中的地位有所提高，但仍然存在于真理的基础上。一直到近代，西方文化一直遵从这种真高于善、善基于真的格局，由此我们可以说西方文化为认识文化。

3. 集体主义和个人主义

（1）中国人推崇集体主义

中国人根据日月交替等现象产生了"万物一体""天人合一"的意识。这种意识也体现在人与人之间的关系上，因此中国人群体意识强，强调集体价值高于

---

① 王耀辉. 孟子慷慨人生 [M]. 武汉：长江文艺出版社，2000：7.

个人利益，追求社会的和平统一。当遇到个人利益与集体利益发生冲突时，人们往往被要求与集体利益保持一致。虽然这种情况在当代社会有所改变，但是中国人仍旧饱含着强烈的集体归属感。同时，中国人以谦逊为美，追求随遇而安、知足常乐，而争强好胜、好出风头是不被看好的。

（2）西方人推崇个人主义

个人主义十分重视自身的自由、利益，注重自我支配，这是一种以追求个人利益为核心的理念。以个体为中心，并以此为出发点审视世界、社会和人际关系。

这一理论认为：个体本身即目标所在，而社会的存在只是实现自身目标的手段；所有人在道义上享有平等的权利和地位。它的基本思想来源于西方古典伦理学。托克维尔（Tocqueville），一位来自法国的社会学家，首次使用了这一理论，并且人们认为这是一种温和的利己主义。

随着生产资料私有制的兴起，个人主义逐渐萌芽，并不断发展壮大，资本主义制度是生产资料私有制的最终形态，而个人主义则在资产阶级身上达到了巅峰。

个人主义有助于个人的创新与进取，但是如果对个人主义过分强调，可能也会影响整个社会的亲和力。

4. 注重和谐思想与注重竞争观念

（1）中国人提倡和谐思想

中国传统哲学以"天人合一"为最高境界，以和谐、统一为终极目标。儒家的中庸思想主张社会方方面面的和谐一致。这还得从中国古代的生存环境和历史条件说起，从中寻找中国人和谐思维的根本原因。

中国是农业大国，中国古代社会形成重农思想的根源，主要在于古代人长期处于一种自然的经济状态。从事农业需要天时、地利、人和，因此中国人在长期的农业生产中形成了合作与协调的思维。例如，"远亲不如近邻""家和万事兴"等都是对和睦、和谐的推崇与追求。

（2）西方人提倡竞争观念

从社会发展的历史可以看出，西方社会所表现出的典型特点就是"重商主义"。美国社会的商业文明在1776年美国独立时就已经形成。

在西方社会，"权力、地位、声望、金钱"都不是天生就有的，并不能简单地通过继承遗产或者高贵的血统来获取，个人想要获取财富，实现自己的理想，只有通过自己的竞争才能实现。西方人非常推崇达尔文所提出的进化论思想，"物竞天择"是西方人的人生信条之一。

5. 追求稳定与追求变化

（1）中国人追求稳定

受儒家思想的影响，中国文化历来强调求稳求安，渴望祥和安宁。中国人习惯乐天知命，即习惯生活在祥和的环境中，知足常乐。

中国人认为只有安居，才能乐业，如果背井离乡，那么就会像游子一样漂泊无依。如今，人们对于安居与稳定的理念也是十分重视的。

（2）西方人追求变化

西方人追求变化，认为"无物不变"，人们为了满足基本的生存需要以及对物质的迫切需求，一直在求变、求新。由于受其独特的历史、地理、社会等因素的影响，西方人尤其崇尚变化。这种价值观念的产生并非偶然，而是有着深刻的社会原因，它可以体现在地域的流动、工作的变换、婚姻的解体以及遣词造句和谈话方式等诸多方面。

6. 避免冲突与直面冲突

（1）中国人主张避免冲突

在中国人眼中，人际关系非常重要，因此他们在谈判中往往会尽量避免冲突，认为这些冲突可以运用其他方式解决，如合作、妥协、和解等。如果在交际中发生冲突，中国人往往强调双方合作的益处，以抵消彼此的冲突以及冲突对彼此造成的不快。例如，在处理冲突时，中国人为了避免冲突，往往在争议问题的基础上提出自己新的见解，或者提出一些折中的方案，避免这些争议问题升级，显然这表现出较高的灵活性，从而使谈判双方保持良好的交际关系。中国人之所以维持这种交际关系，主要是由于如下两点原因：一是在中国人眼中，即便双方发生冲突，只要彼此的关系存在，对方就有义务考虑另一方的需要；二是只要彼此的关系存在，即便暂时未达成协议，也能够为将来达成协议做准备。

（2）西方人主张直面冲突

在处理谈判关系时，西方人侧重将矛盾公开，然后投入大量时间、人力等对这些矛盾问题进行处理，从而实现预期的结果。在西方人眼中，谈判双方只有清晰地说出问题，然后彼此才能将问题具体化，在考虑自身利益的情况下解决问题。西方人比较看重数据、事实，一般不会刻意回避冲突，而是直面冲突，公开阐述自己不同的意见。当然，为尽快达成协议，西方人有时候会采取妥协政策，回避冲突。

7. 询问私事与回避私事

（1）中国人询问私事

从古至今，中国人喜欢聚居的生活，如"大杂居""四合院"等都是很好的表现，这样的居住方式有助于人们之间的相互接触，但是也会干扰到个人的生活。同时，中国人骨子里就推崇团结友爱、相互关心，个人的事情就是一大家子的事情，甚至是集体的事情，因此人们习惯聚在一起去谈论自己或者他人的喜悦与不快，同时愿意去了解他人的喜悦与不快。在中国的文化习俗中，长辈或者上级询问晚辈或者下属的年龄、婚姻情况等，是出于关心的目的，而不是对他人隐私的窥探。通常长辈与晚辈、上级与下属的关系比较亲密时才会问到这些问题，而且晚辈或者下属也不会觉得这是对个人隐私的侵犯，反而会觉得长辈或上级很亲切。

（2）西方人回避私事

相比之下，在西方社会中，尤其以美国为典型来说明，人们的一切行为都以个人为中心，个人的利益不可侵犯，这是典型的个人本位主义。受这一思想的影响，美国人十分重视个人的隐私，这体现在社会生活的各个方面，如人们在进行交谈时，一般会避开个人隐私话题，因为这对于他们来说是禁忌，包括年龄、收入等都属于隐私问题。在西方文化观念中，看到他人出门或者归来，几乎不会问及去哪里或者从哪里回来；在看到他人买东西时，也不会问及东西的价格，因为这些问题都是对他人隐私的侵犯，即便你是长辈或者上司，也不能询问。

二、思维方式差异

傅雷先生曾这样说过："中西方的思想方式之间存在分歧，国人重综合、重归纳、重暗示、重含蓄，西方人重分析，细微曲折，挖掘唯恐不尽，描写唯恐不周。"[①]

---

① 张义桂.中西方传统思维方式的差异及成因 [J].文史博览（理论），2016（6）：44.

从中可以明显看出中西方思维模式的差异，但具体表现在哪些层面，下面做详细探讨。

（一）圆形思维和直线思维

1. 中国人的圆形思维

直线的特点在于无限延伸，圆的特点在于拥抱圈中世界。也就是说，圆给人的感觉是含蓄、温和，表现在思维模式上就是圆形思维，或者说是螺旋式思维。中国人在观察事物时，采用散点式思维方式；在看待事物时，比较注重通过自身的思考来获得思想结论，比较轻视形式论证。这是因为在中国人的思维模式中最重要的因素是整体性，将事物作为有机整体进行概括性的研究和探索，这体现出了一种螺旋式思维模式。螺旋式思维模式呈现曲线的形状或圆形，并且循环上升，具有明显的间接性。

2. 西方人的直线思维

西方人的思维模式最引人注目的一点是它注重个体性，习惯于把复杂的事物分解成一个个单独的要素，然后各个击破，逐个单独进行逻辑分析，注重形式论证。在观察事物时，采用焦点式思维模式，呈线形。西方人坚持"天人相分"的理念，这是他们看待人与自然关系的态度。所谓"天人相分"，是指事物之间相互独立和区分开来，并且事物的状态是随时随地在改变的。这就体现了他们的线性思维模式。因此，西方人在长期使用线形连接和排列的抽象化的文字符号的过程中，思维线路逐渐发展成直线形，具有明显的直接性。

（二）形象思维与抽象思维

1. 中国人的形象思维

中国人的形象思维表现在认知时总是喜欢联系外部世界的客观事物。这和中国人的语言——汉语也是休戚相关的。汉字经过数千年的演变从古代的象形字转变为今天的形声字。汉字方正立体，导致人们容易把它们同外部世界的事物形象联系起来。有些字仍保留了很强的意象感，如"山"字可以使人们脑海中显现出自然界里山的形象，文学作品特别是古代诗词中也有着丰富的意境。这种意象丰富的文字经常被中国人用来思考，因此中国人逐渐养成了形象思维。这种思维极富情理性、顿悟性和直观性。正是由于中国汉字的立体感，中国人在进行辩证思维时总是先想到具体的物象、事实、数据等，然后再从中归纳出规律来，所以他们总是倾向于采用归纳法。

与逻辑思维善于思考未来不同的是，形象思维更关注过去和现在，具有反馈性。一个国家的历史越悠久，那么这个国家的人往往就会越看重历史，受过去的影响也会越严重。众所周知，中国的历史是十分悠久的，所创造的华夏文化也是很灿烂的，因此中国人就会以国家的历史为傲。每一个中国人对自己的祖国都有着深厚的感情，这种感情使得他们勇敢反抗外族入侵，而在这一过程中所形成的家国仇恨的心理文化同样会延续下来，警示后人。

2. 西方人的抽象思维

西方语言属于印欧语系，受印欧语系语言特征的暗示和诱导，西方人所擅长的思维形式是基于逻辑推理和语义联系的逻辑思维。西方的语言回环勾连，有着溪水一样的流线形式，使得人们注意事物之间的联系。西方语言的符号形式和语法形式使得印欧语系民族对事物的表面逻辑的感知更加强烈。

由于抽象的书写符号、语音形式脱离现实世界，所以印欧语系的民族更多地游走于现实世界之外而进行纯粹的思考。一连串无意义的字母连接成有意义的单词，然后单词排列成短语、句子和篇章。西方语言走的是"点—线—面"的路线，缺乏立体感，因此引导人们形成了脱离现实世界的抽象思维。西方抽象思维借助逻辑，运用概念、判断、推理等思维形式，探索事物的本质和内在联系。

（三）整体性思维与分析性思维

1. 中国人的整体性思维

在最早的生成阶段，宇宙呈现出阴阳混而为一、天地未分的混沌状态，即太极。太极动而生阳，静而生阴，在动静交替中产生阴、阳。阴阳相互对立、相互转化。事物总是在阴阳交替变化的过程之中求得生存、发展。从哲学的角度来看，阴和阳之间的关系是从对立走向统一的。这就体现了中国传统哲学的整体性特点，它不注重对事物的分类，而是更加重视整体之间的联系。春秋战国时期，儒家和道家两大文化派别的思想都表现出了整体性思维模式，只是二者表现的角度有所不同。在这两种文化派别的思想中，人与自然、个体与社会就是一个大的整体，二者是不能被强行分开的，必须相互协调地发展。儒家所大力提倡的中庸思想就发源于阴阳互依互根的整体思维。

包罗万象的大宇宙也是一个大的整体，其中的各种事物看似相互独立，实则相互联系，但也不失去其本身固有的特性与发展规律。中国人总是习惯于先从大的宏观角度初步了解、判断事物，而不习惯于从微观角度来把握事物的属性，因此得出的结论既不确定又无法验证。总之，中国人善于发现事物的对立面，并从对立中把握统一，从统一中把握对立，求得整体的动态平衡。

2.西方人的分析性思维

相比之下，在西方人眼中，对事物的分析既包括原因和结果的分析，又包括事物之间相互联系的分析。17世纪以后，西方人分析事物的角度主要是因果关系。恩格斯特别强调了认识自然界的条件和前提，他认为只有把自然界进行结构的分解，使其更加细化，然后对各种各样的解剖形态进行研究，才能深刻地认识自然界。西方人的分析性思维就从这里开始萌芽，这种思维方式将世界上的人与自然、主体与客体、精神与物质、思维与存在等事物放在相反的位置，以彰显二者之间的差异。

分析性思维还具有两个鲜明的特征。第一，分开探析的思维，这就必定要把一个整体的事物分解为各个不同的要素，使这些要素相互独立、相互分开，然后对各个不同的独立的要素进行本质属性的探索，从而为解释整体事物及各个要素之间的因果关系提供依据。第二，以完整而非孤立、变化而非静止、相对而非绝对的辩证观点去分析复杂的世界。

（四）直觉经验性思维与逻辑实证性思维

1.中国人的直觉经验性思维

中国古代所形成的传统思维模式倾向于从整体上展开思考，注重实践知识与经验知识的积累，擅长借助直觉、感觉等从整体上来把握事物，形成模糊的感觉，不注重彻底了解事物的本质是什么。直觉思维往往利用灵感、静观、体认等方式来观察事物，缺乏严密的逻辑思考，可以直接、快速地对事物从总体上进行把握，产生一种整体观念。也就是说，直觉思维重内心体验、重直观内省，缺乏实验验证、缺乏实际论证。由于直觉思维缺少了很多中间的重要环节，所以可以较快地获得认知结果，但存在较大的偶然性，准确性较差。从理性角度来看，直觉思维是一种超越理性与感性的内心直觉的观察方法。中国古代所重视的直觉思维具有直接、整体、意会、模糊等特点。在直觉思维方式的长期影响下，一些中国人认为认识事物的时候"只可意会，不可言传"。

2. 西方人的逻辑实证性思维

西方思维传统注重科学、理性，重视分析、实证，因此注重借助逻辑推理，在辩论、论证和推演中认识事物的本质和规律。18 世纪末至 19 世纪初，黑格尔建立了唯心主义的辩证逻辑体系，马克思、恩格斯以唯物主义改造了黑格尔的辩证逻辑。至此，西方已有了形式逻辑、数理逻辑、辩证逻辑等基本逻辑工具。西方逻辑思维的发展导致思维的公理化、形式化和符号化。在西方国家，人们在逻辑思维的长期影响下，更加乐于预见未来。西方国家的历史演变时间较短，很少有值得骄傲的历史事件，因此他们更加倾向于展望未来。这类国家往往是历史发展过程中的"后起之秀"，只有引领潮流，他们才能引以为傲。这些国家在发展过程中不会受到陈规陋习的约束，而是充满冒险精神、创新精神。希望是未来的，不能落后于他人，更不能落后于时代，因此必须朝前看，这是他们为之努力与奋斗的重要目标。

三、时空观念差异

现实生活中，人们都具有时间、空间观念，然而这两个方面在中西方文化中是存在差异的。不同民族的人们往往给时间、空间赋予了不同的意义，下面就对中西方时间、空间观念的差异进行分析。

（一）"过去"时间观与"将来"时间观

1. 中国人的"过去"时间观

之所以认为中国人在时间方面持有的观念是"过去时间取向"，是因为大多数中国人认为错失的时间是可以弥补的。中国有灿烂、悠久的历史文化，每一个中国人都不能忘本，不能遗忘历史，每一名华夏儿女都应该以中国数千年的文明为傲，忘记历史就是一种"忘本"的表现，在这种思想的深刻影响下，中国人牢记过去的仁义道德，用过去的标准来评判现代人的行为，如"前所未有""闻所未闻"等。

当然，虽然现代社会中的中国人不再特别看重过去的历史，而是将心思放在未来的发展上，但不可否认的是，"过去"的时间观念依然存在于大多中国人的内心深处。

2. 西方人的"将来"时间观

西方人大多采取"未来时间取向"。他们认为时间一去不复返，是不能倒流的，所以人们不会抓住过去的事情不松手，而是更多地将自己的精力放在未来，提倡享受生活、享受现在，以更好的面貌面对将来。

（二）循环时间与线性时间

1. 中国人以循环时间为核心

在东方文化中，循环时间（circular time）占核心地位。循环时间是将时间的变化协调于自然状态，相信时间始终沿着永恒的圆周或螺旋运动，具有一种节律性、周期性、可逆性和连续性，如昼夜交替、季节往复等。事物演变的基本规律是盛极必衰、否极泰来。

在东方文化中，太阳每天升起落下，季节循环往复，每个人都从年轻到衰老、死亡，子子孙孙永远如此。时间被视为一种强大而神秘的力量，具有控制一切事物的功能。

值得一提的是，在中国文化传统中，线性时间和循环时间同时存在。儒家文化重视历史，提倡以史为鉴，通过研究过去来指导现在和未来。《论语》中"子在川上曰：'逝者如斯夫，不舍昼夜'"①，体现了孔子对待时间的态度：时间如河水，不分昼夜地流过。但是，中国的线性时间取向不如西方明显，隐藏在中国文化传统深处的循环时间对中国人的影响更深。

---

① 周文炯.《论语》名句 [M]. 成都：天地出版社，2009：78.

2. 西方人以线性时间为核心

在西方文化中，线性时间（linear time）占核心地位。线性时间将时间的流逝视为一种线性的单向持续运动，时间可以节省，也可以浪费，可以丢失，也可以补偿，可以加快，也可以放慢，也会最终消失殆尽。

在西方文化中，受历史传统的影响，主导文化将时间理解为有始有终的线性运动，即认为过去、现在和将来之间存在清晰的分割，强调将重点放在未来。在线性时间取向的影响下，近代以来的西方社会，人们珍惜时间，既不愿意浪费自己的时间，也不愿意浪费别人的时间。

（三）多向时间与单向时间

1. 中国人提倡多向时间

很多亚洲国家以及拉美、非洲国家属于多向时间文化。这种取向强调的是人的参与和传播活动的完成，并不过分在乎是否严格遵守预定的时间表，通常可在同一时间内做不同的几件事情，往往把任务取向的活动与社会情感活动相结合，更关注现在与过去，而非未来。例如，在阿拉伯和一些亚洲国家，人们认为如果提前通知被邀请人，到了约定的那一天，被邀请人可能会忘记，因而最后一分钟通知也被认为是真诚的邀请。

2. 西方人提倡单向时间

单向时间强调日程、阶段性和准时性，倾向于做出准确的时间安排，一般会对任务取向的活动与社会情感活动进行区分，把重点放在未来而不是过去和现在。如美国人就是典型的单向时间取向，他们将时间视为一条通向未来的道路或纽带，人们喜欢向前看，喜欢着眼于未来。

（四）严谨性空间取向与随意性空间取向

1. 中国人的严谨性空间取向

以座位排放情况为例，中国人在谈判、开会时，往往会面对面就座，尤其是在一些严肃的场合更是如此。在上级批评下级的时候，上级坐着，下级往往隔桌站立。在学校的教室中，桌椅安排都是固定有序的，不会轻易改变，体现教学风格具有严谨性。

2. 西方人的随意性空间取向

与上述情况大不相同的是，西方人的座位摆放更具有随意性的特点，他们在开会、谈判的时候往往呈直角就座，如果两个人在同一侧就座，那么就意味着这两个人的关系十分亲密。另外，西方学校的教室里桌椅的安排不是固定不变的，他们往往会根据教学需要来排放座位，这就体现出一种轻松的教学氛围。

四、其他文化差异

如今，人们会接触来自不同国家、不同地域的各种饮食文化。饮食是人类生存的第一要务，对于饮食中西方都有其各自悠久的历史及灿烂的文化。同时，社交也是必不可少的组成部分。因此，这里以饮食文化差异与社交文化差异为例进行分析。

（一）饮食文化差异

1. 追求美味与追求营养

（1）中国人追求食物的美味

中国讲究"民以食为天"，因此对于吃是非常看重的，将吃饭作为比天还重要的事情。这在人们生活的方方面面都有所体现。例如，见面打招呼都会说"吃了吗？"等。

中国人对于饮食的重视程度是毋庸置疑的，他们对于食物的钟爱之情也是不言而喻的，因此无论何时何地，人们都能够找到使用食物的合适理由，即婴儿出生要吃饭、过生日要吃饭、升学和毕业要吃饭、结婚也要吃饭等。一个人出了远门要吃饭，叫"饯行"；一个人归家也要吃饭，叫"接风"。

除了喜欢吃，中国人还非常注重吃的场合，还强调吃得是否美味。中国的烹饪艺术在追求美味方面达到了极致，这也彰显了中国美食独特的魅力。在烹饪中使用一些辅料和食材可以起到很好的调味效果，使菜肴更有风味特色，并能让人感觉到一种与众不同的美感。中国烹饪中的美味，注重各种配料、佐料的搭配，只有做到五味调和，才能称为美味的佳肴。这体现出中国人感性的饮食观念。

（2）西方人看重食物的营养

西方国家对吃是非常重视的，但是在吃的重要性与美味上与中国的饮食还相差甚远。对于西方人来说，饮食是生存的必要手段，也可以说是一种交际手段。所以说，就算他们的饮食缺乏多样性，为了维持生计，他们也会坚持进食。

此外，为了保持身体的健康状态，西方人对于吃的营养非常关心，讲究搭配的营养度，注重食物是否能够被自己吸收。这体现了西方人理性的饮食观念。

2. 素食为主与肉食为主

（1）中国人以素食为主

中国人的饮食与生存环境也有着密切的关系，决定了人们获得食物资源的种类。中国的饮食文化主要以种植业为主，畜牧业占小部分，因此中国人的饮食多为素食。然而，随着中国经济的蓬勃发展，中国人的饮食范围不断扩大，食物的类型也日益繁多，烹调方式也呈现出多姿多彩的面貌。中国人对于美食的热爱之情溢于言表，他们不遗余力地探索美食的创新之路，将美食文化推向了巅峰。

总之，中国的饮食对象是非常广泛的，也是非常感性的，这与哲学上的"和"有着密切的关系，强调人与自然的和谐共处，强调"天人合一"。

（2）西方人以肉食为主

以美国为代表的西方国家主要以畜牧业为主，种植业较少，所以西方人的饮食习惯倾向于以肉类或奶制品为主，少量摄入谷物作为主食。西方人的饮食习惯倾向于高热量、高脂肪，更为注重食物的本来味道，并从中提取自然的营养元素。尽管西方人所食用的食材营养丰富，但它们的品种相对单一，制作过程也相对简单，毕竟他们所追求的并不是享受美食，而是为了维持生命和社交关系。可见，这也是西方理性哲学思维的表现。

3. 围桌而食与分食制

（1）中国人习惯围桌而食

不管是什么样的宴席、什么样的目的，中国人大部分习惯围桌而坐，所有的食物如凉菜、热菜、甜点等都放在桌子中间。同时，中国人会根据用餐人的身份、年龄、地位等分配座位，在宴席上人们也会互相敬酒、互相让菜，给人以安静、祥和之感。

可见，这一理念符合中国人的"民族大团圆"思想，也体现了用餐人"团结热闹"的美德。中国人重视集体、强调全局的观点形成了这样的饮食习惯。

（2）西方人习惯分食制

西方人用餐的目的在于生存，即主要是为了充饥，因此一般用餐都是分食制，即大家用餐是互不干涉的。在西方的宴会上，人们的目的也是交流情谊，因此这种宴会的布置非常优雅、温馨。西方人对于自助餐非常钟爱，食物依次排开，大家根据自己的需要索取，选择自己喜欢的食物，这方便人们随时走动，也是促进交往的表现。

可见，西方的这种饮食习惯讲究实体与虚空的分离，他们尊重个体、注重形式结构，是个性突出的表现。这也是自助餐在西方流行的根源。

（二）社交文化差异

在文化和社会交往的基础上形成的社交礼仪，毫无疑问，带有民族文化特色的烙印。下面从 3 个层面来探讨社交文化差异。

1. 社交称谓差异

纵观中国的历史可以发现，社交称谓语的使用较大程度地反映了社会中的不同人际关系。在官本位思想的深刻影响下，中国古代人在社会交往中往往以官职相称，这在古代人看来是对他人表达尊敬的一种方式。即便在当今社会，人们在与有官职的人交际时仍然会以职务相称。有的时候为了表示自己的尊敬，在称呼时还特意将"副"字去掉。

在西方国家，社会交往中用职务来称呼对方的情况是十分稀少的，仅有少数职务可以用于称谓，以下说法在西方基本是不存在的，如"Bureau Director David"大卫局长；"Manager Jack"杰克经理；"Principle Aaron"艾伦校长；等等。

（1）自称与谦称

所谓自称，即自己称呼自己的用语。无论在中国还是西方国家，自称的使用频率都是最高的。

在中国文化中，从广义上讲，自称包括谦称，因为谦称也是自己称呼自己的一种方式。不过，从狭义上看，二者的区别还是很明显的。谦称显然表示的是一种谦虚的态度，但自称并不能体现这种态度，并且有时候人们的自称还可能体现出自负的不良态度。另外，汉语中的自称用语分类十分详细，人的年龄、身份、地位不同，所使用的自称也是不同的。

受中国传统文化的影响，中国人在交谈过程中往往使用谦卑的态度，同时表达对对方的尊敬，因而在社交称谓上就形成了大量的尊称。例如：晚生—先生、犬子—令郎、贱内—夫人、下官—大人等。

上述社交称谓语在英语中是基本找不到对应用语的，西方人受自己国家文化的影响，在某些情况下对中国的上述称谓语并不能很好地理解，尤其是谦称词语的文化内涵。

在西方文化中，自称的用语比较少，如 I、we，基本不会将 one、yours、truly 等用于自称。

（2）他称称谓语与尊称

所谓他称，指的是交际过程中涉及的第三方所使用的称谓用语。

在中国文化中，如果交际过程中涉及了第三方，往往会根据其性别、身份、职业、年龄、亲疏关系等来使用相应的称谓语，即尊称。通常而言，汉语中的尊称往往会用"令"或"尊"置于官职名或者亲属称谓语前。

在西方文化中，历史上常见的他称有如下几种：his/her majesty、his/her honor、his/her lordship。

上述他称往往用于王室成员、社会名流、达官贵人等之间的人际交往中。此外，由于英语国家很少使用尊称，因而并没有相应的尊称称谓语。

2. 问候与告别差异

（1）问候

问候作为对交际对方的一种关怀的话语，起着维系人际关系的作用。但是，在不同的文化环境中，人们问候的方式和内容是不同的。在中国，人们将问候视为开启一段交际关系或者营造良好感情氛围的手段，比较注重的是问候的方式，不太注重问候的内容。人们通常会就事论事或明知故问，被问候的人可以回答也可不回答，只要被问候人感觉到说话人表示的关心即可。

在西方，人们的问候显得随意，问候内容不具体，通常根据对方的接受程度来决定问候的内容。

（2）告别

中国人和西方人在告别方式上有以下几种不同点。

第一，告别的理由。中国人很照顾对方的感受，即使在告别时也经常说"打扰您太长时间了"。西方人告别的原因有时候是客观事件，有时候是主观想法。

第二，告别语。中国人在告别时通常会表达自己的关切，如"保重""一路小心"等。西方人在告别时通常表达一种祝愿，如"Goodbye"表达的就是"God be with you"。

第三，告别时的评价。中国人不会将当前感受表现出来，并且总是出于一种客套而发出再次邀请的信息，如"有空常来"这类话。英语国家的人在道别时很注意对双方接触的评价，以表达愉快相会的心情。他们的再次邀请都是出于真实想法，时间是明确的。

3. 请求和拒绝

（1）请求

总的来讲，中国传统文化讲究含蓄、收敛，表现在请求方面就是间接暗示。当然，请求的发出方式还和社会地位、辈分有着直接关系。一般而言，地位较低者对地位较高者、幼者对长者通常是间接地提出请求。他们在提出请求之前，先详细交代请求的原因、背景等内容，以使请求具备一种较强的合理性，也容易被接受。但是，地位较高者向地位较低者、年长者对年幼者通常是直接地提出请求，因为双方都认为这是合情合理的。

西方人在提出请求时也要参照社会地位的高低，除此之外，还要考虑双方关系、性别、年龄和请求实现的难度。为了表示礼貌和尊重，他们也经常使用间接方式提出请求。被请求者的社会地位越高、年龄越大、涉及的内容越特殊或困难，间接或暗示的程度就越大。

（2）拒绝

在中国，地位较低者在拒绝地位较高者时，一般要使用"道歉"语；反之，则不用。

在西方，人们的平等意识较强，不同地位的人在拒绝他人时都使用"道歉"语。

第二节　翻译的文化功能

翻译是现代社会极为重要的活动，是讲不同语言的人们交流思想和情感的手段。当今世界，科技、政治、贸易、管理和文化等不同领域的国际交流愈加频繁，而这些必需的国际交流都是建立在更加广泛的不同文化之间的理解的基础之上的。因此，在跨文化交流领域需要越来越多的笔译和口译方面的专业人才。

随着社会的发展，人们的思想更加解放，视野不断开阔，因而跨文化交流中的障碍、敌意和偏见正在不断消除，正在被平等和相互理解的观念所取代。跨文化交际研究已成为翻译研究的焦点，在不同民族的思想交流方面起着重要的作用。全世界每年有大量的文本被翻译成各种文字，这充分证明了翻译在国际交流方面是一个十分重要的因素，因此我们完全有理由认为翻译的目的和特点就是不同思想和不同文化之间的交流。任何文化都是和另一个文化关联存在的，每一文化都会经历产生、发展、繁荣和衰退阶段，因此没有哪一文化总是处于支配其他文化的地位。同样，也没有哪一文化对另一文化总是单向地影响或渗透，实际情况是两种文化总是相互影响和渗透。即使某一文化暂时处于强势，对另一文化的影响相对较大，但这样的影响也是相互的。因此，翻译要遵守"求同存异"（seeking the common ground while reserving difference）的原则。

一、翻译与文化的关系

（一）异质文化为翻译活动提供可能

异质文化的存在，以不同的语言为媒介，为翻译活动提供了可能性，这主要是因为不同文化背景和使用不同语言的人之间存在着相互交流和沟通的需求。为了促进文化交流，翻译活动应运而生，成了不可或缺的一部分。在人类社会中，任何一种语言都可以看作一个符号系统或交际工具，而任何语言也必然会通过它所承载的各种意义反映着该民族特有的文化内涵和精神追求。若不借助翻译，这种跨越语言和文化的交流和沟通将难以实现。翻译不仅涉及两种以上语言文字之间的转换过程，还关系着不同国家或地区间的政治、经济等方面的交往以及民族传统、风俗民情等诸多因素。翻译和文化之间的差异是双向的，因为不同文化背景和使用不同语言的人们有相互交流和沟通的需求，这也为翻译活动提供了可能性。在另一个角度看，为了促进文化交流，翻译活动得以诞生。随着社会的发展，不同文化背景下的人们之间的交际日益增多，这对信息传递提出了更高的要求，促使翻译成为一种重要的交往行为。若不借助翻译，这种跨越语言和文化的交流和沟通将难以实现。翻译在一定意义上可以说是一种文化传播的过程。翻译与文化之间的互动是双向的，一方面，翻译主要是通过特定文化环境的需求产生的，在很大程度上会被这种文化环境限制，另一方面，翻译的存在也在一定程度上对新文化的塑造发挥了较大的作用。因此，对于一个国家或民族的文化发展来说，翻译所带来的影响是不可忽视的。在参与构建目的语文化的过程中，翻译扮演着重要的角色，为目的语文化的丰富和发展提供了有力的支持。每一种文化发展都是一个不断演进的过程，中华文化这条漫长的河流，在水满或水少的情况下，都始终保持着不竭的生命力。因为它不断地流动着，不停地变化着，且注入了新的水。水的注入次数繁多，其中一次来自印度，而另一次则来自西方，这两次的注入力度可谓是惊人的。这两次大规模的注入都依赖于翻译技术的支持。翻译可以帮助我们了解世界文化。翻译是中华文化永不衰竭的根本，它为我们提供了无穷的灵感和启示。由此可见，翻译的作用巨大。在文化转型的过程中，翻译与目的语文化之间的相互作用尤为显著。在目的语社会中，主流文化或因异族侵入，或因社会动荡而陷入危机，导致相对意义上的文化真空。为了满足目的语社会对新文化的需求，常常会引入外族的优秀文化元素，以填补文化真空。翻译不仅是语言之间相互转换的过程，还是文化传播和交流的桥梁，更是民族精神得以传承的重要途径。首先，翻译为文化转型注入了新的活力；其次，文化转型也为翻译事业的蓬勃发展提供了有力的支撑。自古以来，翻译作为一项跨越不同文化背景的交际活动，与文化的演进和转型密不可分。

当今时代，多元文化的共存已经成为现实，为了更好地实现异质文化的对话、交流和融合，文化交流需要始终保持平等且相互尊重，以便在此基础之上共同实现不同文化之间的沟通，最终促进文化共同繁荣的时代的到来。

（二）"求同存异"的文化交流策略

在中西方文化的交流过程中，始终坚持"求同存异"，这种交流策略能够在很大程度上有效减少双方矛盾的产生。"求同"与"存异"是一种互补关系，而不是对抗或冲突关系。通过"求同"，我们打破了异域接受者心理上的预设立场，消除了"异质"的障碍，为真正异质的文化因素之间的相互交流开辟了新的方向；"存异"则使不同国家、地区在文化选择时更加自由与平等，为文化间的交融创造了一个更为宽松的环境。

若只追求同质而忽略异质，将导致异质文化之间的异质性被消除，进而就会错误地使用某种文化来解读其他文化，最终结果并不可信；除此之外，若是只关注异质之物，就会极大地阻碍不同文化之间的沟通与交流，因为异质之物只会成为文化猎奇的一部分，也就彻底背离了文化交流的初衷。在不同民族的文化间进行跨文化交流时，要想使双方达到"和而不同"的目的，必须遵循一定的原则。所以说，无论是只追求跨文化交流的同质性还是只追求异质性，都无法真正实现文化的有效交流。

翻译者应当始终秉持一种非民族中心的立场，因为这种立场能够更好地反映出不同文化之间的差异。翻译人员处在"原始文本的发起者的关键中心"，并且是消息传递的最终接收者。今天，人类进入 21 世纪，不同民族和不同文化的和平共处、科技的飞速发展，给了我们更多的机会相互交流，我们可以了解不同文化。为此，我们需要放弃民族中心主义和各种偏见。翻译不只是对语言符号进行解码与编码，更是一项跨越不同文化的交流活动，其目的在于推动不同民族之间相互理解和交流。

（三）翻译中的文化意义

1. 广义文化意义

从大的方面说，翻译的意义有两个文化维度：宏观维度和微观维度，也可以说广义的文化意义和狭义的文化意义。我们先从宏观角度探访广义文化意义的双语转换问题。由于这方面的问题太广泛,我们只能择要而谈。

人类语言都有共性,语法都有共性,共性也就是同质性(homogeneity),这是问题的一面。另一面是异质性(heterogeneity)。由于文化母体不同,语言都表现出异质性,因此语言异质性问题的本质是语言文化问题。下面我们选择三个比较突出的议题来论述:一是汉语的主语异质性,二是虚词的语言文化功能转换问题,三是英语句法形态的严谨性和规范性。

(1)汉语的主语异质性

汉语的主语表现独树一帜,是汉语非常突出的语言文化特征。

首先是汉语主语的话题性(topicality)远比它的施事性(agentivity)或主语的使役性(causativity)广泛。试分析下列句子:

①李大妈死了四只鸡。(TR/TC)

②海水不可斗量。(TR/TC)

例子中,"李大妈"和"海水"都没有施事性,与行为(动词)"死"和"量"无关。①中"死"的是"鸡"(鸡死了);②中"量"的施事是隐含性逻辑主语"人","斗"在逻辑上是"用斗",即表示方式或工具的状语词组中的宾语。与此类似的句子极多,如"村里死了人""一张床睡两个人""两个月挣七千元"等,这些句子的共性是:第一,(主谓部分的)主语具有突出的话题性,它只是一个话题(T),而不具备施事功能,但统领全句,可见是信息中心;第二,逻辑主语隐含或被置于动词之后,形成了逻辑上的 VS 式,成了一个述题(rheme 或 comment),即表述成分,表述与话题有关的事。在说汉语的人的语言文化心理中,言者关注的中心(话题)应该先表达出来(处于主体 thematic position),使听者一目(一听)了然,让述题在后面自然相接,形成 TR(theme+rheme)两段式,这才符合"重意"而"不重形"的思维方式。而英语是"重形"的,英语句法 SV/SVO/SVO102/SVA/SVC 等都恪守以 SV 做主轴的形式程式原则,所以我们说汉语是以话题占优势的话题型(TR/TC)语言,英语是主谓型(SV)语言。以上①②句英译后都从 TR 型变成了 SV 型:

① Four of Aunt Li's chickens died.(SV)

② The sea cannot be measured with a bushel.(SVA)

③ Sea water is immeasurable.（SVC）

主语话题化有极鲜明的文化意义。话题句在汉语中源远流长，文学中有很多例子。所以中国语法学界又将前者称为"大主语"，后者称为"小主语"，看起来两个主语是平起平坐的，其实"大主语"是上位，"小主语"是下位。这都是汉语句法的异质性语言文化特征。这一特征在《离骚》中又有变体，但话题性实质仍是一样的。

①伏清白以死直兮，固前圣之所厚。

②忽驰骛以追逐兮，非余心之所急。

③謇吾法夫前修兮，非世俗之所服。

④不量凿而正枘兮，固前修以菹醢。

⑤鸷鸟之不群兮，自前世而固然。

①至⑤句中上段都是话题（T），下段都是述题（R/C），所以仍是 TR/TC 句式。汉语话题主语的语言文化特征可以设法反映在目的语中，有造诣的翻译家大都勉力为之。

汉语话题主语优势的文化意义主要体现在以下几方面。第一，反映了以汉语作母语的人的文化心理。以说话者心目中的议题为信息交流中心，而不必首先顾及句子的形式程式，这就是说，主体意识的先导性可以超越形式程式的规约性。第二，形成了以汉语作母语的人的思维方式特征，意念的主轴性。从汉语的宾语特征也可以看出汉语意念主轴的句法构形作用（"我吃大碗，你吃小碗"，"吃"的逻辑宾语应该是大碗、小碗中的内容，而不是碗本身）。第三，话题述题式（TR/TC）结构是二元（二项）并列（和合），反映了中国人的思维方式和风格，即二元和合之美，如天地（天大地大）、长短（三长两短）、东西（东成西就）、东山再起（东山＋再起）、立竿见影（立竿＋见影）、有情人终成眷属（有情人＋终成眷属）等。以上几点翻译语言审美都不应掉以轻心。

（2）虚词的语言文化功能

汉语的句法结构机制独树一帜。在形态语言（inflectional language）中认为必不可少的句法形态变化或形式部件（如 be、being、been，have、having、had 等）在汉语中悉数缺如，而代之以为数极有限的虚词。汉语句法结构就是凭借这些为数极有限的虚词，构成了在形态语言中起句法结构功能作用的几乎所有的形式，包括语法范畴和句法序列。以《离骚》为例：屈原共写了 372 句，几乎每句都有一个虚字，从而使《离骚》句式散文化，对后世影响极深。除了"兮"字外，用得最多的虚词共 9 个。可见屈原的原则是以传承为主、创新辅之。这种态度也是很值得推崇的。

（3）英语句法形态的严谨性和规范性

英语本身无论是在语言还是在文字上都有着一定的独特性。在这一特点下，其语言表达形式与思维方式又呈现出多样化的面貌，即具有鲜明的个性色彩。英语语法最为显著的语言文化特征在于其句法形态（syntactic forms）的多样性、严谨性和规范性，这些特征为其赋予了一种独特的表达方式。多样性体现在采用了多种形态和词汇于段，同时注重语序和语义的平衡。总而言之，严谨且规范的具体体现如下。

首先，必须严格遵守动词语法规范，包括但不限于时、体、态、数等方面的规范，并且要做到毫不马虎。

其次，遵循句子的句法单元分布形式规范，S、V、O、A、C 各个单元的分布均呈现出明显的痕迹，而 SV（主语和谓语动词）的提挈机制则贯穿于每个句子之中。

再次，严格遵守语段中存在的不同级别与类型的衔接手段（cohesive devices/ties）的要求，分清不同层级与类属标志。

最后，恪守在严谨性、规范性的前提下的灵活性原则，同时又维护了句式配列和变化的开放性原则。

英语以上四个语言文化基本特征表现在几乎每一个有造诣的英美作家的作品中。例如：詹姆斯·乔伊斯（James Joyce）的短篇小说《阿拉比》（*Araby*）中的一段。

《阿拉比》不是作者的重要作品。但从英语语言文化特征的视角来看可以使我们认识到：作为以创新和变异闻名于世的作家，James Joyce 又具有非常严谨规范的一面。就像一位绘画大师，他那变幻莫测的潇洒风格必须建筑在功笔精微的素描功底之上。这一点是不容我们误解或忽视的。

我们必须在英汉转换中将源语段《阿拉比》中的英语语法范畴以汉语的词汇手段（助词、副词、关联词组等）表达出来；同时又有很多形态手段在汉译时可以不作任何转换而略去。

以上例证说明：①英语语法范畴不仅具有"虚"的结构意义，而且也具有"实"的词汇意义；②凡是英语用形态手段体现语法范畴的地方，在不具备形态手段的语言（如汉语）中大抵可以用词汇手段取而代之。可见形态手段与词汇手段之间的区别只在于语言文化特征有异，不存在优劣之别。例如，从上例可以看到，汉语中不存在"一般时态"，也不必用什么词汇手段来表示"一般现在时"和"一般过去时"，却仍然不会引起说汉语的人的误解，而英语就必须一板一眼地标出时间段（借助时态），这就是语言文化心理差异。时态是汉英语言文化心理差异外化为结构差异的典型例证之一，而且几乎无处不显露出来。

广义的语言文化意义涵盖全部语言文字、语音和语法特征，内容非常广泛。本书取论纲体式，难尽其意，但求凸显要旨。实际上，任何一种语言的语言文化特征都是广义的语言文化特征和狭义的语言文化特征的"整合"（整体性结合）。苏轼有两句诗可以概括汉语整个语言文化特征，即"出新意于法度之中，寄妙理于豪放之外"[①]。有学者称英语是一种理性化程度很高的语言，英语具有的是一种"阳刚之美"。从这两种说法来看，汉、英双语的语言文化特征也正体现了宏观与微观的整体性结合。

2. 狭义文化意义

通过微观视角审视语言宏观结构的各个语法范畴所蕴含的语法意义，我们可以更加专注于词汇、词组、句子和句段的表层、中介层以及深层（文化心理）所蕴含的文化内涵。它既可从词汇层面上进行分析，也可以从句子层次和篇章层次上去考察。尽管这种审视是微观的，但它所覆盖的领域却是广泛而深刻的，涉及心理层面，而微观只是相对于宏观而言的一个方面。因此，我们认为对语言进行全面系统的分析必须从整体出发。我们的研究重点在于从微观视角探究文化所蕴含的深刻意义。在接下来的讨论中，我们将探讨4种获取文化意义的方式：映射、投射、折射以及影射。

---

① 傅腾霄. 情操与鉴赏 [M]. 合肥：安徽人民出版社，1988：170.

（1）映射

映射（reflection）也常常被称为"反映""映象"。词语的文化意义可以通过映射这一基本的方式来获得，它能够直接地利用物象来反映抑或是勾绘出实体指称，这种相对直接性是映射的根本表现，正如东汉许慎所说的"画成其物"，如汉字中的"弓""刀""书"（书写）等字。古代的"弓"字就是大体按实物物象作出的提示性描绘书写式，"刀""书"是勾绘书写式。这种方式的局限性也在于此。映射成象，以象（象形）出字（符号），在中国的"六书"中称为"象形"（pictograph）。许慎解释"象形"时说："象形者，画成其物，随体诘诎，日、月是也。"[①]"画成其物"指"弓""刀"是文化物象；"随体诘诎"主要指"日""月""马""鸟"等，都是些自然物象的大体勾结，不是文化物象词语（文化词语）。古汉语文化物象词语集中丁《尔雅》后十八篇，其中有相当一部分象形词，它们的文化意义足以以映射方式将文化意义"映"在字（词）上。[②]这是从词源学来分析（etymological analysis）的，实际上今天的汉字已经很难看出来了。以映射获得文化意义说明符号的任意性是相对的，映射能够提供一种极具提示性的文化意义，就比如古代的皿、鼎等器物，为我们提供了深刻的文化启示；除此之外，还有很多自然现象词汇，如"森"等，也蕴含着提示性自然物象意义。英语学习者在学习时必须注意到这种文化差异。并且，值得关注的是，在英语的词汇系统中，所有文化意义都不是以映射式获得的。

（2）投射

"投射"（projection）也常常被人称为"投影"，在很大程度上已经不再受到文化物象的束缚，不再局限于"形"，而是在"意"的层面上实现非直接的文化意义投射。通过这种方式能够更好地帮助语言拥有文化意义。通过投射，在语音、语法和词汇当中，文化得以呈现出明显的色彩效应，并在其中存储众多的文化信息。我们先从语音谈起。以英语语音为例，美国黑人英语音位具有明显的文化特色，如"th"的发音在 the、then、that、those 等词中很接近"d"，"th"在词尾时（如在 with、birth、both 中）又发作了"f"；另一个音位是"r"，词尾音节中的

---

① 修德旭. 字语 [M]. 沈阳：辽宁美术出版社，2020：31.
② （晋）郭璞注. 尔雅 [M]. 杭州：浙江古籍出版社，2011.

"r"常被略去，于是"during"成了"doing"。"r"在美国英语中的发音带有显著的文化特征，社会文化层级越高，发"r"的次数越多，清晰度越高。说明文化背景作用于语音使之产生文化着色。文字手段接受文化系统的投射而产生文化意义（语势）。

英美文艺作品甚至正式文件中常常出现斜体的拉丁文、希腊文、希伯来文、法文、荷兰文甚至东方语文拼音调语（如"yen"可能来自汉语的"瘾"，have a yen for 即"对……上了瘾"）。即便是英语，也可以借助文字形体（拼写式）之变增添文化着色，如爱尔兰和苏格兰英语、美国黑人英语等。

词语组合是文化意义投射的主要形式，词组也是文化意义最主要的内容载体之一，这是因为投射既可以相当接近文化物象或非文化物象（指称），也可能与物象或指称有相当的距离（distance）或"疏离度"（distancing）。这是文化意义附着于词语呈现出不同方式的关键，因此"疏离度"是一个关键词。

映射表示文化意义的获得是以物象与词语最贴近的方式完成的，意在勾绘或描写"镜中物"。投射就不同了，不同之处在于"疏离度"。疏离产生的文化意义与词语的基本概念之间若即若离，恰如光影投射到容载屏上时可能很清晰、完整，也可能不太清晰、不太完整，尽管影像都发自光源。以下例子表示疏离度很小，若即若离中"即"明显大于"离"；wall have ears（隔墙有耳，法国王后 Catherine de'Medici（1519—1589 年），建造卢浮宫时在墙上安装了偷听装置，果然窃听到很多国家机要和秘闻）；cannon fodder（炮灰，源自德语"kanonen futter"，"futter"是饲料，文化意义与概念意义之间的疏离度很小，把士兵当作喂大炮的料草）；see through sb.（看穿，这一词语生命力极强，始于 16 世纪）；等等。

投射与映射二者的疏离度前者远远大于后者，但投射性文化意义还是可以从字面分析出来的。以下是文化意义投射于词语载体的例子：bog trortter。bog 是"沼泽"，特指"爱尔兰沼泽"，trot 是"走"，trotter 是"走过……的人"。爱尔兰多沼泽，所以 bog trortter 成了爱尔兰人的俗称。March to the beat of a different drummer 意指不随大流者，行军时击鼓是西方的习俗，不按军鼓的拍节声走的人肯定是一个不随波逐流的人。很多投射性文化意义产生于指称提供的有趣的联想：curtain lectures 中的"curtain"指西方旧式床帏，床帏内的再三叮嘱，可以译成"枕边训话"。爱尔兰人有很多姓 Murphy 的，Paddy 则是 Padrig 或 Padrick 的昵称，这样一来，as Irish as paddy Murphy's pig 的意思就清楚了，即"地地道道的爱尔兰人"。投射性文化意义都比较容易从字面联想到指称，从指称析出有文化着色的概念的文化内涵。一般来说，投射的疏离度都不大，有文化着色，但仍不失明晓。

（3）折射

折射（refraction）的疏离度又大于投射的疏离度。由折射产生的文化意义已相当曲折，不易从字面分析出来，大抵需凭透视推演、引申、演绎、点化等手段曲折地析义。例如，爱尔兰人将素质上乘的男孩子叫作 broth of a boy，broth 是肉汤，肉汤富于营养，相当于"靓汤"。许多折射性文化意义产生于引申或典故，出典故衍生出比喻义。如爱尔兰英语中有一个中性词语 paddy wagon，paddy 来源于爱尔兰人的常用名 Padrick，常用于泛指爱尔兰人，因为爱尔兰人的后裔在美国有不少人当警察，于是警察用的囚车就被称为 paddy wagon。有些词语的文化意义既来自比喻，又源于典故。The ghost walks 一语有人解释为"有钱使得鬼能行"，这是望文生义，其实意思比这更曲折、复杂，典出莎士比亚的《哈姆雷特》，该剧中有"幽灵行走"就是 ghost walks 的指称意义，但文化意义却是"发放薪金"。19 世纪，英国某莎剧团一连几周欠发演员薪水，演员正酝酿罢演，在戏演到该幽灵行走的时候，扮幽灵的演员在舞台一列喊道："No, I'm damned if the ghost walks any more until our salaries are paid."（呸！不给我们发饷我让鬼魂现身才怪）。*The World Book Dictionary*（以下略称 WBD）举了一个例句：This is the day the ghost walks，相当于"今日发薪"或"今日出粮"。绝大多数的汉英形象比喻词组（成语、俗语）都有文化折射意义，如"死马当活马医""一竹竿打翻一船人""keep up with the Jones"等，难以数计。

（4）影射

影射（insinuation）的意思最隐晦，疏离度最大，意思指代和文化蕴含不明确，没有文化底蕴的人根本不知道其在说什么。这时，人们所看到的文化表层的含义和深层的含义就会相去甚远；它可以包含各种各样的情绪或态度，如蔑视、嘲弄、嘲笑、敌意等，常常以非常规的方式表达，让人们知其然而不知其所以然，可见其疏离度之大。英语中大量存在着反映英国人对爱尔兰及苏格兰的负面心态的词语组合。

由映射到影射的过程，在很大程度上直接说明了文化意义在本义上呈现出一种逐渐减弱的趋势。文化意义与本义之间存在着一定距离，通常情况下，当文化的内涵偏离其本来的意义时，人们更多地将其倾向于心理层面。在翻译过程中，恰当的表达方式是至关重要的，需要译者在措辞上深入思考和斟酌，以达到最佳的表达效果。

3. 文化意义的特征

文化的意义是一种具有独特特征的文化维度，其中所包含的意义与一般意义有所不同。

（1）文化意义的人文性

词（词组）的概念意义不一定具有文化意义，但是所有的概念意义都可以通过人文化（humanization）而获得文化意义。所谓人文化就是语言使用：人可以通过使用语言使不具有文化意义的词语含蕴文化意义。文化意义是由语言使用者赋予的，这是文化意义很重要的基本特征，符合维根斯坦（Wittgenstein）关于"意义即使用"的观点。[①]

我们在讨论语言中的文化信息分布时说过，语言中有许多词本身就是文化词语，它们的概念意义具有文化意义，这就是说，它们所蕴含的文化意义也就是它们的指称。例如，某一个词（字）可能是文化现象或象征符号（如汉字"弓""刀"等）。很多时候，词汇的文化含义并非具体的指称，而是一种观念或概念，可被称为观念指称（ideational reference）：它们皆为非具象指称。人对事物或现象有了一定认识后，便可通过语言把这些概念和观念表达出来。在特定情境下，语言使用者得以为非文化物象赋予文化内涵，而这一过程的机制则在于文化心理的作用。其中所蕴含的文化内涵，源自语言中所涉及的人名、地名、国家名等元素，它们共同构成了一种独特的文化符号。

文化心理的作用在于赋予非人文物象（概念）以文化内涵，从而使其具备更深层次的文化意义，即 enculturalization（或 humanization）。专名的意义大抵得之于此。这里可能牵涉一个"原汁原味"的构成因素问题，翻译时不容掉以轻心。"可译"或"不可译"容当后论。

---

① 刘宓庆. 中西翻译思想比较研究 [M]. 北京：中译出版社，2019.

在文学作品中，几乎所有的作品都通过描绘自然现象人文化来获取文化意义。詹姆斯·乔伊斯（James Joyce）在他的自传体小说《青年艺术家肖像》①中曾不断地提到"大海"和"海鸟"这两个动态形象，就是将二者从非人文物象推向人文物象，从而使前者含蕴了文化意义：爱尔兰是一个岛，终年有海鸟环飞。很明显，作家在这里寄寓了乡土情和紫思梦。这是非常优美的自然景物文化意义人文化、意象化的表现。这部小说先于《尤利西斯》六年发表，很多意识流技巧在其中已初露端倪。

（2）文化意义的动态性

文化意义的另一个基本特征是它的动态性。有一种误解认为语言的文化意义是静态的、不变的。这种误解的根源是将文化与意义"脱钩"引致的。

语言的意义是一种动态的表达方式，话语与意向紧密相连，从而形成一种语势（force），奥斯汀（Austin）将其称作意向性语势（illocutionary force）。②在意义的本质上，它或许是静态的（如词典中的词义），但一旦被人类使用，意义便拥有了意向，也就有了动态性（或称能动性），最终成为我们常说的语势，因此语势也是意义人文化的产物。为说明这种动势，奥斯汀将意向性话语语句称为"实施性话语"（performative utterances）。

我们先从最粗浅的例子说起。常言说"水火无情"。"水""火"都是自然物态，是非文化词语，但它们一旦进入这个句子中，"水"与"火"不仅立即被人文化（似乎马上成了人的敌人），而且立即被赋予了一种意向性，即意义动态性："不要大意，水火无情啊！"这种存在于某种人文环境中的意义动态性，也就是我们所说的文化语势。

话语发展也可以赋予原本平淡无奇的词语以强势文化语势。这是因为特定词语的意义在特定的文化环境下一步一步地累积了本来是无足轻重或模棱两可或根本不大明白的语义。

这里还有另外一个问题需要注意。这个问题涉及文化意义在使用中的内涵迭变现象，即双语转换中同一文化词语的指称在外语中不一定相同，指导（能指）

① 乔伊斯. 一个青年艺术家的肖像 [M]. 徐晓雯，译. 南京：译林出版社，2014.
② 刘宓庆. 翻译与语言哲学 [M]. 北京：中译出版社，2019.

的同一并不等于指称（所指）的同一，反过来也一样；引起变异的理据就是文化，不同文化可以使同一概念的文化符号的指称（所指）并不相同（如中国古代的弓与现代运动场上的弓形状其实很不一样）；或指称（所指）相同，实质不同。例如，汉语的"酱"不一定都是英语的 sauce，"酱"可以是 sauce，也可以是 paste；而英语的 sauce，也可以是汉语中的"油"，如"蚝油"。Oyster sauce 不是 oyster oil，但是"酱油"的"油"英语又不是 sauce，而是 soy。另外，咖喱酱和番茄酱在汉语中都是酱，而英语只有咖喱酱才是 paste(curry paste)，番茄酱成了 catsup(tomato ketchup)。语言文化与思维方式密切相连。汉语意义相对地重摹状累积；英语相对地重推衍重建。上例说的食用"酱"这个概念，英语中缺少一个累积式概括词。汉语重"观物取象"，而且是"具象"，重"因物赋形""因形见义"，形象机制对汉语语言文字系统构建始终起着重要作用。英语是拼音文字，音位机制（功能）高过一切。由于重形与象，汉语语言文字在语义结合时的稳固性、执着性和不变性就比依仗音位的语言强得多。例如"闻"，汉语中的指称可以累积耳（耳闻）、目（见闻）、鼻（闻其味）三种感官经验，这在英语中是不同的。

（3）文化意义的层级性

文化意义比较复杂，原因之一是它有层级性，而这个层级性又有三层意思。

第一层意思是，意义是一个多维结构，而这个结构又可以一分为二：通义词语的意义是一个层级，如山川日月、春夏秋冬（但四季的划分及节气定名，如秋分、冬至等则是人的文化行为）；文化词语的意义又是另一个层级，如亲（亲属）官（政制）器乐、衣食工耕等，这是体物类；还有阴阳五行、仁义礼智等，这是抽象类。这一层级划分是从名物的视角从理论上探讨文化辩义的类属性。

第二层意思是，按照语言中存在的文化信息分布，将文化意义划分为四个层级，分别是物质形态、典章制度、行为习惯和心智活动。此四者不断发展，最终发展成了一个层次分明的结构矩阵，基于此种层级划分，可以更好地帮助我们从宏观的视角对文化意义进行观测与研究，也能够从微观的视角揭示语言文化意义的内在结构。通过此种层级划分的方式，可以更好地研究语言文化信息分布的结构性，以便更深入地理解其内在联系和相互作用。

第三层意思是，从理论上剖析词语获得文化意义的层级性方式，中心问题是

"疏离度"。文化意义附着于词语或者说词语获得文化意义的方式并不是如出一辙的，有的与本义的疏离度大，有的与本义的疏离度很小甚至于无。文化词语的文化意义获得的"疏离度递增模式"如图 3-2-1 所示。

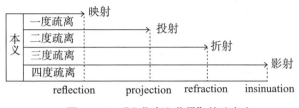

图 3-2-1　"文化意义获得"的疏离度

"文化意义获得"从一度疏离（映射）到四度疏离（影射）是一个逐步脱离本义的梯式过程。这种剖析大大有利于我们研究文化翻译的对策和表现方法，有利于提高我们的文化翻译实践的质量。

文化意义的多维探索（视角、获得方式、特征）是文化翻译的外围课题，也可以说是基础性课题。我们之所以这样从外围到中心一步一步探索，目的在于贯彻"必先知之，而后治之"的学问之道。主体的盲目性（或半盲目性）也许是 20 世纪翻译实践的通病，也是翻译理论研究很大的缺陷。这里所谓主体的盲目性指以下两点。

第一，主体对本身的职能及职责缺乏清晰、全面的了解。首先，主体与客体（原文文本）互为依存，主体不具有超越客体可容性的可能性，因此单凭主体的悟性或主观认识制定主体的行为标准（所谓"翻译标准"）是不符合翻译科学的实际的。其次，客体可容性的关键是意义，因此应该对意义做深入系统的研究，翻译学应该有自己的意义理论和理解（文本解读）理论。当然，在保证上述两项的前提下，主体享有最大限度的、充分的酌情权。

第二，主体的盲目性还表现为"文化意识"薄弱，具体而言，包括未能充分认识到文化意义在"文本实在"中的存在形式以及它是如何产生的，我们又应如何把握它；未能充分认识到文化意义的特征，导致未能充分认识到全面把握文化意义的途径，更缺乏表现策略。

为此，我们有必要就第二点为一个世纪的实践和研究做一个总结，为的是巩固我们已取得的成绩、找出差距、为以后的征途跨出扎扎实实的一步。

二、从文化角度看翻译的功能

（一）翻译促进文化交流

从跨越不同文化背景的视角来看，翻译研究仍有许多领域值得深入探究。翻译作为一种文化活动是跨文化交际的产物，它必然受到一定文化背景的制约和影响，因此必须对翻译过程中所涉及的文化差异进行认真的分析，并采取相应措施加以解决。不同文化背景的交流为翻译工作者提供了不同的视角，使他们能够站在更高的境界上，推动翻译研究的不断发展。通过翻译，东西方文化得以相互交流，实现了文化互通的目标。遗憾的是，在中国的文化翻译领域存在着极为不平衡的现象，外国文化的翻译数量远远超过了中国文化的翻译数量，这是由于中国人对西方文化过于了解，而西方人对中国的了解并不多。所以说，译者有责任将更多的中国文化通过翻译的方式介绍到国外，加深外国人对中国的了解。在向西方介绍中国文化的过程中，需要使双方的文化在同一层面上共存，以达到文化交流的目的。唯有如此，翻译工作方能推动东西方各民族之间的相互沟通与交流。

总的来说，翻译作为一种文化交流方式，尤其是在文学领域，具有促进人们理解民族文化的重要作用。跨越不同文化的交流需要始终平等，因此不同文化之间的互动也需要保证平等，这是不可违背的。在跨文化交际中，平等所体现的是尊重，不仅体现在对原产地文化的尊重上，更体现在对原作者创作的尊重上。

在广泛的社会背景下，我们需要审视文本的功能，即文本如何审视文化语境对社会所产生的影响。在这个过程中，翻译之所以具有深远的影响，是因为它能够将源语言文化呈现于目标文化之中。那么译者又是如何看待异域文化的？人们如何获取有关异域文化的知识，以便更深入地了解其内涵和外延？人们是否了解异域文化中哪些是对我们有用的，哪些是无效的？如何辨别异国文化与自身文化之间的差异？这些都是需要深入探究的问题。在翻译中，译者要考虑读者的需求和目的语文化的特点，从而达到传播本国文化的目的。此外，这种方式还可供人们获取与外国文化相关的知识，从而拓宽视野。翻译就是在这一过程中发挥着非常关键的作用，因为只有把不同国家或民族之间的文化差异进行有效的传达，才能保证文化交流的顺利进行。翻译在塑造文化认同方面扮演着至关重要的角色，其对于外来文化建设的影响不容忽视。在翻译文本时，需要对他人的文化背景加以了解与关注，通过对异国文化的整体描述、展示异域文化生活，使读者能够借助自身文化对他们的文化体系和意义体系进行观察与了解。翻译者应当以真实的方式记录异域文化生活的全貌。在进行语言转换时，要考虑到不同文化背景下人们所表达的意思是否一致。以谦虚的态度理解当地人的文化习惯，对对方的符号充满尊重和敬畏，而非以自己的文化词汇来塑造他人的生存经验，以替代他人的言语。在将外国文化转化为目标文化的过程中，翻译扮演着不可或缺的角色，其重要性不言而喻。

翻译史的研究表明，翻译对促进不同民族之间的文化交流和建构异质文化方面有着十分重要的作用。中国的五四运动见证了前所未有的大规模的外国作品的翻译，而这些作品大部分是以现代白话文翻译的，其语法和句法结构都极大地受到了西方语言的影响，因而现代汉语在表现形式上不可避免地在某种程度上表现出某种异国情调。同理，广泛地把中国作品翻译为西方语言也极大地帮助了西方读者了解中国文化。

（二）翻译促进文学创新

翻译的存在在很大程度上促进了文学创作的创新发展，为其注入了新的活力和探索精神。在这种背景下，翻译中所体现出来的文化意识也就更加突出了。在中国文化中，翻译文学有着十分重要且显赫的地位，备受瞩目。翻译小说成为晚清新文化运动时期的重要文学思潮之一。外国文学文体对中国文学的发展产生了深远的影响，清朝末期，文学的显著特点在于广泛介绍和翻译了西方小说，其中包括政治、历史和社会等多种类型的小说。在大规模翻译西方小说的过程中，小说逐渐成了现代中国文学中备受欢迎的文学文体，其地位由边缘逐渐向中心转移，其社会功能也得到了人们的重视。小说在中国的社会和政治进步中扮演着至关重要的角色，特别是科幻和侦探小说的引入填补了中国文学的空缺，使得中国读者对于读书题材多样性的要求得到满足，同时也更好地促进了科技知识的传播。只有当各种文学形式彼此之间产生深远的影响的时候，一个国家或一个地区的文学创作才能得到充实和拓展，从而发展出更为新颖的表现形式。在世界多元文化共存与交流的今天，不同文明间的接触与碰撞使各国之间的文化交流日益增多。要实现一个民族的发展，必须不断推进文化的进步，而文化的繁荣不仅依赖于自身力量的提升，也需要广泛吸收外来的优秀文化，不与外界交流的文化缺乏生命力。因此，在文化交流中，只有不断地将本国优秀的文化与外国先进的文化相结合才能实现文化的繁荣和发展。翻译作为一种重要的跨文化交流方式，在中外文化发展史上扮演着不可或缺的角色，因为它能够有效地吸纳和融合异质文化。

第三节　中西方不同思维方式的比较与翻译

人类的思维是一种对客观世界的感知和理解，它是对现实世界的一种高度抽象的认知和反应。语言是思维的表达形式，它超越了视觉、听觉和触觉的能力范围。语言是人们表达思想感情的重要手段之一，是传递信息的媒介，也是思维的外在表现方式。思维的表达离不开语言，而语言则是思维的媒介，记录着思维的成果，是思维的外显。思维和语言既有联系又有区别，存在着一种相互作用。然而这种相互作用的双方在力量上存在着不平衡的情况，尤其是思维对语言的影响具有至关重要的决定性作用。人们在使用语言时，常常通过改变自己的思维过程来影响语言表达。语言表达形式的多样性源于不同的思维方式所带来的影响。

在翻译过程中，翻译客体（原作及其作者）与翻译主体（译者）之间的交流是建立在共有的思维内容与规律之上的。翻译活动就是对这些共同的思维内容进行交流、转换的实践过程。人类思维所共有的规律是人类思维的共性。人类思维的本质不仅在于其共性，更在于其独特的民族性，这是不可避免的。人类语言表达形式的多样性，凸显了这种独特的个性特质，不同民族之间的交往受到语言形式上的差异限制，这种差异源于思维个性的独特性。因此，要实现各国的相互交流和了解，就必须先研究语言形式方面存在的差异性。阻碍世界各民族之间相互理解与和睦关系的原因不仅在于语言形式的错综复杂，更在于人们的思维模式存在差异，即在确定知识来源和合理的思维方法方面有一定差别。上述的思维模式即思维方式，指的是思维主体以何种方式获取、加工和输出其思维信息。由于地理环境、历史发展和社会文化等因素的影响，各民族的思维过程既有共同的特点，又有各自独特的个性特征，并且对于同一思维对象或内容，不同民族的思维视角可能存在差异，因此在语言表达上，可能会采用各种各样的形式。尽管不同民族的思维内容大体相似，但由于其独特的民族个性，其语言表达也有着显著差别。

一、中西方思维方式与语言逻辑比较

长久以来，人们已经极为擅长采用东西方对立的二分法来描述双方在思维方式上存在的差别，人们认为东方民族在思维方式上更多地表现为"整体的""具象的""主观的"，西方民族在思维方式上更多地表现为"具体的""抽象的""客观的"。季羡林先生在《神州文化集成·序》中认为："东西方两大（文化）体系有相同之处，也有相异之处，相异者更为突出。据我个人的看法，关键在于思维方式：东方综合，西方分析。"[①] 由于西方人在分析和逻辑推理方面具有卓越的能力，因此他们的思维模式呈现出一种线性表现；东方人的思维方式更偏向于整体性，他们拥有丰富的想象力和直觉，因此可以说是一种圆式的思维模式。有些学者从本体论的角度出发，主张东方人是本体的，更为关注整体的和谐；西方人则是理性的，强调分析原则，更为重视由一到多的思想。反映在思维方式上，东方人采用散点式思维方式，而西方人则采用焦点式思维方式。此外，学者还提出了东方思维具有整体性、抽象性、模糊性等特征；西方则具有逻辑性、经验性、精确性等特征。这些描述和观点是对东西方民族思维方式特点进行深入研究、探索和提炼的产物，有助于我们更全面地认识东西方民族思维方式和特点，同时也为我们进一步研究东西方思维的语言逻辑形式提供了至关重要的指导。

以语言逻辑思维为视角，探究东西方民族思维的差异，以此阐述语言逻辑的差异之处。

[①]　陈荣富 . 宗教礼仪与文化 [M]. 北京：新华出版社，1992：3.

（一）具象思维与抽象思维的语言逻辑比较

每个民族都拥有独特的思维方式，既有具象思维，也有抽象思维，但因为历史和文化因素的影响，每个民族都会有其更为关注的部分以及不同的选择。在人类社会发展过程中，东西方各民族的文化思维方式也是随着时代的变化而不断地调整着自己的内容和形式，从而形成了各具特色的民族文化特征。就整体而言，中国传统文化的思维方式呈现出强烈的具象性，而西方文化的思维方式则表现出高度的抽象性，这种差异的强调和选择都深植于各自民族文化的土壤之中。

这两种截然不同的思维模式一定会直接映射到句子词汇的运用层面上。通常情况下，汉语在科技论文、哲学和政论等文体中较少使用名词来表示抽象概念，很多时候会选择有着实质意义的具体的名词进行论述；在英语中，则更常用抽象名词，如下所示。

① Wisdom prepares for the worst; but folly leaves the worst for the day it comes.

聪明人防患于未然，愚蠢者临渴掘井。

② In line with the latest trends in fashion, a few dress designers have been sacrificing elegance to audacity.

有些时装设计师为了赶时髦，舍弃了优雅别致的样式，而一味追求袒胸露体的奇装异服。

具象思维的核心在于融合取象与取义，将特定的思想融入具体的物象之中，通过这些物象的类别联系和意义涵摄，运用具体物象叙事述理，以传达概念、情感、意向等内容；抽象思维则将概念、判断、推理作为思维方式，借助对物象的统摄，利用严谨细致的逻辑语句进行表达。我们就以马致远的《天净沙·秋思》为例。

枯藤老树昏鸦，

小桥流水人家，

古道西风瘦马。

…………

在三行诗句中，九个名词被连续运用，并列出九种意象，从这九个意象中凸显出凄凉、萧瑟，根本不需要多余的词句就能够凸显出作者的心境。下面是许渊冲先生的译文 [①]：

O'er old trees wreathed with rotten vine fly evening crows;

Neath tiny bridge beside a cot a clear stream flows;

On ancient road in western breeze a lean horse goes;

翻译的结果十分契合原意，无论是句式还是选择的词汇，都极为贴切。而从英语句法结构上看，增加了部分合适的冠词、介词、动词，将原句子具象组合修改为三条完整逻辑语句，简而言之，如此作为当然是英语遣词造句语法的根本需求，但在一定程度上也是因为严谨的抽象逻辑思维表述形式的需要。

（二）综合型思维与分析型思维的语言逻辑比较

人类思维的两种基本形式分别是分析型思维和综合型思维，其中"分析"一词指的是将事物的整体分解为多个不同的部分，并随着时间的推移逐渐细分。这一方法的优越之处在于，它能够更加深入地探究事物的实质。这种方法在科学史上曾经起过积极作用。然而，其缺陷在于常常只关注一点，而忽视了整体的存在。"综合"指的是将事物的各个组成部分有机地结合在一起，形成一个统一的整体，强调事物之间的普遍联系。在我国古代就已存在着这种综合的思维方法。这两种思维方式共同存在于东西方民族当中，并且在发展过程中，东西方对二者的侧重有一定的差异，即东方更重视综合，而西方更重视分析。

在近代科学的发展历程中，尽管综合法也被广泛采用，但其主要依赖于分析法才得以飞速发展，这一方法在近代科学的建立和发展中扮演着至关重要的角色。西方社会如今的科技和经济繁荣，离不开分析型思维方式的应用。

中国作为东方民族的代表，常常采用综合法认识世界，这种方法诞生于东方民族的哲学思想当中。中国传统哲学始终认为人与自然是一个不可分割的整体，并以"天人合一"为最高的思想境界，对事物的分析并不十分讲究，"天地虽大，其化均也；万物虽多，其治一也" [②]。这也使得汉民族的思维方式更关注宏观角度，即将宇宙视为一个整体，并从全局视角对其进行综合性的研究。

---

① 许渊冲.许渊冲译元曲三百首 [M]. 北京：中国对外翻译出版公司，2021.
② 刘文典.庄子补正 [M]. 昆明：云南人民出版社，1980：372.

这两种思维方式的差异对英汉语结构形态的影响是不一样的：分析型思维方式使得英语词形变化明显，语法形式多样，组词造句语序结构更加灵活；但综合型思维方式使汉语没有词形上的改变，在语法形式上主要靠词汇手段来表现，在组词造句时完全按照语义逻辑及动作出现的时间顺序来确定词与分句排列的次序。

（三）本体型思维与客体型思维的语言逻辑比较

我们都知道，中西方的文化类型截然不同：在中国，以人本为主；在西方，以物本为主。我国古代道家的代表人物老子主张"人法地，地法天，天法道，道法自然"[①]。儒家的孟子亦云："万物皆备于我矣。"[②] 中国文化以人文为核心，以人为本位，极具人文精神，中国文化本质上是一种以人为本的文化。在这个思想影响下，形成了一种汉民族本体型的思维模式，以人类为中心，运用观察、分析、推理和研究的思维方式探究事物的本质。在西方文化中，物本被视为主体，自然则被视为本位，人们更加注重对自然客体的研究。在西方文化中，人类被视为超越自然界的存在，拥有绝对的支配能力和改变自然的力量。因此，西方的人与自然分离，追求能够战胜自然、克服自然的能力。在这个思想影响下，西方社会崇尚不断寻求超越自然之路，逐渐形成了一种客体型思维方式，强调外向探索和不懈追求，同时将宇宙自然视为人类的对立面并加以研究和征服。

在语言形态上，本体型和客体型两种存在较大差异的思维方式表现出明显的特征，即在对事物进行描述抑或是阐述事理的过程中，在主语的使用方面，汉语倾向于使用表示人或生物的词（animate），而英语则更倾向于使用非生物名词（inanimate）。举例如下。

① Cuff's fight with Dobbin, and the unexpected issue of that contest, will long be remembered by every man who was educated at Swishtail's famous school.

凡是在斯威希泰尔那所有名的学校里念过书的学生，都不会忘记克甫和都宾两人打架的经过以及后来意想不到的结局。

---

① 沈秀涛 .《老子》名句 [M]. 成都：天地出版社，2009：40.
② 黎孟德 . 四书感悟 孟子 [M]. 成都：巴蜀书社，2005：220.

② The thick carpet killed the sound of my footsteps.

我走在厚厚的地毯上，一点脚步声也没有。

③ Memoranda were prepared in advance of private meetings on maters to be discussed.

在举行个别交谈之前，我已经就所有要讨论的问题预先拟好了备忘录。

基于以上例句加以分析，我们发现原文中的主语均非行为发出者，是合乎英语民族思维逻辑与表达习惯的，但汉语中均须依据语句的逻辑语义抑或是语境语义进行主语的改换、添加，只有这样才能真正实现译文语句通顺、结构规范、语义明晰，且更加契合汉语的表达习惯。

（四）顺向思维与逆向思维的语言逻辑比较

不同民族在对一些事物现象的观察中所选择的视角和思考的指向有时并不一致。具体表现在语言方面，各民族很可能使用迥然不同乃至对立的语言形式对某些相同的事物进行描写。当中国人以礼貌的方式邀请对方先行离开、先行品尝美食、先行完成某些事情的时候，他们常常会礼貌地表示"您（先）请！"，但是在西方，通常会说"After you!"。就此我们能够明显发现双方在表达上截然不同，但它们所表示的意义却大致相同，汉语中使用"先"来表示，而英语中则使用"后"来表示。

就时间的先后概念而言，英美人和中国人的思维方式存在着根本性的差异。在英语当中，表示过去的时间的是"back"，表示尚未来到的时间的单词是"forward"，相比之下，在中国人的表述当中，"前"指的是过去的时间，以"后"表示未来的时间，这是一种截然不同的思维方式。唐代文学家陈子昂在《登幽州台歌》中写道："前不见古人，后不见来者，念天地之悠悠，独怆然而涕下。"在诗歌中，"前"代表过去，"后"则代表未来，这意味着中国人以过去为基础来区分时间的先后顺序，而英美人则以面向未来的方式来区分时间的先后顺序。简而言之，英语中的"back"和"forward"与汉语中的"前"和"后"等同，而英汉民族对于时间坐标的不同思维方式，稍有疏忽就可能导致误解。举例如下。

① In measuring forwards from a point of time in the past, only the following construction is normal: ...

要从过去某一点时间向前衡量时，只有下面的结构才是常用的：……

② The verbs in hypothetical conditional clauses are back shifted, the past tense form being used for present and future time reference and the past perfective form for past time reference.

假设条件分句中的动词是后移的，过去时形式用来指现在和将来时间，过去完成体形式用来指过去时间。

在翻译当中，因为译者并未重视中国人与英美人在思维方式上存在的差别，所以在翻译的过程当中出现了翻译错误的情况，相比之下，应当进行如下翻译才契合原文。

①当从过去的某个时间点向后算起时，下列结构才是常用的：……

②假设条件分句中的动词是前移的，过去时形式用来指现在和将来时间，过去完成体形式用来指过去时间。

在进行汉译英的过程中，若是进行关于"前、后"概念的表达，就应当重点关注英汉思维顺序之间存在的不同，不能简单地按照单词的字面意义进行翻译，例如：可是我们已说到故事的后面去了。绝对不能将"故事的后面"按照字面意思，逐字翻译为"behind the story"，应当按照句子本身的意思，将其翻译为"ahead of the story"，以便更好地契合英美人的思维方式。可译为：But we are getting ahead of the story.

在我们的日常生活中，对于地理方位的表达方式，同样存在着显著的思维方式的差异。就比如在表达四个方向的顺序的时候，中国人多数情况下会先表述横向的方位，再表述纵向的方位，也就是先表述"东西"，再表述"南北"；若是在表示纵向中的两个方位的时候，中国人多数时候会先"南"后"北"。在强调方向时，西方人表达"四面"的方位顺序则是：Clear divisions of the earth's surface are usually called North, South, East, or West。所以在进行汉译英的时候，应当按照英美人的思维习惯对表示方位的词的顺序进行调整。

观察事物时，英汉民族思维顺序的差异往往体现在不同的视角倾向上，这种差异可能会导致观察角度的不同。也因此直接导致了英汉语在表达同一思维内容时，由于视角倾向的多样性，常常选择各异的表达方式。就比如打折方面，汉语当中的多少折，指的是应付款，在英语中出现的多少折，则主要指的是折扣的比例为多少。

二、中西思维差异与语言翻译

一些学者的研究表明：翻译活动是建立在人类思维规律共同性的基础之上的，而翻译的实质就是不同思维形式之间的相互转化。思维以概念、判断、推理为单元；语言以词语、句子、语段、篇章为单元。思维与语言有某种对应关系，思维方式会直接影响语言表达形式的选择；东西方在思维方式上存在不同，而这必然会对英汉语的不同表达形式产生影响，所以翻译时一定要根据译入语国家的思维方式特点对语句结构进行调整，使之与译入语表达习惯保持　致。英汉翻译常用的调整手段如下。

（一）调整句子长度

在英语和汉语这两种不同文化背景下的人们，会逐渐发展出各自独特的思维模式。由于西方民族采用的是一种分析型思维方式，因此他们倾向于运用"由一到多"的思维模式来进行分析：以主语和谓语为中心的句子结构，涵盖了各种短语和从句，由主到次，逐步变化，最终诞生了一种树权型的句式结构。在这种思维模式下，西方人善于把抽象事物形象化、具体化，通过对具体事件进行细致观察、深入思考后得出正确结论；东方民族的综合型思维方式则使他们更重视整体性和系统性，强调将多个元素融合为一个整体。在句式结构上，将动词作为中心的元素，依据时间的顺序拓宽语句，逐步发展、递进，最终加以整理总结，构建了一种"流水型"的表达形式。在汉英两种语言中都有不少类似的例子。有人形容英语的句子结构犹如高耸入云的巨树，枝繁叶茂；而汉语的句子结构则犹如大江奔流，连绵不绝，两者相得益彰，恰如一幅生动的画卷。

严复在《天演论》中对英语句子的结构进行了深刻的探讨："西文句中名物字，多随举随释，如中文之旁支，后乃遥接前文，足意成句。故西文句法，少者二三字，多者数十百言。"① 由此可推断，英语的句子结构呈现出一种明显的特征，对"名物字""多随举随释"，同时依靠关联词语和各种短语，"遥接前文"而"足意成句"，句子长度可达"数十百言"。汉语里特多流水句，一个小句接一个小句，很多地方可断可连。汉语采用逐点交代的流水式表达方式，将问题一点点剖析开来，促使表达相同内容的汉语句子的数量远大于英语。这就要求译文将英语中的一个长句转化为汉语中的几个短句，而在汉语中，一个意群中的数个短句可以被合并翻译为英语中的一个长句。在英汉翻译中，分译和合译是一种常用的方法，通常被用作调整句子的长度。举例如下。

① Upon his death in 1826, Jefferson was buried under a stone which described him as he had wished to be remembered as the author of *the Declaration on Independence* and *the Virginia Statute for Religious Freedom* and the father of the University of Virginia.

1826 年杰斐逊逝世。按照他生前遗愿，在他墓地的石碑上刻着:《独立宣言》和《弗吉尼亚信教自由法令》的作者、弗吉尼亚大学创建人之墓。

② Spring has so much more than speech in its unfolding flowers and leaves, and the coursing of its streams, and in its sweet restless seeking!

春花含苞待放、绿叶缓缓舒展、溪水潺潺流淌，欢乐的春天涌动着无限的追求和希望，这一切难以用语言倾诉表达。

③事实上，现代诗中的对立，并不是亚洲与欧洲之间的对立。这种对立，是创新与保守的对立。这两种对立有关系，可是绝不相同。

In fact, the antithesis in modern poetry has not been between Asia and Europe, but between innovation and conservation—a related but by no means identical polarity.

④灾难深重的中华民族，一百年来，其优秀人物奋斗牺牲、前赴后继，摸索救国救民的真理，是可歌可泣的。

For a hundred years, the finest sons and daughters of the disaster-ridden Chinese nation fought and sacrificed their lives, one stepping into the breach as another fell, in quest of the truth that would save the country and the people. This moved us to song and tears.

---

① 赫胥黎. 天演论 [M]. 严复，译. 南京: 译林出版社，2014: 13–14.

通过适当的句子长度调整和转换，英汉语的句法结构和表达习惯得以体现，同时也符合英汉语读者的审美心理。

（二）调整句子结构

"树杈型"和"流水型"这两种句子结构，源于东西方不同的思维方式，他们会体现在句子的外部长度上，也会直接在句子内部组词造句的规则上加以体现。一般而言，我们所认知的英语的句子会通过众多关联词语和短语进行结合而诞生，在其中，中心词语一般会选择随举随释，所以在英语句子中，中心词的周围总是会有众多的短语或是从句对其进行修饰；汉语作为一种以分析为主的语言，其组词成句主要依赖于词序和虚词，但是需要注意的是，词序手段在某些方面极大地限制了中心词语的负载量。所以说，在汉语当中，常常选择使用"双提分述"的叙述手段，以便更好地表现出有着鲜明表现特怔的逻辑语义结构。举例如下。

① Another issue that might be resolved during Mr.Deng's visit to Washington involved a U.S. claim of 196 million dollars for assets seized by the communists after they took power in 1949 and a Chinese counter-claim for 80 million dollars frozen in the United States since the Korean War.

邓先生这次访问华盛顿期间可能解决的另一个问题是涉及美国提出索赔和中国提出反索赔的问题：美国要求中国赔偿中国共产党人在 1949 年夺取政权后所没收的价值 1.96 亿美元的财产，中国反过来也要求美国偿还朝鲜战争以后冻结在美国的 8 000 万美元的存款。

由 of、for、by 三个短语和 after 引导的一个时间状语从句所修饰的 "a U.S. claim"，以及由 for、in 和 since 三个介词短语所修饰的 "a Chinese counter-claim"，展现了"随举随释"的句法结构；在翻译中，首先提到了"美国提出索赔"与"中国提出反索赔"的要求，接着通过两个分句分别描述了双方要求的具体内容，展现了"双提分述"的句法结构。值得注意的是，这两种语言形式中的句法结构在进行长句子翻译的时候，应当对句子本身的语序进行一定程度上的改变，以确保译文能够完美契合周围语言环境。

值得注意的是，在汉语中，"流水型"句子结构的选择通常是由动词决定的，而动词的频繁使用则是汉语组词造句的独特之处。并且，大多数时候，在汉语的语句中使用动词会严格按照该动作的行动顺序进行排列，也因此直接决定了句子本身的语句结构。举例如下。

②老栓正在专心走路，忽然吃了一惊，远远地看见一条丁字街，明明白白横着。他便退了几步，寻到一家关着门的铺子，蹩进檐下，靠门立住了。

Absorbed in his walking, Old Shuan was startled when he saw the cross road lying distantly ahead of him. He walked back a few steps to stand under the eaves of a shop in front of its closed door.

从上面的例子中我们能够推断出一点，即汉语句子中动词是作为关键词存在的，并且会按照时间顺序对语序进行安排，这也正是存在于汉语组词造句中的一个显著特点；而英语句子则将主要的动词作为句子中的谓语，之后选择分词、介词、不定式、动名词或介词等短语（或从句），来表现汉语中与之对应的动词的语义，以及动作的顺序，由此我们就能够明显发现在英汉互译的过程中两者句子结构存在的根本差别，这也是英汉翻译中合理调整结构的重要内容。

（三）调整句子重心

英、汉两种语言的语义重心大致相同，对于包含表示条件、假设、理由等成分的复合句，语义重心都归于结论、事实。但值得注意的是，英语和汉语的语义重心所处位置有一定的差别，英语通常用前重心位置，汉语则用后重心位置，以上也是英汉句子内部结构上的一个明显差异。举例如下。

① It is a truth universally acknowledged that a single man in possession of a good fortune must be in want of a wife.

我们可以尝试对下面的这两种翻译结果进行比较。

译文一：有一条举世公认的真理，那就是，凡有钱的单身汉，总想娶位太太。

译文二：凡是有钱的单身汉，总想娶位太太，这是一条举世公认的真理。

在英语原句当中，最为关键的语句就是"一条举世公认的真理"。译文应尽量保持源语的基本意义和形式，并力求与之保持一致。另外，需要注意的是，尽管译句在语义上与原文保持一致，但基于汉语的句法结构角度来看，"译文二"

与汉语的表达习惯更加契合。

在语言形态学视野中，语言分为分析型与综合型。分析型语言的一个主要特点就是语序相对固定，综合型语言的特点就是语序较为灵活。汉语以分析型为主体，所以语序相对固定；英语是分析型与综合型参半的语言，所以语序既具有固定性，也具有灵活性。在英语主从复合句里，表达条件、让步和假设的从句所处位置并不固定，可以在主句之前或之后，与之对应的现代汉语偏正复句则与英语修饰性状语从句类似，正句则与主句对应，通常语序为偏句居前，正句居后。举例如下。

② But, my good master Bates dying in two years after, and I having few friends, my business began to fail; for my conscience would not suffer me to imitate the bad practice of too many among my brethren.

但是，两年后贝茨恩帅不幸去世，我没有什么朋友，又不愿背着良心像同伙那样胡来，所以生意渐渐萧条。

（3）The government is determined to keep up the pressure whatever the cost it will pay in the end.

不论最终将付出什么代价，政府决心继续施加压力。

（4）These economic facts cannot merely be dubbed "inflation" as unemployment begins to rise, as profits start to fall, as interest rates soar, and as the cost of living is at record levels.

如果失业人数开始上升、利润开始下降、利率飙升、生活成本达到创纪录的水平，那么经济领域中的这些现象就不能仅仅以"通货膨胀"来加以解释了。

在翻译上述例句的时候，我们根据汉语的句子结构，对表达语义重心的部分进行了适当的调整，以确保译文与汉语的表达惯例相契合。在汉译英的时候，也需要依据对应国家人们的思维习惯进行翻译，以便更契合英语的表达习惯，并且，在翻译的时候还需要对句子中的语义重心进行前移操作。举例如下。

（5）揭穿这种老八股、老教条的丑态给人民看，号召人民起来反对老八股、老教条，这就是五四运动时期的一个极大的功绩。

A tremendous achievement of the May 4th Movement was its public exposure of the ugliness of old stereotype and the old dogma and its call to the people to rise against them.

（四）变换句子视点

在对动作抑或是事件的发生、演变的过程加以描述或是记录的时候，擅长本体思维方式的中国人倾向于将观察或叙述的视角置于动作的发出者身上，并且还会将动作的发出者作为句子主语，所以说，汉语中主动语态句的使用频率较高；而西方人则更倾向于将观察或叙述的视角放于行为与动作的结果抑或是承受者，使之成为句子主语，所以我们经常会看到英语中出现被动语态。由于英汉两种语言有不同的文化背景，因此在翻译时不能简单地套用原文的表达方式，而应该结合上下文语境，按照语义逻辑进行适当的句子主语替换或添加，并对句子语态加以适当的改变，以便更好地契合译入语表达习惯。举例如下。

① His successes were so repeated that no wonder the envious and the vanquished spoke sometimes with bitterness regarding them.

他赢钱的次数那么多，无怪乎眼红的人、赌输的人，有时说起这事便要发牢骚。

② It has been mentioned that Rebecca, soon after her arrival in Paris, took a very smart and leading position in the society of that capital, and was welcomed at some of the most distinguished houses of the restored French nobility.

我曾经说过，利蓓加一到了法国首都巴黎，便出入上流社会、追逐时髦、出尽风头，连好些光复后的皇亲国戚都和她来往。

③ After six years of married childlessness, the father was suddenly presented by his wife with a pair of twins.

（他们）结婚六年没有子女，然而妻子却出人意料地给丈夫生了一对双胞胎。

④蛤蟆滩经济上和政治上的封建势力已经搞垮了，但庄稼人精神上的封建思想还需要一些时间才能冲洗净。

While feudal economic and political concepts had been discarded in Frog Flat, it would still be some time before all feudal influence could be eradicated from the peasants' minds.

⑤林如海已葬入祖坟了，诸事停妥，贾琏方进京。

Lin Ruhai had been buried in the ancestral graveyard and, his obsequies completed, Jia Lian was able to start back for the capital.

⑥全国人民所渴望的政治协商会议现在开幕了。

The Political Consultative Conference so eagerly awaited by the whole nation is herewith inaugurated.

（五）转换修辞方式

在文学作品中，修辞形式是一种有效的手段，能够发挥出描述事物、塑造人物形象等作用，所以在翻译的时候需要尽量保留原文中存在的各种各样的修辞形式。民族不同，思维方式也存在差异，也就在很大程度上塑造了各自独特的语言表达方式，因此不同的语言形式必然呈现出各不相同的修辞形式与特点。在进行翻译的过程当中，有些时候需要按照目的语本身存在的表达习惯，以及读者本身所拥有的审美情趣，对原文的修辞形式进行一定程度上的调整，以确保译文通顺流畅、意义深刻。

1. 正反转换

正反转换是一种思维方向的互换，它指的是在保持原文意思的前提下，通过改变表达角度，将词义或句子形式从正面表达转变为反面表达，或从反面表达转变为正面表达，以使译文符合目的语表达习惯并进一步促进表达效果得到强化。

（1）正说反译

① The sun sets regularly on the Union Jack these days, but never on the English language.

现在，英国已不再是个"日不落"的国家了，但是英语却广泛流行使用着。

存在于例句中的"the sun sets regularly"的表面意思十分清楚明白，根据历史背景知识，译者运用反译法并采用双重否定结构，将分句翻译为"英国已不再是一个'日不落'国家"，以确保译文准确、简洁、流畅。如果按照字面意思直接翻译，那么很难准确表达原句中所蕴含的对过去的怀念和感慨。

②这个惨痛的历史教训，我们全党同志一定要永远记住，引以为鉴。

No comrade in the Party must never forget this bitter lesson and we must all take warning from it.

（2）反说正译

① Hardly a day passes without him getting scratched or bruised as he scrambles for a place on a bus.

他挤公共汽车，身上不是这里擦破，就是那里碰伤，几乎天天如此。

②吴荪甫不发表意见，听任唐云山在那里夸夸其谈。

Withholding his opinion for the moment, Wu Sunfu listened to Tang Yunshan holding forth.

2. 虚实转换

所谓虚实转换，就是词汇抽象概念和具体意义之间的互相转化。抽象与具象这两种截然不同的思维方式，在语言表达中常常会造成两种截然不同的用词习惯：前一种多用表达抽象概念的词来形容事物和阐明事理，后一种则多用表达具体概念的词来刻画事物和述说道理。在英汉翻译的过程中，常常需要进行词语的虚实意义之间的相互转换，然而总体而言，英语中的抽象名词使用频率在很大程度上比汉语高，所以在翻译时，常常需要将英语中对某些抽象概念进行描述的名词进行转化，使之在翻译为汉语后成为可以表述具体概念的名词，这么做是为了更好地切合汉语的表达习惯。

（1）虚转实

所谓虚转实，就是将原文中抽象、含蓄抑或是模糊的词义通过训诂、弥补等方式变得具体明了，从而更加方便读者理解，也更容易进行语篇的翻译。

① The cruel come and go like cities and thrones and powers, leaving their ruins behind them. They had no permanence.

凶残之徒，一个个都像达官显贵、君主王公、政客寡头一般，来去匆匆，更迭频繁，哪一个身后不是一堆黄土，谁都没有做到万古长命。

②故五行无常胜，四时无常主，日有短长，月有死生。

The five elements: water, fire, wood, metal, earth, are not always equally predominant; the four seasons make away for each other in turn. There are short days and long; the moon has its periods of waning and waxing.

（2）实转虚

实转虚，是指译文在满足表情达意或行文通顺流畅的需求下，对原文词义进行了延伸和扩展，从而实现了从具体到抽象、从个别到一般、从特殊到概括的语义转变。举例如下。

① There were times when emigration bottleneck was extremely rigid and nobody was allowed to leave the country out of his personal preference.

过去有过这种情况：移民限制极为严格，不允许任何人出于个人考虑而迁居他国。

②对于胜利了的人民，这（指政权）是如同布帛菽粟一样的不可以须臾离开的东西。

Like food and clothing, this power is something a victorious people cannot do without even for a moment.

出现在上述译文中的"布帛菽粟"指的是具体存在的事物，这些实指的具体事物名称在句中主要被视为比喻，如逐词直译为 cloth、silk、bean and grain 等，不仅会显得翻译之后的句式冗长，也在很大程度上直接削弱了比喻的表达。译文将其虚化概括为 food and clothing，不仅对翻译之后的语句进行了精简，也在很大程度上对原本句子中要表达的比喻的形象进行了重点表现。

（3）词量增减

思维形式的差异既决定了语言的表达形式，又对人的审美心理产生直接的影响。刘勰曾说过，"善删者字去而意留，善敷者辞殊而义显"[1]，这是翻译时把握词量增减变化的一个原则。在翻译时增减词量是经常使用的修辞手段之一，能使译文语句连贯、顺畅，有效地增强译文可读性，帮助读者更好地对其中的内容进行理解，进一步增加其中的审美意趣。不管是增词还是减词都要依靠特定的语境才能进行，以确保相关行为有理有据。

①增词译法。增词译法多数情况下为应对遣词造句的修辞以及按照语境需要

---

① 黄侃. 文心雕龙札记 [M]. 北京：北京理工大学出版社，2020：185.

进行语意补充。通常来说，翻译本身多用于不同文化之间的语际转换活动，并且值得关注的是，一些有着较为浓烈的民族色彩的语句应当进行必要的翻译，以确保读者能够更好的理解。

A.

By birth he was an Englishman; by profession, a sailor; by instinct and training, a rebel.

就出生来说他是个英国人，就职业来说他是个海员，就本性和教育来说他则是个叛逆者。

若不对原文中的结构性词语进行必要的增译，则可能导致语句结构残缺，句意被破坏，进而导致意思不连贯，因此进行结构性增译是不可或缺的。

B.

Farewell to the forests and wild-hanging woods!

Farewell to the torrents and loud-pouring floods!

再会吧，高耸的大树，无尽的林涛！

再会吧，汹涌的急流，雷鸣的浪涛！

翻译中由译者按照自己的思考而添加的两个定语是原文本表面所不具备的，但翻译的巧妙之处在于根据诗歌的意境，在具体的物象名词前添加了描述性形容词，其中"高耸的"表达了大树的外貌特征，而"汹涌的"则是急流的固有特性，因此增加对应描述也有一定的道理。同时，为了突出诗歌的主题和情感内涵，通过添加修饰语，使得译文在句式上呈现出更加匀称整齐的美感，在节奏上则更加抑扬顿挫，从而进一步提升了诗句本身所具备的艺术感染力。

C.

Several million of people have lived near or below the breadline for almost two decades.

差不多20年了，生活在贫困线以下或温饱问题还没有解决的人口仍有几百万。

在西方文化中，面包被视为主食，而"breadline"一词则类似于我们通常所说的"贫困线""温饱问题"，所以说，通过在译文当中出现合理的解释性的增译能够在很大程度上凸显原文的意思，并有效减轻读者的理解难度。

②减词译法。一般而言，减词译法的主要目的是优化修辞手法，以减少不必要的冗语，从而使译文结构更加简洁，在表述上更为流畅，与译入语的表达习惯更为契合。举例如下。

A.

For never was a story of more woe,

Than this of Juliet and her Romeo.

古往今来多少离合悲欢，

谁曾见这样的哀怨辛酸！

存在于英语文本中的"Juliet and her Romeo"在翻译的过程中，被译者删除。值得注意的是，尽管删减了部分字句，但是在译者高超的翻译水平之下，诗句的美并未良减。想象一下，若不剔除"朱丽叶和她的罗密欧"这几个字，第二行诗句便会显得烦琐冗长，失去了原本的诗意。

在汉语当中，为了进一步平衡句子结构，并有效促进气势和音韵的加强，常采用排比、重复等各种各样的修辞手段，所以在句子当中多会出现完全重复的词或词组，抑或是结构类似的句子等。在汉语当中，上述修辞手段十分常见，值得注意的是，英译时一般只译出它们的主要含义，不需要拘泥于原文表达形式。

B.

我们说，长征是历史记录上的第一次，长征是宣言书，长征是宣传队，长征是播种机。

We answer that the Long March is the first of its kind in the annals of history, that it is a manifesto, a propaganda force, a seeding-machine.

为了增强语势，原文中采用了4个连续的排比句，其中"长征"出现了4次，但在译文中仅出现了一次，紧接着使用了代词it，而另外两个重复使用的"长征"就被直接删除了，这样就使得译文更为简洁流畅。

C.

此时鲁小姐卸了浓妆，换几件雅淡衣服，蘧公孙举目细看，真有沉鱼落雁之容、闭月羞花之貌。

By this time Miss Lu had changed out of her ceremonial dress into an ordinary gown, and then Zhu looked at her closely, he saw that her beauty would put the flowers to shame.

"沉鱼落雁之容""闭月羞花之貌"都是形容女性的美的词句，选用的修辞方式为对仗，结构对称，在朗读时朗朗上口，但在翻译成英语的时候，却是完全抛弃了汉语的语句美，只是将大致意思翻译了出来。

D.

20 年，时间看起来很长，一晃就过去了。所以，我们从 20 世纪 80 年代的第一年开始，就必须一天也不耽误、专心致志地、聚精会神地搞四个现代化建设。

Although a period of 20 years sounds quite long, the time will slip by very quickly. From the very first year of the 1980s, we must devote our full attention to achieving the four modernizations and not waste a single day.

在汉语中，为了增强语势，并对语句中的主要意思进行强调，我们通常会选择使用重复的词句，就比如上述例子中的"专心致志""全神贯注"这两个同义词的共用。然而，在英译时，我们只需要翻译其中一个词语的语义，这么做是为了确保翻译之后的语句更简洁、清晰。

第四章 英美文学翻译中的文化差异相关处理

本章讲述英美文学翻译中的文化差异相关处理，从两个方面展开叙述，分别是英美文学翻译中的文化差异与传递以及英美文学翻译中的文化缺省补偿。

第一节 英美文学翻译中的文化差异与传递

翻译是跨语言的交际活动，是把一种语言的文化传递到另一种语言的活动。从社会语言学的观点来看，文化是语言得以生息繁衍的土壤，语言是文化的表现形式之一。语言离不开文化，任何语言也都蕴藏着深厚的文化内涵，即所谓的语言文化差异。

不同民族由于地理位置、文化背景、风俗习惯、思维习惯的不同，必然会给自己的文化打下深刻的印记。两国不同类型的词汇、不同语法结构、不同言语的语法习惯、不同语言，反映了国家意识形态不同的背景，以及传统信仰的不同、社会背景的不同、表达方式的不同。文学翻译涉及社会生活的各个方面，包罗万象，因此需要翻译者学习西方的文化知识。在理解表达过程中，翻译者需要保持原作原有的美感；熟悉东西方的文化差异，了解不同的文化背景、历史习俗、思维习惯、宗教文化；注重文化内涵丰富的形象，为了真正重现目标语言文化，尽可能地、最大限度地发挥不同文化之间的文化差异。

一、语言文化的差异与翻译传递

语言是文化的载体，具有丰富的文化内涵。不同民族有自己的具体思维方式、价值取向、历史典故、神话传说等。文学翻译不仅是一种艺术实践，还是一种跨文化行为。跨文化交际可以达到对不同文化理解的目的，这本来就要求我们注意反映国家的翻译文化独特的规范或风俗，如果忽略不同文化内涵和文化差异的含义，就会造成不必要的误解。文学作品体现了丰富的文化内涵，东西方文化有大量的具体、独特的形象，这些形象反映了不同文化、宗教、价值观和历史与地理特征的心理结构。同样的情绪在不同的文化中有不同的隐喻。

中国人常用"肝肠寸断""愁肠百结"来表示极其悲伤的心情。如果西方读者看了会觉得毛骨悚然。在中国，明月寓示团圆，让远在他乡的人产生强烈的思乡之情。中国的文学作品中有不少描写明月的佳句。如唐代诗人李白的《静夜思》："床前明月光，疑是地上霜。举头望明月，低头思故乡。"诗人杜甫的《月夜忆舍弟》："露从今夜白，月是故乡明。"而月亮在西方人的心目中却从未有过类似的寓意。

二、历史文化的差异与翻译传递

对于颜色的翻译，由于历史文化的不同，不同的民族赋予了颜色不同的寓意和内涵。

譬如"黄色"，《说文解字》中称："黄，地之色也。"[①] 在中国传统文化中的黄色从唐代开始成为帝王之色，象征着至高无上的权力和地位。而在西方，同样象征王权或地位高显的颜色不是黄色，而是紫色。在英语中有 to be born in the purple、to marry into the purple 等习语。随着社会生活的演变，汉语中"黄色"在近期又获得了"下流或不健康"的新寓意，但在英语中类似的意思却用蓝色来表示。

例如，在中国传统文化中，"红"象征着幸福、快乐。红星（red star）和红日（red sun）寓意着进步、积极向上，有着光明的意义。在这一点上，中西文化的内涵有很强的趋同性，就是红色是喜庆、高兴和幸福的象征。不同之处在于，在西方文化中，"红"除了表示节日的幸福，也是暴力、危险和流血的象征。

为了使西方读者理解更方便，避免产生误解，霍克斯（Hawkes）根据《红楼梦》的原名《石头记》译成 *The Story of the Stone*，不仅如此，霍克斯对颜色的谨慎使他把"怡红公子"译成 green boy（怡绿公子），而"怡红院"则成了 the

---

① 郑春兰. 魅力汉字 [M]. 成都：四川辞书出版社，2018：110.

House of Green Delights（怡绿院）。这样做虽然方便读者理解，却丧失了原作语言所特有的文化信息。因为"红"在小说《红楼梦》中有着深刻的含义。杨宪益先生的译法则采用了异化的手段，尽可能多地保留了中国传统文化的内涵，以便使外国读者能够更多地了解中国文化，便于中国文化的传播。另外，如果把"白喜事"译成 a white happy event，则让西方人无法理解，因为脱离了产生这种生活习俗的文化背景，势必会给读者造成阅读和理解上的障碍。所以在翻译的时候，必须译出其中真实的内涵，即 funeral of an old man（woman）。

　　翻译人员在对颜色进行翻译时，要尽可能多地考虑到译入语的表达习惯，切忌望文生义。英语中的"红茶"不是 red tea 而是 black tea。"红眼病"在汉语中表示嫉妒，但翻译成英语则是 green eyed。而当"红眼病"指的是眼科疾病时，则用 pink eye 来表示。对于同一词，不同语境会产生不同的对应词。如青山（green mountain）、青天（blue sky）、青布（black cloth）、青翠（fresh green）、青苗（young crop）、青碧（dark green）。所以，我们在考虑颜色词的文化内涵的同时，也要注意使用准确恰当的英语单词，避免让读者产生误解。

三、人际关系及称谓的差异与翻译传递

　　人际关系和称谓也是中西方文化差异的体现。谦虚是中华民族的传统美德，家族观念在中国人心目中的地位比较重，不管是在社会还是在家庭中，男女、长幼、主仆之间都有约定俗成的称谓。中国的称谓系统讲究尊卑、亲疏，所以在汉语中不乏贬低自己而褒扬他人的自谦词，如鄙人（my humble self）、贱内（my humble wife）、拙见（my humble opinion）等；而对别人的称呼则往往含有恭敬之礼，如贵姓（your family name）等。对于这些具有中国文化特色的词语，译者在翻译时往往会造成译入语文本的文化缺省现象。而在西方文化中，亲属关系则略显松散，亲属之间甚至可以直接互称，称谓与中国相比显得较简单和笼统，当然这与西方文化所倡导的平等和个人独立有关，所以对于汉语中的"长辈""晚辈"等词语在英语中甚至找不到对应的词语。汉语中的叔、伯、舅、姑父、姨父等词语对应于英文中的 uncle。

汉语中一些独特的文化特征在其文化思想中有所体现,《论语》所代表的孔子思想是中国文化的根基,受佛教、道教的思想洗礼。如佛教来生说,强调四大皆空、业缘,俗语中常见"人要衣装,佛要金装""泥菩萨过河,自身难保",等等;道教主张今生,注重阴阳八卦,英文中根本找不到对应的单词。

在英语文化中有一些汉语是与英语找不到交叉点的。如"这断子绝孙的阿Q!""不孝有三,无后为大",这些都是中国传统的子嗣观念,而在西方文化中则没有这一观念。由于中国封建传统文化观念的根深蒂固,译者在翻译时可以在译文中加上注释:a curse intolerable to ear in China,这样更有利于西方读者了解中国的传统文化内涵。

在异域文化风俗习惯和宗教文化中,有的词语对于一个民族来说是习以为常的,但是对其他民族来说却是无法理解的。英语和汉语中都有蕴含历史文化的典故,这对理解和翻译来说有一定困难,所以译者在翻译之前要熟悉译入语的文化背景。希腊罗马文化对西方文化有着深远的影响,英语中的一些典故就是出自其中。宗教信仰在一个民族文化中占据着重要地位,如果对西方文化背景了解甚少,那么对一些附有特定文化意义的词语就不能理解了。good Friday 如果译成"好星期五"则让人不知所云,事实上是指耶稣的受难日。Pandora's box(潘多拉的盒子)源自古希腊神话。潘多拉是希腊神话中的人物,由于不顾宙斯的忠告打开盒子,放出了邪恶之神,而发生战争、瘟疫等。因此,在西方文化中,潘多拉的盒子意味着灾难和不幸。译者在翻译时要对其作出注释才有利于读者的理解。

四、民族的差异与翻译传递

不同民族对动物、植物有着不同的态度和情感,产生了丰富的联想,给中文和英文中的某些词语赋予了赞美、好恶和悲伤等丰富的感情色彩。同一动物在不同文化中具有不同的象征意义,语用的意义也是不同的。猫(cat)在西方文化中,是"包藏祸心的女人"的意思,而中国人经常用"蛇蝎心肠"形容坏人。在西方,龙是死亡与黑暗的化身;在中国,龙有着鲜明的内涵,龙是皇帝的象征,中国人称为"龙的后代"。但是,如果"望子成龙"是 to hope one's son will become a dragon，就会使西方读者产生误解，他们会理解成希望自己的孩子变成凶猛的人（希望自己的孩子成为邪恶的人）。在翻译目标语言时要考虑读者的文化背景，转化为 to hope that one's son will become somebody，这样才容易被西方读者接受。

在西方人心目中，狗（dog）是忠实的象征，有着非常重要的地位，如 love me, love my dog（爱屋及乌）；every dog has its day（人人都有得意时）。但在中文当中，"狗"却代表的是不怎么好的词语，如狗眼看人低（act like a snob）、痛打落水狗（beat soundly the bad person who is down）、走狗（flunky）等。"乌龟"一词在中西方文化当中也有不同含义，在西方文化中仅仅表示行动缓慢，没有其他含义。但是在中国文化里，乌龟（turtle）的含义却是有褒有贬。一方面，乌龟象征长寿（long life），海龟是人们公认的寿命最长的动物，在我国民间流传着"千年龟"的说法。另一方面，缩头乌龟等贬低的字眼又时常和不好的事物联系在一起。

对于看似平淡无奇的植物，中国文化却赋予了其丰富的象征意义。中国传统文化中的"岁寒三友"：梅（傲霜斗雪）、竹（虚怀若谷）、松（坚强高洁）。此外，"兰"代表品质高贵、"红豆"意味相思，这些都蕴含了丰富的中国传统文化。

英语中也有以植物做比喻的成语，例如：用 under the rose（玫瑰丛下）比喻私下或偷偷摸摸的行为或勾当、用 sour grapes（酸葡萄）比喻因得不到而故意贬低的事物、用 forbidden fruit（禁果）喻指非分的欢乐或因禁止而更想得到的东西，这些词语可谓是联想意义非常丰富。

异化是基于源语言文化的，归化是基于译语文化的，异化和归化是互补的二元对立面。在翻译的过程中，不能将两者分离开来。中西文化的差异不可避免地导致了读者的理解偏差。盲目地融入文化语言，会造成原始文化的丧失；如果以源语言文化为归宿来进行文化移植，有时会影响交流，翻译时可能不会做到全面性。因此，需要根据不同的翻译目的和读者群体来进行衡量，在文化移植的异化过程与创造、叛逆组合过程中，忠实地、生动地再现原作。如果不能使用异化和归化策略，可以使用文化调节，但是这种缺陷容易造成文化损失。

归化原则就是以译入语为归宿的策略，英国翻译家霍克斯用 God（上帝）来表示"天"，这一方法对于西方读者来说更易于理解和接受，西方信奉基督教，在西方人的精神世界里，上帝起着尤为重要的作用。同时，对于《红楼梦》里的"菩萨保佑"译成 God bless my souls，这一译法则显得有点牵强，这样虽然便于西方读者理解和接受，但却会让人产生误解，认为上帝也是中国的信仰。在我国，"天""地"的思想是属于道家的，如果我们用 God 来翻译"天诛地灭"，这样做势必会造成中国语言文化信息的丧失。用 heaven 来表达"天"，则是对中国文化底蕴的最好阐释，是以目的语文化为归宿的异化策略。

在文化翻译的过程中，面对不同的文化背景、思维习惯和文化传统相矛盾的表达时，可以奉行"名从主人"和"约定俗成"的原则。翻译人员应根据文字中的文化信息，注重文化底蕴的形象，保留文化色彩。翻译者必须依靠自己的知识和学术技能来翻译，而不是凭借想象力。如"百乐门"不能翻译成 Baffle Gate，"兰心剧院"不能翻译成 Lanxin Theatre，按照"名从主人"的原则，两个翻译是 Paramount 和 Lyceum Theatre。古希腊的亚里士多德建立了"Lyceum"这个学校，既讲演讲，又有音乐舞蹈表演，"兰"包含了中国文化的底蕴，被翻译成"兰心剧院"，可以说是实至名归的。

对于一些已经被接受了的地名和人名，如果刻意地去修改势必会引起读者的误解。如 Hong Kong（香港），以及 Peking University（北京大学）。每一个民族都有其特有的民族文化，都有特定语言来表示和反映，但是一些文化底蕴深厚的意象却在译语中找不到相对应的词语。随着中国的不断发展壮大，中国在国际舞台上逐渐占据着重要的地位，中国提倡的中西方文化交流不断深入，西方人士对中国文化的逐渐了解和接受，使得一些词汇渐渐进入英语文化中。如 daguofan（大锅饭）、paper tiger（纸老虎）、tofu（豆腐）等。相反，英语中的一些词汇也潜移默化地进入了中国人的视野，如 E-mail、Internet、disco，这些词语对中国人来讲已经耳熟能详。

今天的社会文化交流更加频繁、细致，对翻译者提出了更高的要求，除了具有扎实的语言能力外，翻译人员还必须具备双语文化背景和文化意识。只有充分认识中西文化差异，消除给读者带来的障碍，才能忠实地完成语言沟通，更好地服务于文化传播。

第二节　英美文学翻译中的文化缺省补偿

要了解文化缺省补偿策略，首先就要了解什么是文化缺省，下面进行简要分析。

一、文化缺省的生成机制

（一）生成机制和交际价值

在沟通过程中，沟通的双方为了达到预期的沟通目的，必须有一个共同的背景知识。正是在共同的背景知识的前提下，当双方都面对共同的事实时沟通就可以省略此部分，从而提高沟通的效率。认知心理学和人工智能研究表明，人类知识被组织在一个固定的模式中，并存储在人类大脑中，以便随时搜索。换句话说，知识以块状的方式存储在人的记忆中，而更受欢迎的术语是模式，这是长期记忆中某种概念的存储形式。知识在人类认知过程中的组织涉及比单词和概念更多，组织还包括已知情况和事件的知识以及情景与事件之间的关系。因此，模式可以被视为场景和事件的一般知识。换句话说，模式是"通用"信息，不仅包括人们生活中的事件，还包括事件和社会场景的程序和顺序的一般知识。例如，"酒店模式"描述了在餐厅用餐时可能发生的一系列事件。然而，正如所指出的那样，模式不能被看作是个别事件和经验的不断积累，所以模式必须随时被组织和提供。因此，模式是"高度复杂的知识结构"。以这种方式，模式是一个"数据结构"或具有固定组件的确定结构。

模式的基本结构包含一些带有标记的空格，空格用填充项填充。例如，在典型的"酒店方案"中，有标记的空间，如"服务员""桌子""餐椅"和"菜单"。客观世界中的酒店或文中提到的特定酒店的存在可以被视为这个酒店模式的一个例子，有一个具体的功能。填补这个酒店模式的空缺可以是酒店的图片。在填充模式的空位时，图片的屏幕显示在大脑的"显示屏"上。例如，当感官记忆进入消息"酒店"时，像"表"和"菜单"这样的酒店模式中的空间将被激活并开始填充。这是一个自上而下的搜索过程。有时，激活模式中的某个空间会激活另一个相关的空间，并最终激活整个模式。例如，激活"表"，"表"将激活"菜单""服务员"等空缺，最终激活整个酒店模式。

读者的图式在阅读理解中有着非常重要的作用。图式决定着读者能够理解什么、理解得有多好等问题。图式理论认为文本理解是一个建构过程，在这一过程中，先有知识（previous knowledge）是一个非常重要的因素。图式帮助读者进行推断并预测未来，允许读者填充作者在文本中未提及的信息，推断作者的意图。

图式的重要功能就是允许作者在写作时不必告知读者需要知道的每一个细节，读者可根据作者提供的信息以及大脑中的相关背景知识做出推断。

世界上没有哪两个人的文化背景是完全相同的，在日常的言语沟通交流中总会有些语义上的缺失或者曲解。但是，因为他们具有相同的文化背景和相同的语言文化知识做基础，有效而顺畅的交流是没有问题的。因此，作者在写作时不必告诉读者图式中显而易见的信息（transparent or self‑evident information），以便获得表达的经济性（achieve economy of expressions）。在文本中省略了作者和读者相同文化背景的知识，被省略的这部分被称为"情境缺省"。如果被省略的部分与文本中的信息相关，则称为"语境缺省"，被省略的文化背景知识称为"文化缺省"，"语境缺省"和"文化缺省"为"情境缺省"的子类，可以在文本中搜索上下文的省略内容，但文本中通常找不到文化缺省内容。因为文化缺省的组成部分一般具有鲜明的文化特色，而且存在于文本之外，是文化内在运动的结果，其内容将以不同的语言和文化背景为读者的真空意义，从而建立语义连贯性和情境一致性，以便理解话语，将话语中的信息与话语之外的知识和经验联系起来。

读者如果根据与文本图式不相关联的图式进行推断，其理解一般都是错误的。下面是一段来自生活的对话：

A：你们家今年炸圆子吗？

B：炸！不炸就没气氛了。

这段对话发生的地点是长江中下游地区的一个小城，时间是春节前夕。按当地的传统习俗，春节前几乎家家都要炸圆子。这一文化习俗对交际双方来说是不言而喻的，因此在交际中充当了一个隐形桥梁的作用，当 B 听到 A 的话时，他的认知系统中的推理机制就会激活理解对方话语所需的空位，"过年（春节）""家家户户都炸圆子"等；于是，B 以与 A 共有的、无须言明的背景知识为中介，实现了与 A 的连贯性交际，达到了 A 所期待的交际目的，A 与 B 的话语意义也因此而达到了连贯。但如果 A 对一个外国游客说这样的话，由于 A 的语用前提不能为对方所认同，也就是说对方的记忆中根本就没有"炸圆子图式"，因此对方的反应很可能是"我家今年为什么要炸圆子？"之类表示不解的话，双方无法沟通，A 便无法获得预期的连贯性交际，这一话题的交际也就不能按常规连贯地进行下去。

文化缺省是作者在与读者进行交流时，所共享的具有相关文化背景知识的省略。在跨文化的交际中进行翻译工作，原作者和翻译人员不具有共同的文化背景知识，因为他们生活在不同的社会和文化环境中。因此，对于原语读者来说，文化背景知识是明显的，构成文化默认组成部分。在原文中，文化缺失的存在及其交际价值，使得我们必须面对原作者不被译文读者所接受的现实。

众所周知，在同一语言文化背景中成长的成员会受到该语言文化背景中的文化传统、社会背景以及宗教信仰和习俗的影响，形成了他们固定的认知结构和价值观念（cognitive structure and value ideation）。例如，西方文化崇尚个体，而中国传统文化更加重视集体观念。因此，来自不同文化背景的人由于拥有不同的先有文化背景知识而难以互相理解。在阅读信件的时候，人们往往在阅读本国的信件时速度更快，明显地能回忆起更多的情节，能连贯地讲述原文中并未出现的细节，而阅读外国信件时则可能产生更多的错误。如果作者和读者具有相同的文化背景知识，阅读就会十分顺利，相反，阅读活动就会受到干扰。

在以文化为基础的图式这一层次上的干预对读者的文本反应有着极大的影响。例如，不同文化的人们对接受恭维话有着不同的反应。对于英语国家的人来说，表扬是可以接受的，通常会以"谢谢"来表明接受对方给予的赞美，认为对方的恭维是真诚的，说明自己已取得了某种成就，因此无须谦虚一番。而对于中国人来说，对恭维话的习惯回答是他不值得表扬，他所取得的成绩还远远不够，或者他的成功是一种运气或是在某种条件下取得的，不值一提，等等。因此，在话语理解的过程中，如果读者或听众不能把接受恭维话和习惯性的回答结合起来，就会对作者或讲话者的话语产生理解上的困难，甚至一头雾水。

当读者不具备文本的基本图式时，就不能获得对文本所描述的真实世界的关系的连贯理解。文本连贯的数量在某种程度上说就是读者能把多少信息和他所阅读的文本加以关联的功能。例如，在印度的婚礼习俗中，如果新郎的父母只有新郎这一个儿子，他们可以在婚礼上提出非常苛刻的要求而制造麻烦。对于印度人来说，这习以为常，但是对于美国人来说，这是难以理解的。因为美国人不能从其文化背景知识中得到帮助，也没有图式帮助进行搜索。根据自己的推测，他可能会得出这样的结论，"可能是新娘高攀了新郎的缘故"。

再如，在茅盾的作品《子夜》中，有这样一段话："……猛看见大门旁的白粉墙上有木炭画的一个拙劣的乌龟，而在此'国骂'附近，乌亮的油墨大门书着两条标语……"[①] 在该例中，"乌龟"和"国骂"之间的关系是基于这样一种认可，即把某人骂作"乌龟"就是把他置入羞辱的境地。对于西方人来说，"乌龟"和"国骂"之间的关系就会构成文本理解的意义真空，因而不能获得该段文字的连贯理解。事实上，读者通常在阅读中所遇见的文本只会呈现出极少的表面连贯，取而代之的是大量的现存文化背景知识，需要读者做出各种推断来获得对文本的理解。由于阅读是一个建构过程，所需理解的内容远远多于文本所呈现的内容，所以在许多情况下，文化背景知识对于读者获得文本的连贯理解要比文本的语言更为重要。

作者的写作实际上是一种交际活动，他的沟通对象是读者。在撰写知识结构的一般意图时有一般的了解，特别是对于读者的文化体验，一般来说会有更准确的判断。因此，他认为与读者分享不需要重复的文化信息时，在文中可以被省略。他的意向读者将根据文本中的一些信号提示进行交流（阅读），有意识地填补文化缺失留下的空缺，激活图标记忆。作者希望通过文化缺失实现的交际意图是通过参与者参与现有知识实现的，文本中的文本语言符号与实际或可能的世界并行。话语之间的这种关系和话语之间的一致性被建立，话语单位之间的原始模糊关系被与认知逻辑一致的连贯关系所取代，话语也被理解。

文化缺省留下的空缺可以在文本中找到，信息接收者一般能通过阅读短期记忆填写，以便快速建立一致性。例如：

"Now, come in and I've some good news for you."

"I don't think you have."

这两句话的一致性是通过省略 have 之后实现的。从形式上看，通常可以通

---

① 潘红. 英汉国俗词语例话 [M]. 上海：上海外语教育出版社，2005：96.

过跟踪前面文本中的相关结构来获得省略的结构空缺，并且在这种记忆追踪或结构追踪的推理和关联活动中建立前一句和后续句之间的一致性。

文化缺省被省略或预设的内容通常不在文本中，也不在直接语言的文本语境内，文化缺省是通过接收信息者的长期记忆或语义记忆，在特定的文化图案原型中建立起一贯的模式。接收者对文化现象的理解越充分，他记忆中的图画原型越完整，填补空缺的能力就越大。

外国读者一般不在原文作者的意象读者范围内，特别是那些不包括异构语和文化的读者。像中国本土作家的意向读者不包括英美读者一样，英美作家的意向读者也不会包括中国读者。因此，双方的本土语言是不言而喻的文化信息，对于其他文化读者来说却往往感到不知所措。因此，文本理解的深度有一个重要因素：当文本基于一个熟悉的主题时，读者才可以完全理解。

（二）文化缺省补偿的必要性

在交际过程中，交际双方要想达到预期的交际目的，就必须具有共同的背景知识。读者在理解文本时必须将文中提供的信息和他大脑中的先有知识加以关联。从这个意义上讲，作者构建文本，而读者把文本信息和他大脑中已经存在的看不见的信息加以结合构建意义。然而，在翻译中，由于原文作者和译文读者不具有共同的文化背景知识，原文中显而易见的文化背景知识，对于译文读者就构成了文化缺省。

生活在不同社会和文化背景下的人们具有不同的文化背景。文化背景知识是指基本假设、信念、思想、政治和历史背景知识等，这些东西深深植根于一种文化，生活在同一种语言和文化背景下的人们，在书面沟通中共享的文本要加以定义和描述，因为文化背景太明显，在原文中显而易见。然而，原创作者在撰写文章时并不考虑目标读者的解码能力。在原文中，不言而喻或不言自明的文化内容将导致目标语言的读者在推断层面受到阻碍。也就是说，在不熟悉文本的文化背景的情况下，不能在两个事件中提供干预的细节。例如，源语言国家的人们对一些成语、习惯表达和首字母缩略词非常熟悉。如果文字翻译不能补偿文化违约，目标受众就不了解它。在跨语言和文化交流中，译语读者由于没有合适的图式或者根本就没有相关的图式来进行搜索，因而就没有充分的线索来激活他的图式空位。因此，在翻译过程中，由于不可避免地存在文化缺省，译者应该把对于译语读者在结构上隐含的内容在译文中加以明确表达，以便译语读者对原文获得准确和连贯的理解。

接收者对文本的理解在很大程度上依赖于自己的文化背景知识。实际上，原文作者是根据他自己的语言和文化背景创作原文的。既然源语接收者和原文作者具有相同的文化背景知识，源语接收者通过激活他长期记忆中的图式，把原文作者的意欲文化含义和文本加以关联，就可对原文获得透彻的理解和阐释，即便原文中的含义在结构上不透明。但是，译语读者由于不熟悉原文中的文化背景知识，就难以完全理解原文中所表达的内容。如果原文结构上的隐含意义在译文中不加以明确表达，译语读者显然就会产生误解或者对原文作者的真实意图不知所措。因此，为了使译文读者较好地理解原文，译者应采取恰当的方法对译语读者的文化缺省进行补偿。

交际中的三个要素是信息源（source）、信息（message）和接收者（receptor），在此过程中，信息源通过信息传递到接收者。由于翻译是一个跨文化交际过程，译者在翻译过程中既是原文的信息源又是译文的作者。换句话说，译者既是信息源又是信息的接收者，他扮演的角色就是源语作者和译语读者之间思想的桥梁。作为信息的接收者，译者必须在准确理解原文的基础上对信息的内容解码，而在解码过程中，涉及诸如作者的意图和写作背景之类的多个方面。同时，译者又必须把从原文中解码的内容在译语中加以编码，然后传达给译语读者。这个过程叫作再生产或表达。因此，我们认为翻译是一个以目标为导向的活动（a goal-directed activity），主要由解码和编码组成，或更准确地说，由解码和"重新编码"组成（说重新编码，是因为原文信息在源语中已由原文作者编过一次码了）。

在同一语言交际方面，信息有两个维度：长度和难度（length and difficulty）。恰当的信息具有的难度能大致与接收者的代表接收能力的信道容量（channel capacity）相匹配。一个信息之所以具有意义，与人们从众多的可能信息中选出的某个信息的编码、传输和解码能力有关。由于原文读者和他的意向读者生活在同一文化语境中并且以同一语言进行交流，他们之间的交流应该是自然和成功的。

否则，他们所赖以生存的社会将不会存在。

　　然而，在翻译中，我们应该考虑目标语接受者的信道容量。如果一个信息被翻译成同样的长度，那么它的难度就会增大，所以原文的信息就不能通过目标语接收者的信道（channel）。一般来说，译文接收者的信道容量要比原文读者小，这是因为对于原文读者来说是不言而喻的文化缺省成分对于目标语读者来说则可能显得莫名其妙。这就意味着源语接收者和目标语接收者由于缺乏共同的历史、文化、经济和政治背景等而发生交际过载（communication overload）。

　　如果译文的难度超过译语读者的解码能力，译文理解就非常吃力甚至译文读者会中断阅读。为了使信息顺利通过译语读者的信道，应该在译文中增加冗余信息（redundancy），以便调整交际载荷来适应译语读者的信道容量。但是这并不意味着译者可以随意增加或减少原文的意义，而是表明译者可以明示源语结构上隐含的意义而同时又要最大限度地保留原文的意义。这就要求译者把信息的长度拉长来降低源语的难度。

　　为了使译文通过译语读者的信道，译者须预测原文对于译语读者将会达到什么样的效果以及什么内容对于译文读者来说会构成文化缺省。如果译文读者出现文化缺省，译者应该根据原文的具体情况增加文化信息，从而在译文中增加一个冗余度（a measure of redundancy）来填补译语读者的意义真空。现以实例阐释：

　　Son, lover, thinker, fighter, leader, Hamlet is the embodiment of all human potential defeated by human nature and destiny.

　　作为儿子、情人、思想家、战士、领袖，哈姆莱特是某些本来可以享受天伦之乐、品尝爱情的甜蜜、在事业上做出一番成就，但由于人性和命运的捉弄，终于含恨而死的象征。

　　英语"potential"译为"潜力，可能性"，实际上是指"that which is possible"，含义很广。"human potential"是指"人所能达到的一切"。联系 son、lover、thinker、fighter、leader 等词，"all human potential"一词的含义就更广泛了。"defeat"一词是指"挫折"。我们只能根据全剧剧情从天伦、爱情、事业三个角度来加以具体阐释，得出了上面的译文。这种解释当然是不完备的，但也只能如此。

总之，原文信息难度较大而长度短，采取意译的方法比较适合中国读者。相反，如果直译过来，则不利于中国读者接受。采取意译的方法，把所要表达的信息内容形式拉长，把隐含的内容以文字的形式进行转换。实际上，这就是把内容因素提升到形式上的结果。文化缺省的存在表明，翻译不仅仅是语言活动，在本质上更是文化交流。就真正成功的翻译而言，译者的双文化能力甚至比双语言能力更为重要，因为词语只有在其起作用的文化语境中才富有意义。因此，译者不但要有双语言能力（bilingual competence），还应该具有双文化能力（bicultural competence）。译者应尽力识别出原文中的文化缺省成分，切忌把自己的意义真空强加于译语读者。为了避免对原文的误读或误解，译者一方面应认真研究源语文化以便提高识别文化缺省的能力，另一方面还应有正确的方法在翻译中处理文化缺省成分。凡遇到自己不太有把握的语义变异，一定要结合语境，认真查阅有关辞典和参考书并认真对待。有条件的话，可请教来自源语与译语文化的专家，最忌讳的是主观臆断和盲目直译。

翻译者要着重分析翻译中原有文化缺省的存在。首先，对原文的正确理解是建立在对源文化特征的正确理解基础之上的。但是，在多数情况下，翻译者并没有分析到原文中存在的文化缺省要素。因此，翻译者对源语言的文化背景的理解可能是基于他自己的文化现实。如果源语言文化和译语言文化在相关方面有很大差异，原文将被误解。

翻译之所以困难，很大程度上是因为译者是在某一具体的社会文化语境下进行翻译工作的，译者不可避免要受到他所赖以生存的文化的影响和支配。为了尽量减少来自他自己文化的干预程度，译者须尽力克服自己的文化背景知识强加给他的意识所形成的现有知识结构的影响，从而获得翻译过程中识别文化缺省的能力，以便更好地从事翻译工作。

二、文化缺省补偿方法

（一）直译加注

认真审视原作者在使用文化缺省时所隐含的艺术动机，有利于翻译者选择文化缺省补偿方式。如果作者故意使用某些历史故事和可视化文字的文化背景知识来刻画作品的性质或解释作品的主题，翻译者应该使用"直译加注"的方式来补偿文化缺省，以反映原作者的艺术动机和原有的审美价值。同时，读者通过注释来解释真空点的意义，与上下文进行沟通，建立话语连贯性。在这一点上，如果使用其他补偿方式，可能会破坏原有的隐含意义，剥夺读者运用想象力的机会。举例如下。

①在杨宪益、戴乃迭翻译的《红楼梦》中：

宝玉又问表字。黛玉道："无字。"宝玉笑道："我送妹妹一妙字，莫若'颦颦'二字极妙。"

"And your courtesy name?" "I have none."

"I'll give you one then." he proposed with a chuckle. "What could be better than Pin-Pin?"

这个案例涉及一个中国有名的故事。西施也被称为"颦颦"，是春秋时期的一位美人。她经常生病，即使皱眉也很漂亮。这个故事对中国读者来说非常熟悉，容易理解上述对话。然而，西方读者看不到原作者的艺术动机，因为他们没有这个历史背景知识。其实，宝玉送黛玉的"颦颦"二字，意思就是黛玉和西施一样美丽，而身体也和西施一样羸弱。通过分析，我们可以清楚地理解这段对话的意思。事实上，宝玉的内涵是作者的艺术动机。因此，在这种情况下，翻译者最好使用"直译"方式来弥补文化违约，以保留原有的隐含效应，反映作者的艺术动机。

②在董秋斯翻译的《大卫科波菲尔》（David Copperfield）一书中：

I look at the sunlight coming in at the open door through the porch.

我看见那里有一头迷路的羊——我所指的不是罪人，是羊肉的羊——颇有进入教堂的意思。

该例中，狄更斯（Dickens）运用了双关语来创造语言幽默。"sheep"一词有两层含义：一个含义是指羊，即一种动物；另一层含义指的是基督教中的罪人（sinner）。在该例的译文中，译者运用了"直译加注"的方法补偿译语读者的文化缺省以体现作者的意图。该例的脚注（footnote）应为："sheep"一词一语双关，既指羊，又指基督教义中所谓"有罪的众生"。

（二）文内加注

1. 增译

增译是在翻译文章中明确表述出原文，而目标语言读者则感到困惑的加注方式。这种方法有助于保留原始文章的文化形象，同时补偿翻译者的文化缺失。在翻译中，翻译者将目标读者所需的文化背景知识放在目标语言的文本中，以降低目标语言的难度。目标读者可以快速获得对翻译的连贯的理解，而不必在目标文本中去阅读评论。阅读的惯性不会受到影响。使用这种方法主要是考虑到翻译的清晰流畅度，原有的艺术表达在翻译中的缺点已经变形，原来的消失空白剥夺了读者发挥想象力的机会。因此，使用这种补偿方法时，翻译者应特别小心。如读者获得文本信息，能够对原文进行连贯一致的理解，则翻译人员可以使用这种方法，以便提高翻译的清晰度和流畅度。例如：

Near the Berkeley Square, I came out of a painting room, warm, smell and filled with "portable property", the hall door was behind me, the east wind made me feel blushed and walked into a child.

这事发生在距离伯克利广场不远的地方。我从一间温暖的、散发着香水的气味，还有许多珍贵的家具和装饰品的画室出来。门被关在我身后。一阵凛冽的东风使我的脸变得通红，几乎撞上了一个孩子。

我们知道英国冬季刮东风，而中国的情况却有所不同。所以有必要在"东风"前面加上一句"凛冽的"。

2. 释译

"释译"是文本中的另一种形式的补偿。它不是将源语言语境中的单词的含义直接解读给读者的手段，因为它保留了原始信息，为翻译者的表达提供了更多的自由，因此在翻译时得到更广泛的应用。例如：

①她怕碰一鼻子灰，话到了嘴边，她又把它吞了下去。（茅盾：《子夜》）

She was afraid of being snubbed, so she would swallow the words that came to her lips.

②运涛好久不来信了，一家子盼星星盼月亮。(梁斌:《红旗谱》)

For many months no letter came from Yuntao till his whole family worried over him day and night.

③ I advise you not to do business with him, he's as slippery as an eel.

我劝你不要同他做买卖，这个人非常狡猾。

④ He had been faithful to the fourteen-year-old Victar's daughter whom he had worshipped on his knees but had never led to the altar.

他一直忠于 14 岁的牧师女儿。他曾经拜倒在她的石榴裙下，但却没有同她结婚。

⑤ I'm too old a dog to learn new tricks.

我上了年纪，学不会新道道儿了。

在一些特殊情况下，译者可以运用特殊的具有文化特色的词语，使其内涵和形式意义达到完全不同的状态。此时，译者在翻译原始作品时可以试着改变这些表达形式所反映的文化缺省成分的意象，从而实现对原文的忠实。例①和例②中的习语表达法"碰一鼻子灰"和"盼星星盼月亮"在我们的汉语中经常用到，已经失去了它们原来所指代的意义。

而例③的"as slippery as an eel"在英语中也是如此。例④中的"lead someone to the altar"(引到圣坛前面)的形象性移到内容中去了，释义为"与某人结婚"。例⑤中的"old dog"在原文中并无贬义，如直译为"老狗"，则含有贬义，所以不能直译，在这里采用了释义法。

在上述情况下，作者使用这些文化缺省组成部分，没有花费太多时间和精力来创造审美价值，而只是表达自己想表达的意义。当读者阅读时，读者很少关心审美价值，而是更关心表达内容，因为译作的艺术形象太模糊，没有强烈的吸引力，因此不能让人印象深刻。当翻译这样的词语时，如果原读者和翻译者没有相同的文化背景知识，为了方便起见，考虑使用解释方法来补偿读者对翻译的文化缺省。

第五章　文化差异下的英美文学翻译探析

本章主要讲述文化差异下的英美文学翻译探析，在文化差异下，针对不同文学体裁展开讲解，从三个方面展开叙述，分别是英美诗歌翻译、英美小说翻译以及英美散文翻译。

第一节　英美诗歌翻译

一、诗歌概述

（一）诗歌的基本特征

诗歌是一种古老的文学形式，它以其自身鲜明的特征与其他文学形式区分开来，这主要体现在 4 个方面：形式的独特性、结构的跳跃性、表述的凝练性与语言的音乐性。

1. 形式的独特性

诗歌区别于其他文学形式最为显著的外部特征是分行及其构成的诗节、诗篇。诗歌的分行并非随意而为，而是颇富理据性的。分行具有突显意象、创造节奏、表达情感、彰显形象、营构张力、构筑"图像"、创造诗体等多种功能。诗歌的诗行包括煞尾句诗行（end-stopped lines）和待续句诗行（run-on lines）。前者指一行诗就是一个语义完整的"句子"；后者又叫跨行（enjambment），是指前一行诗语义还未完结而转入下一行表述的"句子"。诗歌最为直观而独特的外在造型美与建筑美是由这两类诗行构建而成的。

2. 结构的跳跃性

与其他的文学样式相比，诗歌篇幅通常相对短小，往往有字数、行数等的规定，要想在有限的篇幅内表现无限丰富而深广的生活内容，诗歌往往摒弃了日常的理性逻辑，遵循想象的逻辑与情感的逻辑。在想象与情感线索的引导下，诗歌常常由过去一跃而到未来，由此地一跃而到彼地，自由超越时间的樊篱、跨越空间的鸿沟。这并不会破坏诗歌意义的传达，相反会大大拓展诗歌的审美空间。

诗歌跳跃性的结构形态多种多样，有过去、现在与未来之间的时间上的跳跃；有天南地北、海内海外空间上的跳跃；有两幅或多幅呈平行关系的图景构成的平行式跳跃；有由几种形成强烈反差的形象组成的对比式跳跃；等等。诗歌跳跃性结构的呈现形态，随诗人所要反映的生活状况和表达的思想感情的变化而变化。

3. 表述的凝练性

诗歌反映生活不是以广泛性和丰富性见长，而是以集中性和深刻性为特色。它要求精选生活材料，抓住感受最深、表现力最强的自然景物和生活现象，用极概括的艺术形象达到对现实的审美反映。诗歌反映生活的高度集中性，要求诗歌选词造句、谋篇布局必须极为凝练、精粹，用极少的语言或篇幅去表现丰富而深刻的内容。

4. 语言的音乐性

在丰富多样的文学形式中，诗歌的音乐性最为突出。其音乐性体现在节奏和韵律两个方面。节奏是指语音以有规则的间隔相互交替而形成的一种抑扬顿挫的听觉感受。英诗的节奏主要由轻重音相间构成；汉诗的节奏则主要由高低音相间构成。韵律有广义和狭义之分。广义的韵律是对诗歌声音形式和拼写形式的总称，它包括节奏、押韵、韵步、诗行的划分、诗节的构成等；狭义的韵律是指诗歌某一方面的韵律，如押韵、韵步等，它们可以单独被称作韵律。狭义的韵律有助于增强诗的节奏感，它和节奏一起共同服务于诗作情感的抒发与诗意的创造。

（二）诗歌语言的特点

诗歌是语言的艺术。诗歌语言来自日常语言，遵循着日常语言的规范，但诗歌语言又有别于日常语言，常常偏离、突破日常语言规范，形成独特的"诗家语"。

"诗家语"的特点主要体现在以下 4 个方面。

1. 节奏与格律

诗是音乐性的语言，其音乐性首先体现在节奏上。音乐性有内外之分。内在音乐性是内化的节奏，是诗情呈现出的音乐状态，即情感的图谱、心灵的音乐。外在音乐性是外化的节奏，表现为韵律（韵式、节奏的听觉化）和格式（段式、节奏的视觉化）。[①] 在英诗中，节奏的基本单位是音步，音步的构成有抑扬格（iambus）、扬抑格（trochee）、扬抑抑格（dactyl）、抑抑扬格（anapaest）等。英诗的格律不仅规定了音步的抑扬变化，同时也规定了每行的音步数。比如，莎士比亚十四行诗体由十四行抑扬格五音步的诗行组成，共有三个四行诗节和一个两行警句式诗节，其基本韵式为 abab、cdcd、efef、gg。在汉诗里，节奏主要表现为平仄和顿。比如七律，每首八句，每句七字，共 56 个字。一般逢偶句押平声韵（第一句可押可不押），一韵到底。以毛泽东律诗《长征》中的诗句"金沙水拍云崖暖，大渡桥横铁索寒"为例，其节奏用平仄表示则是：平平仄仄平平仄，仄仄平平仄仄平；其节奏用顿表示则是：二二二一，二二二一或二二三，二二三。节奏具有表情寄意的作用，但其作用往往是启示性和联想性的。

2. 音韵

诗歌的音乐性除体现在节奏、格律等方面外，还表现在音韵上。音韵是通过重复使用相同或相近的音素而产生的。音韵包括头韵（alliteration）、谐元韵（assonance）、谐辅韵（consonance）、行内韵（internal rhyme）、尾韵（end rhyme）等。汉诗一般押尾韵，又叫韵脚；早期的英诗押头韵较多，近现代英诗押尾韵的较常见。韵脚是诗人情感发展变化的联络员，有人甚至指出"没有韵脚（广义的韵），诗就会散架子"。英汉诗歌中押韵的形式多种多样。英诗中依据相互押韵词语具有不同的音、形特点，将押韵分为完全韵（perfect rhyme，如 fate、late 等）和不完全韵（imperfect rhyme，如 like、right 等），也分为阳韵（masculine rhyme，如 blow、flow 等）和阴韵（feminine rhyme，如 dying、flying 等）。汉诗中按韵母开口度的大小，将尾韵分为洪亮、柔和和细微三级。诗歌中不同的音韵往往对应着不同诗情的表达与彰显。比如，洪亮级的尾韵（如中东韵、江阳韵等）适合表

① 吕进. 中国现代诗体论 [M]. 重庆：重庆出版社，2007.

现豪迈奔放、热情欢快、激昂慷慨的情感；柔和级的尾韵（如怀来韵、波梭韵等）适宜表现轻柔舒缓、平静悠扬的情感；细微级的尾韵（如姑苏韵、也斜韵等）可用来表达哀怨缠绵、沉郁细腻、忧伤愁苦的情感。

3. 意象

毫无凭借的、抽象的情感表达往往是苍白的、难以动人的，而诉诸具象的、经验的情感表述则往往能让人感同身受，体会强烈而深刻。这是诗人表情达意诉诸意象最基本的原因。所谓意象，是"寄意于象，把情感化为可以感知的形象符号，为情感找到一个客观对应物，使情成体，便于观照玩味"[①]。

诗歌意象的种类很多，不同的意象种类会引导读者从不同的视角与层面去感知与体会意象在诗作中特有的蕴义与丰富的审美内涵。比如，从心理学角度来看，意象可分为视觉的、听觉的、触觉的、嗅觉的、味觉的、动觉的、错觉的以及联觉的或称通感的意象。从具体性层次来看，可分为总称意象与特称意象。总称意象更具概括性、含糊性，也因而更具语义与空间上的张力；特称意象指向具体事物，更显清晰、明确。从存在形态来看，可分为静态与动态意象。静态意象往往具有描写性；而动态意象则常常具有叙述性。从生成角度来看，可分为原型意象、现成意象与即兴意象。

诗歌丰富而深刻的内涵，除诉诸单个的意象之外，还需诉诸意象组合与系列呈示。意象组合与系列呈示构成的有机整体，既是诗歌创作的过程，也是诗作意境的呈现过程。意象组合与系列呈示的方式也多种多样，主要有并置（如"鸡声茅店月，人迹板桥霜"——温庭筠《商山早行》）、跳跃（如"旦辞黄河去，暮至黑山头"——《木兰辞》）、叠加（如"枯藤老树昏鸦"——马致远《天净沙·秋思》）等类别。因此，了解意象的种类及其组合与系列呈示的类别可以看作打开诗歌这把"心锁"的钥匙。

4. 反常化

"反常化"这一概念最早是由俄国形式主义者提出来的，这里借用来说明诗歌语言有别于日常语言规范的一面。所谓诗歌语言的反常化主要是指对语言常规的偏离和冲犯。语言常规指标准语言与诗歌语言本身就既成规范。因此，诗歌语

---

① 陈之芥，郑荣馨.修辞学新视野 [M]. 北京：中国文联出版社，2005：241.

言的反常化是对现有标准语言与现有诗歌语言本身的变异。对前者的变异主要体现在语音、词汇、句法等方面，比如，语音上讲求韵律，突出音韵的诗性效果；词汇上打破常规，自由变化所用词语的词性或词义，甚至创造新词；句子上颠倒正常语序，也省略某些必要的句子成分。对后者的变异主要体现在对诗歌既有成规和惯例的改革和创新，如创造新的韵律、新的意象、新的隐喻以及新的诗体等。

诗歌语言反常化的目的是要取得新颖、独特、贴切的表情达意效果。诚如新批评派的休姆（T.E. Hulme）所言，诗歌"选择新鲜的形容词和新颖的隐喻，并非因为它们是新的，而对旧的我们已厌烦，而是因为旧的已不再传达一种有形的东西，而已变成抽象的号码了"[①]。诗歌语言的反常化所造就的种种变异，是以种种正常规范为背景参照的，它们服务于诗歌内容与情感的表达。

（三）诗歌翻译的基本原则

诗歌外在形式独特，音韵节奏突出，意境生成方式多样，蕴涵丰富。诗歌的这些区别性特征均带有鲜明的审美性，因此在诗歌翻译实践中，再现诗歌的审美艺术性需遵循如下原则。

1. 音美

诗歌讲求音乐性。中外诗歌，无论是传统的格律体，还是现代的自由体，均对诗歌语言音韵、节奏有着自觉的追求。格律体诗外在的音乐性更显突出，自由体诗内在的音乐性更趋自然。诗歌外在与内在的音乐性并不是刻意而为的，它们均有效地表征着诗歌的情感律动与意义传达，简而言之，便是"音义合一"与"音情合一"。因此，翻译中讲求"音美"就是要忠实传达原作的音韵、节奏、格律等方面所表现的美感，使译文"有节调、押韵、顺口、好听"。

中西诗歌的音韵表意系统彼此不同，以汉诗的"平仄"或"顿"以及韵式来对应并传译英诗的"音步"与韵式；反之亦然，也是使译文取得与原作相似音美效果的有效途径。

2. 形美

诗歌的外在形式最为醒目。诗歌翻译中，形美一方面是指要保存原诗的诗体

---

① 中国社会科学院文学研究所.现代美英资产阶级文艺理论文选 [M]. 北京：知识产权出版社，2010：16.

形式。诗体形式有定型形式（closed form）与非定型形式（open form）之分，前者对字数或音节数、平仄或音步、行数、韵式等均有较为严格的要求，体现出鲜明的民族文化特性。后者虽不受制于一定的诗体形式，但其呈现的外在形状（shape）却表征着诗情的流动与凝定。在这一意义上，传达形美也意味着传达原作所具有的文化特性与诗学表现功能。形美另一方面是指要保持诗歌分行的艺术形式。诗作中诗句是采用一行之内句子语义完整的煞尾句诗行，还是采用数行之内句子语义才可完结的待续句诗行，虽无一定之规，但不同的诗行形式演绎着不同的诗情流动路径，昭示着作者不同的表情意图。因此，诗歌分行所带来的形式美学意味也是翻译中应予以充分考虑的。

3. 意美

意美是指译诗要和原诗一样能打动读者的心。意美的形成是一个作者、文本、读者共同参与的过程，也就是说，是一个作者赋意、文本传意、读者释意的共生体。作者之意或在文本语义之中，或在文本艺术结构之上；读者释义或基于文本语义，或基于文本艺术结构的意蕴发生。因此，意美的传达包括以下几个方面的内容：①忠实地再现原诗的物境，即诗作中出现的人、物、景、事；②保持与原诗相同的情境，即诗人所传达的情感；③深刻反映原诗的意境，即诗作中所蕴含的诗人的思想、意志、气质、情趣；④使译文读者得到与原文读者相同的象境，即读者基于诗作的"实境"在头脑中产生的想象、联想之"虚境"。因诗歌创作的艺术不尽相同，有的诗作具有这4个方面的意美特色，有的只是某些方面的特色更为突出，翻译实践中需具体情况具体对待，有的放矢。

二、诗歌翻译的实践及讲评

同汉语诗词相比，英语诗歌有相同之处，亦有相异之处。相同之处为英诗的汉译提供了某种可能。但这种可能却在很大程度上受到源语与译入语差异的制约。汉语是表意方块字，一个字只有一个音节，并无明显的重音，因此主要以平仄音调组成诗句。英语是抽象符号组成的拼音文字。英语中凡是两个音节以上的单词都有明显的重音，英语的格律诗以轻重（或重轻）音节相间的排列形成节奏，以音步（foot）为单位。英诗的音步有抑扬、抑抑扬、扬抑、扬抑抑四种格式。汉诗中的平仄无法移入英诗。同样，英诗音步的四种形式也无法照搬入汉诗。但英诗音步相当于汉语新诗的顿（或节拍），两者的功能相似，均给人以抑扬顿挫、节奏明快的音乐美。因此，有些学者尝试了以顿代步的译法，并取得了成功。杨德豫先生翻译的《拜伦抒情诗七十首》便是典型范例。现引一首，以飨读者。

原文：

She Walks in Beauty

She walks in beauty, like the night

Of cloudless climes and starry skies;

And all that's best of dark and bright

Meet in her aspect and her eyes;

Thus mellowed to that tender light

Which heaven to gaudy day denies.

One shade the more, one ray the less,

Had half impaired the nameless grace

Which waves in every raven tress,

Or softly lightens o'er her face;

Where thoughts serenely sweet express

How pure, how dear their dwelling place.

And on that cheek, and o'er that brow,

So soft, so calm, yet eloquent

The smiles that win, the tints that glow.

But tell of days in goodness spent,

A mind at peace with all below,

A heart whose love is innocent!

译文：

她走在美的光影里

她走在美的光影里，好像

无云的夜空，繁星闪烁；

明与暗的最美的形象

交会于她的容颜和眼波，

融成一片恬淡的清光

浓艳的白天得不到恩泽。

多一道阴影，少一缕光芒，

都会损坏那难言的优美；

美在她绺绺黑发上飘荡，

在她的脸颊上洒布柔辉；

愉悦的思想在那儿颂扬，

这神圣寓所的纯洁高贵。

那脸颊，那眉宇，幽娴沉静，

情意却胜似万语千言；

迷人的笑语，灼人的红晕，

显示温情伴随着芳年；

和平的，涵容一切的灵魂！

蕴蓄着纯真爱情的心田！

　　从以上译例可以看出，译文每行的顿数与原诗的音步数基本一致，并在脚韵的安排上也照顾到原诗的格式。这两点对于在译诗中再现原诗的音韵节奏美起到了至关重要的作用，较好地体现了原诗的风格与神韵。英国诗人雪莱认为，译诗一定要用与原诗同样的形式来译，才算真正对得起原作者。我国翻译界不少学者的翻译实践体现了雪莱的这一主张，如郭沫若、卞之琳、王科一等。但也有些学者主张以中国古典诗词译英诗，如苏曼殊、马君武等人的译作多是如此。就苏、马等人的译文本身文采而言，不乏精彩之笔，但若比照原诗仔细品味，便会发现所谓译诗实则与创作无异。译文中时有任意增词减字的现象，原诗的结构形式已荡然无存。

第二节　英美小说翻译

一、小说概述

（一）小说的基本特征

小说讲究相对完整的故事情节，注重刻画人物形象，常用背景交代和环境描写来反映社会现实，表达作者的思想感情。由此可见，小说的基本特征与人物刻画、情节叙述、环境描写紧密相连。

1. 细致的人物刻画

描写人物是小说的显著特征，也是小说的灵魂。诗歌、散文可以写人物也可以不写人物，但小说必须写人物。着重刻画人物形象是小说走向成熟的标志。小说的容量较大，描写人物不像剧本那样受舞台时空的限制，不像诗歌那样受篇幅的局限，也不像报告文学那样受真人真事的约束，它可以运用各种艺术手段，立体地、无限地、自由地对人物进行多角度、多侧面与多层次的刻画。小说可以具体地描写人物的音容笑貌，也可以展示人物的心理状态，还可以通过对话、行动以及环境气氛的烘托等多种手段来刻画人物。

2. 完整的情节叙述

情节是一种把事件设计成一个真正故事的方法。情节是按照因果关系组织起来的一系列事件。情节也是小说生动性的集中体现。与戏剧情节、叙事诗与叙事散文的情节相比，小说因其篇幅长、容量大，不受相对固定的时空限制，可以全方位地描绘社会人生、矛盾冲突、人物性格，其情节表现出连贯性、完整性、复杂性与丰富性的鲜明特点。

3. 充分的环境描写

小说中的环境是指人物活动的历史背景、社会背景、自然环境和具体生活场所。小说中的环境描写具有多方面的功能：它可以烘托人物性格、塑造人物形象，通过环境描写，可以交代人物身份、暗示人物性格、洞察人物心理；它有助于展开故事情节，通过环境描写，可以随时变换场景，为故事情节的展开提供自由灵活的时空范围；它可以奠定作品的情感基调，具有象征等功能，比如，灰暗或明亮的环境描写可营造出作品沉闷压抑或欢快舒畅的情感基调。小说享有的篇幅与时空自由，使其可以充分发挥环境描写的艺术功能。

（二）小说的语言特点

1. 形象与象征

小说语言一般是通过意象、象征等手法形象地表明或表达情感和观点的，而不是用抽象的议论或直述其事来表达。小说的语言会用形象的表达对一些场景、事件及人物进行具体、深入的描绘，使读者有身临其境之感，从而有一定的体会和感悟。小说对人物、事物会做具体的描述，其使用的语言一般以具象体现抽象，用有形表现无形，使读者渐渐受到感染。

小说中经常用象征的手法。象征并不明确或绝对代表某一思想和观点，而是用启发、暗示的方式激发读者的想象，其语言特点是以有限的语言表达丰富的言外之意和弦外之音。

用形象和象征启迪暗示、表情达意，大大增强了小说语言的文学性与艺术感染力，这也成了小说的一大语言特点。

2. 讽刺与幽默

形象与象征启发读者向着字面意义所指的方向找更丰富、深入的内涵，讽刺则使读者从字面意义的反面去领会作者的意图。讽刺，即字面意思与隐含意思相互对立。善意的讽刺一般能达到诙谐幽默的效果。讽刺对语篇的道德、伦理等教育意义有强化作用。幽默对增强语篇的趣味性有着重要作用。虽然讽刺和幽默的功能差异很大，但将二者结合起来将会获得意想不到的效果。讽刺和幽默的效果一般要通过语气、音调、语义、句法等手段来实现。小说语言的讽刺和幽默效果的表现形式有很多，它们是表现作品思想内容的重要技巧，更是构成小说语言风格的重要因素。

3. 词汇与句式

小说语言中，作者揭示主题和追求某种艺术效果的重要手段就是词汇的选用和句式的安排。小说语言中的词汇在叙述和引语中的特点是不同的。在叙述时，使用的词汇较为正式、文雅，书卷味很强。引语来自一般对话，但又与一般对话有所不同，有一定的文学审美价值。小说的引语应摒弃一般对话中开头错、说漏嘴、因思考与搜索要讲的话所引起的重复等词汇与语法特点。

小说中的句式既有模式化的特征，如对称、排比等，又有与常用句式相同的"失协"。句式不同所产生的艺术效果也不同，作者就是通过运用不同句式而实现其表达意图的。

4. 叙述视角

通俗地说，小说就是讲故事，所以其语言是一种叙述故事的语言。传统的小说特别注重内容，关注讲的故事是什么，重点研究故事的要素，包括情节、人物和环境。但是，现代小说理论则更在意如何讲述故事，将原来的研究重点转向了小说的叙述规则、方法及话语结构、特点上。通常，小说可以用第一人称和第三人称的形式展开叙述。传统的小说通常采用两种叙述视角：一是作者无所不知的叙述；二是自传体，即用第一人称的方式进行的叙述。现代小说则变成一切叙述描写均从作品中某一人物的角度出发。总之，叙述视角不同，最后所获得的审美艺术效果也大为不同。

（三）小说翻译的基本原则

小说长于叙事，注重人物形象的塑造与环境描写，小说的这些区别性特征要求译者在翻译实践中遵循如下原则。

1. 再现人物语言个性

小说中的人物语言是塑造人物个性化性格的主要手段，也是参与展开故事情节、塑造人物形象和表现艺术主题的重要因素。作家笔下的人物语言往往具有"神肖之美"的特点，通俗地说，就是不同的人物以各自不同的方式说着各自的话，而且还能使读者由话语看出人性来。在特定环境下，人物语言要表现人物特定的心理状态与个性特点。也就是说，既要关注人物语言个性的"常态"，也要注意到不同于"常态"的"变异"表现。人物对话要彰显人物各自独特的表达方式和语气、语调，避免"千人一腔"。

2. 再现人物形象

人物形象塑造是小说创作的主要任务，其塑造过程往往呈现出多角度同向审美感受的特点。具体来说，人物形象塑造不仅体现在人物语言的言说个性中，也体现在叙述者对人物肖像、行动、心理等的多维描写中，还体现在叙述者的讲述中，不同角度的不同表现方式共同塑造出一个个形貌各异、多姿多彩、生动鲜活的人物形象。翻译实践中，再现人物形象主要表现在两大方面：一是再现人物描写中生动逼真的细节，使译文中的生活映像的细节和原作中的生活映像的细节统一；二是再现不同社会文化语境下人物不同的时代烙印，使译文保持着原文所具有的历史性。前者是从微观着眼，后者则从宏观审视，两者相互作用、相互影响，共同实现译文中人物形象的艺术再现。

3. 转存叙事策略

叙事是叙述者讲述事件或故事，进一步说，是叙述者艺术性地讲述事件或故事。不同的叙述者站在不同的视角讲述故事，最终产生的审美艺术效果会大不相同。选用第一人称叙述故事，往往会给读者感同身受的亲切感并激发其情感上的共鸣；选用第二人称叙述故事，常常会给读者邀请对话、进行规劝、提出建议的印象；选用第三人称，就会予人客观纪实、拉开心理距离之感；而选用这三种人称交错叙述故事，则会使表现的生活富有立体感、真实感，同时还具有变化之美、多样之美。除开叙述视角，叙事策略还包括叙述时间、叙述节奏、叙述速度等方面的内容。叙事策略与小说的诗意美学表现紧密相连。因此，进行小说翻译，特别是小说叙述内容的翻译之时，更需注重小说叙述视角、节奏、速度等及其变化的翻译。

二、小说翻译实践讲评分析

Tourists

（Excerpt）

Nancy Mitford

Torcello, which used to be lonely as a cloud, has recently become an outing from

Venice. Many more visitors than it can comfortably hold pour into it, off the regular steamers, off chartered motor-boats, and off yachts; all day they amble up the towpath, looking for what? The cathedral is decorated with early mosacis scenes from hell, much restored, and a great sad, austere Madonna; Byzantine art is an acquired taste and probably not one in ten of the visitors has acquired it. They wander into the church and look round aimlessly. They come out on to the village green and photograph each other in a stone armchair said to be the throne of Attila. They relentlessly tear at the wild roses which one has seen in bud and longed to see in bloom and which for a day have scented the whole island. As soon as they are picked the roses fade and are thrown into the canal. The Americans visit the inn to eat or drink something. The English declare that they can't afford to do this. They take food which they have brought with them into the vineyard and I am sorry to say leave the devil of a mess behind them. Every Thursday Germans come up the tow path, marching as to war, with a Leader. There is a standing order for fifty luncheons at the inn; while they eat the Leader lectures them through a megaphone. After luncheon they march into the cathedral and undergo another lecture. They, at least, know what they are seeing. Then they march back to their boat. They are tidy; they leave no litter.

（一）作品概述

意大利水城威尼斯潟湖中的小岛托尔切洛（Torcello），历史悠久，风景如画，远离尘嚣，犹如世外桃源。然而，此地近来却成为人们争相前来观光的旅游景点。原文作者也在一年的夏天来到这个小岛，一边写书，一边观察并记录下了西方游客与岛上居民的举止仪态。全文讽刺了西方一些游客缺乏修养，不懂得欣赏自然美和艺术美，在游览地只知破坏、不知爱护环境的低下素质，也讽刺了岛上居民接待游客时唯利是图的市侩习气。自然是美的，但在美景之中却演绎着游客与岛上居民种种不光彩的行径，其情其景发人深省。以上描写西方游客的段落选自南希·密特福德（Nancy Mitford，1904—1973 年）所著的《水龟虫》（The Water Beetle）。

（二）审美鉴赏

结合"Tourists"一文选段的主要审美特征，拟从以下 5 个方面对其进行审美鉴赏与分析：节奏美、语义美、修辞美、感知美、形象美。

1. 节奏美

从句子的长短与结构来看，以上所选段落中各句长短适中，相互间也较为均衡，形成自然流畅的节奏；结构上简单句与复合句占主导，从而形成简洁、明快的语言节奏特征。句子的长短与结构特征还与日常语义思维结构相对应，这使简洁、明快的节奏中映现出几分轻松与闲适，这是符合原作题旨情境与作者的表现意图的。

2. 语义美

作者在描写游客时多选用偏贬义的词语和表达法。

3. 修辞美

生动形象的选词用字是原文表情达意的一大修辞特色。

4. 感知美

语言是经验的现实。经验世界中所发生的事可在语言中一一地复现出来，给读者以美感。

5. 形象美

从前文的逐层分析中可以看到作者笔下的游客形象：无所事事、漫无目的、素质较低、举止粗俗。具体来说，美国游客只知道吃吃喝喝；英国游客吝啬、举止粗俗；德国游客机械、刻板。

（三）翻译与讲评

游　客

（选段）

南希·密特福德

托尔切洛往日寂寞如孤云，近来却成了威尼斯外围的游览区。来客多了，这个小地方就拥挤不堪。搭班船的、坐包船的、驾游艇的，一批批游客，从早到晚，通过那条纤路，前来观光。想看什么呢？大教堂内装饰有早期的镶嵌画，表现地狱诸景的大致已经修复，此外还有容色凛然的圣母巨像。拜占庭艺术是要有特殊修养才能欣赏的，而有特殊修养的游客恐怕十中无一。这些人逛到教堂，东张西望，茫茫然不知看什么好。踏上村中草地，看到一张石椅，听说是匈奴王阿提拉的宝座，就要给彼此拍照。这些人惯于辣手摧花，见了野玫瑰绝不放过。可怜含苞待放的野玫瑰，在岛上才飘香一天，爱花者正盼其盛开，就被这些人摘下来，转瞬凋零，扔进运河。美国人走进小酒店，吃吃喝喝。英国人自称花不起钱，自带食物进葡萄园野餐。真对不起，我不能不说他们把人家的地方搞得乱七八糟。德国人呢，每逢星期四，就像出征一样，由队长率领，循纤路而来，到小酒店吃其照例预订的五十份午餐，边吃边听队长用喇叭筒给他们上大课。午餐后列队到大教堂，在里头还是恭听一课。他们至少知道看的是什么。完了，列队回船。他们倒是整洁得很，从来不留半点垃圾。

（翁显良译，略有改动。）

①译文忠实于原文的内容，也较为均衡，句子结构简单，语义明晰，形成简洁、明快、轻松、闲适的节奏特点。

②口吻的传译。译文再现原作讽刺的口吻，一是体现在字句语义信息的传达上，二是表现在语气的巧妙暗示上。对于前者，译句的讽刺意味显而易见。

③炼字炼意。译文用字灵活，译笔下的人情事物切情切景、栩栩如生。

第三节　英美散文翻译

一、散文概述

（一）散文的基本特征

散文有广义的散文与狭义的散文之分。广义的散文是指韵文之外的一切散体文章；狭义的散文专指那些带有文学性的散体文章，是与诗歌、小说、戏剧文学、影视文学并列的一种文学体裁，散文作为一种独立的文学体裁，有着自身的区别性特征（distinctive feature）。这主要表现在以下 3 大方面。

1. 感受真挚

散文多写真人真事、真景真物，而且是有感而发，有为而作。说真话，叙事实，写实物、实情，这仿佛是散文的传统。古代散文是这样，现代散文也是这样。真挚地表现出自己对整个世界独特的体验与感受，这确实是散文创作的基石。散文中抒写最多的是作者的亲身经历，表达的是作者的所见所闻、所感所触，富有个性与风采的生命体验与人生情怀。散文是作者发自内心的真情倾诉，是作者与读者之间一种推心置腹的交谈。

2. 选材广泛

散文选择题材有广泛的自由。生活中的某个细节、片段，某个侧面均可拿来抒写作者特定的感受与境遇，而且凡是与某一主题相关的材料，也均可拿来使用。与其他文学体裁相比，散文选择题材几乎不受什么限制。比如，缺乏集中矛盾冲突的题材难以进入戏剧，缺乏比较完整的生活事件与人物形象的题材难以进入小说，而散文则不受这些方面的约束。事无巨细，上至天文地理，下至社会人生，小到花鸟虫鱼、身边琐事，大到民族命运、历史巨变，均可作为散文题材。

3. 结构自由

散文创作的结构自由灵活，不拘一格。它不像小说创作那样要塑造人物形象、设计故事情节、安排叙事结构；也不像戏剧创作那样要突出矛盾冲突，要讲求表演的动作性。散文可描写、可议论、可抒情，灵活、随意是它最为鲜明的长处。

散文的结构没有严格的限制和固定的模式，但其创作上的灵活、随意并不意味着散乱无序，其选择题材与抒情表意需紧紧围绕一根主线展开，这便是人们常说的散文需"形散而神不散"。也就是说，运笔自如，不拘成法，散而有序，散而有凝。

（二）散文的语言特点

与其他文学样式相比，散文没有较多的技巧可以凭借，因此在艺术表现形式上，主要依靠语言本身的特点。散文语言的特点主要体现在以下几个方面。

1. 简练与畅达

"简练是中文的最大特色。也就是中国文人的最大束缚。"[①] 简练的散文语言一方面充分传达出作者所要表达的内容，另一方面高效地传递出作者对待人情事物的情感与态度。它不是作者雕饰苛求的结果，而是作者平易、质朴、纯真情感的自然流露。散文语言的畅达既指措辞用语运笔如风、不拘成法、随意挥洒，又指作者情感表达得自由自在、酣畅自如。有学者在论及散文语言时指出，如果认为它也需要高度的艺术技巧的话，那主要是指必须花费毕生的精力，做到纯熟地掌握一种清澈流畅而又蕴藏着感情浓度和思想力度的语言。简练与畅达相辅相成，共同构建着散文语言艺术的生命线。

2. 口语体与文采化

散文多写作者的亲身经历与感受，作者用自己的姿态、声音、风格说话，向读者倾诉、与读者恳谈，从而彰显出娓娓道来的谈话风格与个性鲜明的口语体。"口语体"的散文语言因其平易质朴而显得自然，因其便于交流而显得亲切，因其富于个性化而显得真实。"口语体"的散文语言并非意味着没有文采、不讲文采，它往往有"至巧近拙"的文采。

3. 节奏的顺势与顺口

散文的节奏美，在语音上表现为声调的平仄或抑扬相配、无韵有韵的交融、词义停顿与音节停顿的融合。在句式上表现为整散交错、长短结合、奇偶相谐。整句结构整饬，使语义表达层次分明、通顺畅达；散句结构参差不齐，使语义表达显得松散、自然。长句结构复杂，速度缓慢，可以把思想、概念表达得精密细致；短句结构简单，可以把激烈活泼的情感表现得尤为生动。奇偶相谐则使整散句式、长短句式经过调配后在行文结构上显得错落有致，在表情达意上显得跌宕起伏。散文语言的节奏美，无论表现在语音上，还是表现在句式上，均需顺势与顺口。顺势，就是依据状物抒怀的需要，配以合乎感情起伏变化的自然节奏；顺口，则是读起来朗朗上口，不别扭、不拗口，节奏合乎口语呼吸停顿的自然规律。[②]

---

① 方道 . 散文学综论 [M]. 合肥：安徽教育出版社，2004：121.
② 方道 . 散文学综论 [M]. 合肥：安徽教育出版社，2004.

（三）散文翻译的基本原则

散文又称美文，其文之美，美在语言、美在意境。前者"质实"则便于分析和把握，后者"空灵"则能够建构和想象。由"质实"走向"空灵"是审美层次的提升，由"空灵"反照"质实"是审美蕴涵的丰富与拓展。两者互相浸染、彼此发生，共同营构着散文的艺术神韵。因此，在散文翻译实践中，再现散文的艺术神韵可遵循以下原则。

1. 声响与节奏

散文的声响与节奏往往是内在的，不像诗歌那么明显、那么规则、那么富有音乐性，但其声响与节奏并不是散乱无序、毫无审美目的性的。相反，它们有效地表征着行文中律动的情感，应和着其间特有的情趣，而且显得更为灵活、自然，更为客观、真实。在这方面，前人早有中的之论。在散文翻译中，一方面要认识到散文声响与节奏的重要价值与意义；另一方面，若要再现原文的字神句韵，译者可从行文文字的抑扬高下、回环映衬的声响中充分体验其间所蕴含的情趣，可从句子的长短整散、语速的快慢疾徐中充分感悟其间律动的情感与节奏。

2. 个性化的话语方式

散文是"个人文学的尖端"。散文是主观的，以自我扩张、表现自我为目的，散文家不管他写什么，他都永远是在夫子自道。"夫子自道"的方式体现出作者个性化的话语方式，与其他文学样式相比，这一点在散文中显得最为突出，也最为真实。不同作者的话语方式各不相同，也随之带来了不同的行文风格：培根（Bacon）的简古、弥尔顿（Milton）的雄浑、蒲柏（Pope）的警策、欧文（Irving）的华美，正是他们不同话语方式的归结。个性化的话语方式既体现在作者选词造句、谋篇布局等较为客观的层面，又体现在作者思想情操与审美志趣等较为主观的层面。把握作者的个性化话语方式可以从作者的某一具体篇章着手进行分析，还可以从作者的文集中，有时甚至从其所处时代的文学趣味中来进行审视。

3. 情趣的统一性

"形散而神不散"是人们常常用来衡量散文作品的标尺。所谓"形散"，是就散文的结构和语言来说的。所谓"神不散"，是指散文内在的凝聚力，即情趣的统一性。内在的统一可以使外在的不统一化为统一。散文情趣的统一性，体现在丰富多样的语言表意方式及其结构上，也体现在作者创造的形象或情景中，其实现过程是一个由表及里、由实到虚、逐层推进、不断升华的过程。在翻译实践中，从原文情趣的统一性来反照译文选词用字、谋篇布局等审美重构，有利于保存与再现原文整体审美倾向性题旨，从而使译文取得和原文类似的审美韵味。

二、散文翻译的实践及讲评

在所有的文学体裁中，若论形式自由、结构灵活，非散文莫属。散文，其形式不像诗歌那样格律工整，其内容不像小说那样情节繁复，其结构不像戏剧那样严谨。恰恰是结构的灵活多变、篇幅的可长可短、形式的不拘一格构成了散文的特点，这些特点也正是译者关注的焦点。

现以美国著名诗人朗费罗（Longfellow，1807—1882 年）的散文 "First Snow" 及其 3 种不同的译文为例，进行探讨。

THE FIRST SNOW

—Henry Wadsworth Longfellow

The first snow came. How beautiful it was, falling so silently, all day long, all night long, on the mountains, on the meadows, on the roofs of the living, on the graves of the dead! All white save the river, that marked its course by a winding black line across the landscape; and the leafless trees, that against the leaden sky now revealed more fully the wonderful beauty and intricacies of their branches. What silence, too, came with the snow, and what seclusion! Every sound was muffled, every noise changed to something soft and musical. No more tramping hoofs, no more ratting wheels! Only the chiming of sleigh-bells, beating as swift and merrily as the hearts of children.

原文仅仅 7 句，不可谓不短。但读后却给读者留下一幅清晰明净的原野初雪图。这是因为原作所描绘的画面动中有静、静中有声，加之原作语言洗练、文笔流畅、结构灵活、节奏明快，所以读者过目难忘、回味无穷。对原作结构稍作分析便会发现，其中长短句相间、搭配错落有序：长句长达 4 行，40 余词，短句仅有 4 词。句中平行结构的运用更是得心应手、炉火纯青，既有介词短语的平行结构（如第二句中 4 个以"on"开头的短语），又有句子的平行结构（如"No more tramping hoofs, no more rattling wheels!"），且平行中有工整的对应，如"all day long"与"all night long"，"on the mountains"与"on the meadows"的结构完全相同，字数完全相等；其中的"day"与"night"相对应，显出昼夜不同、黑白相异；"mountains"与"meadows"对应，突出山之高、原之袤，高低相见，点面相应，跃然纸上；此处的两个平行结构"on the roofs of the living"与"on the graves of the dead"更是妙笔，妙就妙在平行中蕴含对照："生者"与"死者"相对，生者的家园"屋宇"与死者的归宿"坟冢"相对，结构之工整、对仗之整齐可与汉语中的对偶相媲美。此外，在原文中，"winding""tramping""rattling"和"beating"四个分词的出现激活了整个画面，使之动静相宜、静中有声，加之明快的节奏，很容易将声音带入画面，使之融入其中。翻译是语际间的信息转换。原义信息在转换过程中能否保真，关键在于译文内容是否忠实于原作，形式是否与原作一致。

译文 1：

第一场雪

第一场雪飘落，多么美啊！昼夜不停地下着，落在山岗、落在草场，落在世人的房顶、落在死人的墓地。遍地皆白，只有河流像一条黑色的曲线穿过大地。落光叶子的大树映衬在铅灰色的天幕下，越发显得奇特壮观，还有那错落有序的树枝。下雪时多么寂寥、多么幽静！所有的噪声都变得轻柔而富有乐感。没有"嘚嘚"的马蹄声，没有"辑辑"的车轮声，只能听到雪橇那欢快的铃声如童心在跳动。

译文 2：

初 雪

初雪飘零，如万花纷谢，整日整夜，纷纷扬扬，真美极了。雪花无声无息，飞上山巅、撒向草原，飘至世人的房脊、落在死者的坟茔。莽莽原野，银装素裹，唯有长河逶迤，像一条黑色的长龙蜿蜒爬行于皑皑雪原。枯藤老树，枝丫盘错，光秃秃地直刺灰蒙蒙的天宇，此刻越发显得苍古遒劲、奇特壮观。

白絮飞舞，大自然静谧寂寥，超然幽远。所有的声音都趋于沉寂，一切喧嚣都化作了轻柔的乐曲。嘚嗒的马蹄声听不到了，轿车的车轮声也消逝了，唯有雪橇的铃声回荡在空中，那欢快的节奏犹如童心在跳动。

译文3：

初 雪

瑞雪飘零，无声无息。

纷纷扬扬，壮观至极！

飞上山巅，撒向草原，

飘至房顶，落在墓地。

茫茫大地，银装素裹。

蜿蜒远去，长河逶迤。

老树虬枝，枝丫盘错。

直刺苍穹，愈发壮丽。

白絮蹁跹，超然幽寂，

喧嚣之声，化作乐曲。

看不见轿轿车轮，

听不见嘚嘚马蹄，

唯闻雪橇的铃儿，叮咚，叮咚如童心跳动，永不停息。

将3种译文与原文比较，不难发现，3种译文在内容上都比较忠实于原作。进一步分析则可发现，译文1在结构上拘泥于原作的形式，在选词上强调表层的一致，结果致使译文结构比较呆板，语言不够流畅，节奏也不如原文那般明快，动静感也比原文大为逊色。

译文2有以下特点。首先，充分考虑了文学语言，尤其是散文的语言特色，文字洗练，文笔流畅，结构上照顾到了原文的形式，又不拘泥原文的窠臼。如文章第二句的感叹句的语序就作了适当的调整，第三句的第二部分语序作了较大变动。这完全符合散文文体的要求。其次，译文2在选词上比较灵活，没有受制于原文的表层语义，如第一句中的"came"译成"飘零"，第二句中的"falling"译成"万花纷谢"，其中的四个以"on"开头的短语没有简单地译成"落在"，而是分别译成"飞上""撒向""飘至"和"落在"。这样处理一方面可以突出介词的宾语（mountains、meadows、roofs、graves）高低远近的层次感，体现出山之高耸、草原之广袤；另一方面使画面静中有动。原文第三句的意境与毛泽东的《沁园春·雪》的意境有异曲同工之妙，故在选词上有类似之处。最后，译文 2 在整体结构上与原文不同，原文仅有一段，而译文则分成两段。其依据是：前三句突出画面静态中的动感，后四句突出画面静中的声音（乐感），故将前三句和后四句分别译成两段。这样可以使散文的深层层次更加分明。

译文 3 在形式上与译文 1、译文 2 有明显不同，它以诗歌的形式再现原文，从文艺理论和接受美学的角度来讲，读者可以从不同的角度解析和接受同一部作品，因为文学作品的模糊性形成诸多不定点，从而为读者留下无限想象的空间。然而，译者始终不能忘记原作，毕竟是翻译之本。原作是散文，其中虽然不乏诗化的语言，但终究在体裁上还是散文。译者虽为原文的读者，但同时还是译文的作者，在传递原作信息这一点上既要尊重原作的作者，又要对自己译文的读者负责。故此，笔者以为，上述 3 种译文，译文 2 在内容、形式和风格上更能体现原作的风貌。

翻译是语际间的信息传递，文学文本的信息包括语义信息、语法信息、文化信息、结构信息、修辞信息、风格信息、语用信息和审美信息。在所有信息中，语义信息是构成文学作品全部信息的最基础部分，也是散文内容的核心。因此，准确再现原文的语义，即核心内容，是散文翻译的首要原则。

内容忠实是指内容与形式的契合，在客观上要求译文反映原作的社会、历史文化背景，再现原作的时代风貌，在微观上要求译作从字、词、句的篇章结构上准确再现原作之意。

第六章 文化差异下的英美文学翻译问题与策略选择——以《简·爱》为例

本章主要讲述文化差异下的英美文学翻译问题与策略选择——以《简·爱》为例，从两个方面展开叙述，分别是《简·爱》翻译中存在的问题以及《简·爱》翻译策略的选择。

第一节 《简·爱》翻译中存在的问题

文学翻译不仅涉及对语言的处理问题，还涉及对文化的处理问题。译者作为生活在特定话语世界中活生生的人，以两种附载深刻文化内涵的语言作为基本转换手段，两个话语世界中包罗万象的文化对他都有很强的制约性。他既要把"忠实再现原文所关涉的话语世界"这样的座右铭高高悬挂，又要把目标语预期读者的理解与接受铭刻在心，他穿梭在两个不同的话语世界之间，时常感到左右为难，使涉及源语话语世界的再现存在诸多问题。在《简·爱》翻译过程中，将其问题进行总结，主要可分为以下几个比较普遍的问题。事实上，不仅在《简·爱》翻译中出现了这几个问题，在其他英美文学作品翻译过程中也容易出现这几个问题。下面，针对这几个普遍的问题进行简要分析。

一、文学翻译与话语世界

文学是一种特殊的文化创造行为，文学作品通常表现社会文化现象中最敏锐的部分，文学作品包含有丰富的文化含量以及丰厚的文化价值，只有深入了解一种文化，才可能对文学作品所揭示的人生真谛有比较全面和深刻的领悟。作家作为特殊的文化创造者，具有特殊的文化价值取向和艺术审美倾向。作家的文化价值取向依赖于他所处的文化环境，即文化环境内包含的时代精神、民族心理和文化传统等，作家的艺术审美倾向由他的文化价值取向所决定。

　　文学是一种语言的艺术，从语言的角度来探讨作品包含的文化内容与文化特性，也是文学研究的一个重要方面。语言具备情感功能，文学情感是文学作品着重表现的内涵，对人类普遍情感的传达使文学具有特殊的文化功能。文学作品的价值构成始终渗透着伦理道德因素，作品的道德倾向形成一种伦理化的人格，赋予作品特殊的道德内涵。作家通过语言的描绘，凝聚着自己深厚的思想情感。作家最后塑造出来的艺术形象，也就是文学形象，体现着不同历史时期文化的本质与形态，体现着人的基本文化存在的状态。

　　在文学翻译中，译者不仅以转换两种语言为目的，也要真实再现源语话语世界包含的文化内容和文化特性。长期以来，翻译被看成是一种单纯的语符转换过程，认为不同的语符在转换时存在某种对等，这种观点既忽略了语言与特定语境的具体联系，也忽略了语言的文化特性。在文学翻译中，译者面对的是具有丰富文化含量的原文，译者如何处理原文所关涉的话语世界的问题，受到目标语话语世界的影响与制约。

　　译者作为活生生的人，生活在一定的文化环境里，他所从事的翻译活动不仅是一种语言转换活动，更是一种文化互动。这种互动渗透在翻译的三个领域（过程、译品、接受）里，翻译既是一种文化适应的过程，也是一种文化同化的过程。

　　勒菲弗尔（Lefevere）认为，翻译研究的等值学派忽略了语言使用会受到文化环境的影响，语言使用也反映并构建特定的文化价值取向。[1]从一种语言到另一种语言的转换，很难实现所谓的"等值"。翻译意味着阐释，是在目标语文化语境下对源语文化的一种阐释。传统阐释学的观念要求阐释者最大限度地消除在理解与阐释中的"自我"，以便达到对文本本来意义的把握，而现代阐释学则强调主体参与的意图性解释，肯定阐释意向性思考的合理性。

　　译者对原文的阐释与理解受到自身所处的话语世界的影响，受到目标语预期读者的接受的影响，译者不得不摇摆于两个不同的话语世界之间。他既要将原文话语世界真实地呈现给目标语读者，真正完成肩负的翻译任务；同时他也会受到

---

① 刘军平.西方翻译理论通史（第二版）[M].武汉：武汉大学出版社，2019.

自身所属话语世界的影响，难免在翻译中带上目标语话语世界的烙印。译者最终做出的翻译策略选择，实际上是他试图在源语话语世界与目标语话语世界之间求得一种平衡的结果。

二、文化空缺

勒菲弗尔将话语世界的概念概括为"物体、概念与习俗"三方面的内容，在文学翻译中译者经常会涉及这三方面的内容。[①] 勒菲弗尔把包罗万象的话语世界缩小在具体的范围内，主要是为了有针对性地探讨在文学翻译中所涉及的文化问题，以便达到以点带面进行分析研究的目的。

译者在面对源语话语世界时，最棘手的就是对不同文化的处理问题。首先，译者会面临源语涉及的物体和概念在目标语中根本不存在的问题，这种现象就是所谓的"词汇空缺"以及由此而导致的"文化空缺"现象。这样的物体或概念往往是一个话语世界所特有的，而对另一个话语世界的读者来说是陌生的且难以理解的。当两种文化的交流还处于初始阶段时，陡然将这些充满陌生感的物体或概念完全移植给读者，读者确实存在难以接受的问题。翻译也只有让目标语读者能够理解与接受才具有意义，因此译者适当地采取本土化的翻译策略也是被允许的和必要的。但随着文化之间的沟通与交流不断深入，这样的翻译策略很难真正满足目标语读者的阅读期待，而且这种策略很可能带来文化属性的改变，由此还可能引起文化误读，会妨碍文化之间的真正交流。因此，在当今时代，这种策略越来越受到很多翻译家和翻译理论家的质疑。

巴斯奈特（Bassnett）和勒菲弗尔认为，翻译是一种文化构建，实际上他们表明，通过翻译应该既达到对源语文化的构建，同时也应达到对目标语自身文化的构建。[②] 通过翻译不仅能在目标语中有效地构建"他者"的文化形象，同时还能在目标语文化中引入新的词汇、新的概念，对目标语文化的构建起着积极的促进作用。在现代汉语中，由于一些新词汇的引进，例如，从较早的"crocodile tears"（鳄鱼的眼泪）、"ostrich policy"（鸵鸟政策）、"sour grapes"（酸葡萄）等词语，

① 刘军平.西方翻译理论通史（第二版）[M].武汉：武汉大学出版社，2019.
② 文珊.五四时期西诗汉译流派之诗学批评研究：以英诗汉译为个案[M].广州：暨南大学出版社，2019.

到现代 "Coca-Cola"（可口可乐）、"avant-guard"（前卫）、"cool"（酷）、"hacker"（黑客）等词语和概念，它们广泛地进入汉语，为汉语输入新鲜的成分，促进了汉语语言文化的丰富与发展，这都是翻译中文化适应带来的好结果。

在文学翻译中，当译者在传译源语话语世界独有的物体和概念时，要注意避免两种倾向：一是用目标语中意义相近但文化内涵不同的词语或概念代替；二是不顾目标语读者的接受与理解，而采取简单、生硬的直译。人们往往有这样的心理：在面对陌生的物体和概念时，很容易产生一种疏离感和生硬感。很多译者会担心自己的预期读者产生这种心理而影响其阅读，在这种情况下，他们很容易用目标语话语世界中读者熟悉的物体和概念来代替源语话语世界中那些陌生的物体和概念，以减少读者的陌生感和疏离感，但是译者选择这种翻译策略，很容易对读者造成一种 "文化蒙蔽"，继而形成 "文化误读"，不能通过翻译真正达到文化交流的目的。实际上，人们还存在 "求新" "求异" 的心理，也就是说人对新的事物总是充满好奇的心理。

为了避免这两种倾向的出现，译者不仅应通过翻译引入这些陌生物体和概念的名称，还有必要向目标语读者解释和说明这些新物体和新概念的内涵意义。译者可以通过直译加注释的方法，既做到引入新物体和新概念的名称，同时也让读者通过阅读注释明白其含义，加深对异域文化的理解，真正达到文化交流以及丰富目标语文化之目的。在中西方翻译的历史上，这样成功的翻译实例确实很多，对目标语文化的构建起着积极的促进作用。

三、文化伴随意义词

在文学翻译中，译者还会面临这样的文化难题，即源语话语世界与目标语话语世界里都存在这样的物体和概念，但它们在各自的话语世界中附载的文化内涵不同。一个典型的例子就是英语的 "dragon" 和汉语的 "龙"，虽然它们大致都指类似的一种动物，但是它们给生活在不同话语世界中的读者带来的联想意义却完全不同。在汉语中，当人们提起 "龙" 的时候，马上就会联想到诸如 "成龙成凤" "龙子龙孙" 以及 "望子成龙" 等带褒义的词语或成语。而英语的 "dragon"

却是一种凶恶的怪兽，很难让人产生美好的联想。对于这样的文化问题，译者应该怎么处理呢？他有两条策略可以选择：一是文化转换；二是文化保留。

翻译既然是文化之间的交流，就要传达出原文的文化内涵。但是翻译到底应该以传达原文的文化精神为重，还是以传达原文的信息内容为重呢？这样的问题引起一些学者的困惑，他们为此提出两种不同的处理策略：文化转换与文化保留。文化转换强调对原文信息内容的传达，译者出于对目标语读者接受与理解的考虑，会在某种程度上做一些"本土化"处理，以顺应目标语话语世界的习惯。典型的译例是莎士比亚的诗句"shall I compare thee to a summer's day?"赞同这种主张的学者认为，这句诗不应译作"我能将你比作夏天吗？"，而应译成"我能将你比作春天吗？"。地处北半球欧洲大陆西北面的英国在夏季温润而舒适，夏季是最美好的季节；而在很多四季分明的国家，夏季却炎热而酷暑难耐。因此，他们认为这样的译法不可能在目标语读者中引起相同的联想。于是他们极力主张将夏天改为春天，以达到一种功能对等。将原文使用的意象用目标语中功能相似的意象代替，虽然能让目标语读者产生"春天"般的联想，但读者却失去一个了解异域文化的机会。很多中国读者不一定知道，英国的春天远没有夏季更令人向往。这是英国特殊的地理位置造成的，不同民族文化的特殊性很难改变也很难代替。翻译也只有本着文化交流之目的，让目标语读者了解真实的异域文化，译者才能真正完成其使命任务。

著名翻译家金隄在谈到这个问题时，认为"夏天"一词应该直译。因为"读者是有想象力的，读这首诗可以获得鲜明的印象，认识到英格兰的夏天是美好的，所以不会误会，反而可以加深他对英国文化的理解"[①]。这说明在文学翻译中，保留源语话语世界原有的概念及附载的文化内涵十分必要。外国文学作品有丰富的文化含量和文化内涵，是一条向目标语读者开启的通道，通过这个通道他们可以了解真实而独特的源语话语世界，而不是通过这个通道去找寻自己所在话语世界中熟悉的物体和概念。

---

① 金隄. 等效翻译探索 [M]. 北京：中国对外翻译出版公司，1989：22.

四、文化习俗

勒菲弗尔在探讨文化习俗对翻译的影响时，引入了"文化脚本"（culture script）的概念。他将其解释为"在某种文化中起一定作用的人们所接受的行为模式"[①]。这种被一种文化所接受的行为模式经过长期在人们头脑中的固化，形成一定的习俗，以巨大的力量促使人们按照该习俗习惯来行动。勒菲弗尔以德·拉·莫特在翻译《伊里亚特》时不能接受荷马时代的"文化脚本"为例，说明译者在翻译时，总会以自己所处时代的"文化脚本"为标准来看待原文的"文化脚本"。在《伊里亚特》第十三卷中，含有非常详细的对士兵受伤情况的描写，作者描述的真实程度达到令人毛骨悚然的地步。如果译者将其如实地翻译过来，目标语读者肯定难以接受。因为，在17—18世纪的法国，人们一提到人体的任何部位，都一律会采取委婉的说法。对此，德·拉·莫特毫不犹豫地采取"零翻译"（zero translation）策略[②]，删除那些会让读者感觉不舒服的信息。虽然其他译者将这段描写翻译出来了，但均做了淡化或弱化处理。

勒菲弗尔在这里提出了关于文化习俗的处理问题。文化习俗是一个民族经过长期的历史发展积淀下来的包括价值观、社会心理和道德传统等在内的方面，虽然文化习俗不是法律，但它却具有规范人们行为的约束力。一般来说，文化习俗包括生活习俗、宗教习俗、道德习俗及婚姻习俗等方面的内容。文化习俗不仅具有规范人行为的约束力，它还以一种观念的形式在深层次上影响人们对事物的看法。虽然文化习俗不是一成不变的，也会随时代的发展而逐步地有所改变，但是在未变之前，它会顽固地存在于人们的头脑中。

英汉两个民族在文化习俗方面确实存在很大的差异。在文学翻译中，译者很容易受到自己所在话语世界的文化习俗的影响，对源语话语世界的一些话语采取"入乡随俗"的翻译策略，以便增强译文在目标语读者中的亲和力和认同感。

如果译者在这方面处理不当，很容易引起文化冲突。因此，在文学翻译中，

[①]　LEFEVERE A. Translation，Rewriting and the Manipulation of Literary Fame[M].Shanghai：Shanghai Foreign Language Education Press，2001：89.
[②]　LEFEVERE A. Translation，Rewriting and the Manipulation of Literary Fame[M].Shanghai：Shanghai Foreign Language Education Press，2001：94.

译者应树立明确的文化习俗差异性意识，以平等的心态对待不同话语世界的文化习俗。在处理类似的问题时，译者不妨选择直译的方法或直译加注释的方法，尽量保留源语话语世界包含的文化内涵的完整性。

第二节 《简·爱》翻译策略的选择

《简·爱》是一部文化价值含量十分丰富的世界文学名著，夏洛蒂（Charlotte）通过讲述女主人公曲折跌宕的人生经历，折射出 19 世纪英国维多利亚时代的政治经济社会现状，同时她还以细腻的笔触栩栩如生地描绘出英国当时的风土人情。小说大量地引用文学典故、诗歌、故事及传说等，在面对这样文化内涵厚重的原著时，译者会选择何种翻译策略来对待原著的话语世界呢？这样的策略选择又会对今后的译者在处理原著话语世界时有怎样的启示呢？

一、文化空缺与翻译策略选择

语言具有"与之俱生，与之俱存"的民族特性，因而特定民族特定的语言造就了特殊的文化形态。美国语言学家萨丕尔（Sapir）指出，在语言反映社会现实方面，世界上没有两种语言是完全类似的，语言的异质性构成不同民族的"文化基因"。文化基因涉及语言文化心理和思维方式、语言习惯、名物传统等，这些都反映出语言文化的异质性。

在文学翻译中，译者经常会遇到这样的情形，即源语话语世界包含一些特有的词汇，在目标语话语世界中却不存在。这种"词汇空缺"以及由此而导致的"文化空缺"现象，会让译者感到无所适从，只好绞尽脑汁去制造一个新词，或者在目标语话语世界里去找寻一个所谓"功能相似"的词语来代替。译者在处理这类文化问题时，选择了不同的策略方法，带来的结果也有所不同。

有的译者会采用音译法，音译法属于陌生化的翻译策略，选择这种翻译策略可将源语中存在而目标语中不存在的物体或概念完整地引入目标语文化，取外来语的读音而造出一个新词。勒菲弗尔十分推崇这种翻译策略，选择这种翻译策略就是选择一种"双赢"。在中国翻译史上，采取音译加注释的翻译策略的成功案例并不少见，充分证明了这种策略的有效性。林语堂就十分赞同对外来词采取音译法，他最先将"humor"译成"幽默"。他认为音译法的最大好处就是能在目标语中引入一个全新的概念，达到丰富目标语语言文化之目的。不足之处是目标语读者对外来词的接受必须通过译者在译文中加注释才能真正理解其意思，读者在阅读中突然停顿下来关注注释内容，容易分散其注意力。孙艺风认为，翻译有两个目的，也就是让译语得到发展自己语言系统的机会，同时也给译语读者提供了解异域文化的机会。① 这两个目的都充分证明了音译加注释策略的有效性和可行性。

对源语特有的文化概念或事物采取音译加注释的翻译方法，确实给目标语读者提供了一个了解异域文化的好机会，但在翻译或解释时仍然采取一种本土化的策略，以便加快目标语读者的理解，这种策略却未必能收到好的效果。

That night, on going to bed, I forgot to prepare in imagination the Barmecide supper, of hot roast potatoes, or white bread and new milk, with which I was wont to amuse my inward cravings.

译文一：我向来最喜欢吃烤薯、白面包和新鲜牛奶，上床时，总想到这几件好吃的东西；现在却不然了。

译文二：当晚上床睡觉的时候，平常我爱拿来满足我内心渴望的那种画饼充饥的烤土豆或白面包和新鲜牛奶的晚餐，我忘记在想象中准备了。[译文注释：原文这里使用的是《一千零一夜》中巴米赛德（Barmecide）王子的故事。巴米赛德王子请乞丐吃饭，而只在他面前摆上空杯空盘，戏弄他以取乐。]

译文三：那天晚上，我上床的时候，忘了在想象中准备热的烤土豆，或者白面包和新鲜牛奶。往常我总是用这种巴米赛德的晚餐来满足自己内心的渴望。（译文注释：巴米赛，《一千零一夜》中的一个王子，假装请乞丐赴宴，却不给任何食物，借以愚弄穷人。）

译文四：那天晚上上床的时候，我都忘了在想象中备一桌有热的烤土豆或者白面包和新鲜牛奶的巴米赛德晚宴，而以往我是常常用它来聊以解馋的。（译

---

① 孙艺风.视角·阐释·文化：文学翻译与翻译理论 [M].北京：清华大学出版社，2004.

文注释：巴米赛德，《一千零一夜》中的一个王子，假装请一个饥饿的穷汉赴宴，却不给他真的食物。）

译文五：那天夜里上床时，我忘了在遐想中准备有热的烤土豆或白面包与新鲜牛奶的巴米塞德晚餐了，往常我是以此来解馋的。（译文注释：巴米赛德，《一千零一夜》中一位波斯王子，假装请乞丐赴宴，却不给任何食物，仅让其以想象画饼充饥。）

译文六：那天晚上上床的时候，我竟然忘了在想象中为自己置备一桌有热乎乎的烤土豆或者白面包加新鲜牛奶的巴米赛德式晚宴，而往常我总是用这来满足腹中的饥渴感的。（译文注释：巴米赛德为《一千零一夜》中一波斯王子，他常假装设宴请客，不摆真酒菜，只虚作声势请人吃喝，以此戏弄作践别人，后被一穷人借机教训。详见该书《理发匠第五个兄弟的故事》。）

这一段叙述选自《简·爱》第八章，描述简·爱在劳渥德慈善学校度过的艰苦生活。由于校长的冷酷与刻薄，劳渥德慈善学校的学生几乎都是挨饿受冻。因此，简·爱习惯在每晚临睡之前在想象中为自己准备一顿丰盛的晚宴。译文一将"Barmecide"这个词以及它附载的文化信息完全省去不翻，译者也许认为这些信息与故事情节的发展无太大关系。虽然译文二给出注释，但在译文中却用"画饼充饥"这个汉语成语代替。从表面上看似乎"画饼充饥"表达的意思与"Barmecide"式的晚餐在功能上有些相似，实际上它们之间有着本质的区别。首先，"画饼充饥"这个成语来自汉语的典故，讲述的是一个懒汉的故事，而且这个成语本身含有讥讽的意味。作者在这里旨在通过想象中一顿丰富的晚宴，来满足自己的饥饿感，这里使用的"Barmecide"并没有讥讽的意味，因此在此使用该成语来阐释不恰当。译文三、译文四、译文五及译文六均采取音译加注释的策略，既忠实地传达原文的意义，也未引起文化失真，同时向目标语读者输入了"巴米赛德式晚宴"这种新的表达方式。虽然译文五采取音译加注释的方法，但在注释中仍以"画饼充饥"来解释这个典故，其结果也如同译文二那样，不仅未能传达出作者的真实用意，还会引起文化失真。

二、文化意象与翻译策略选择

文化意象（culture image）是一种文化符号，文化意象的表现有多种形式。例如，可以是某个历史人物、植物、动物，也可以是谚语或历史典故，由于人们长期以来使用这些符号，使它们成为一种具有典型意义的意象，包含了独特的文化内涵，承载着民族文化独有的信息特征。文化意象既有表层的意义，又有深层的含义（联想意义），对于熟悉这些文化意象的读者来说，恰当地使用它们往往能取得言简意赅、形象生动的艺术审美效果。文化意象的传译，反映出文化交流中不同民族文化之间的相互碰撞、适应与融合的过程，也体现译者在选择翻译策略时的灵活机智与变通。

在中国翻译史上曾出现过的"牛奶路"事件，就是典型的关于文化意象传译的案例。20世纪30年代，赵景深在翻译契诃夫的小说《万卡》时，将"milky way"按字面意思译成"牛奶路"而遭到鲁迅等人的严厉批评。当时很多人认为赵景深把"天河"或"银河"这样简单的术语译成"牛奶路"，是不负责的表现甚至是"胡译"的典型，并在很长时间内成为翻译史上的笑柄。事实上，原作使用了一个文化意象"milky way"，该意象来源于古希腊罗马神话。谢天振在《译介学导论》中指出，赵景深把"milky way"译成"牛奶路"，不但保留了原文中"路"的文化意象，而且还避免了"天河"这样字面上的矛盾，如实地传译出原文的文化意象。但赵译的不足之处是，没能反映出"milky way"一词真正的文化内涵。虽然鲁迅不无带有讥讽意味地建议将其译成"神奶路"，但他确实提供了一个比"牛奶路"更恰当的译法。而硬要将其译成"天河"或"银河"，则完全失去了原文的文化意象，不仅造成文化意象之间的错位，还造成原文艺术审美意义的缺失。谢天振还指出：这些文化意象"成为一种文化符号，具有了相对固定的、独特的文化含义，有的还带有丰富的意义深远的联想，人们只要一提到它们，彼此间立刻会心领神会，很容易到达思想沟通"[①]。

在《简·爱》原著中，作者使用大量的文化意象，使语言表达简洁、凝练而寓意深刻。如果不了解这些文化意象所蕴含的文化内涵，即使直译过来也会使目

---

① 谢天振.译介学导论[M].北京：北京大学出版社，2007：102.

标语读者感到迷惑不解。在这种情况下，译者很容易出于对预期目标语读者接受的考虑，而做出这样的翻译策略选择：要么干脆省略不译；要么用目标语中意义相近的文化意象代替；要么使用目标语中功能相似的词语传达，将源语的文化意象丢失，致使它们附载的文化内涵丧失。

比如：

Blanche and Mary were of equal stature—straight and tall as poplars. Mary was too slim for her height, but Blanche was moulded like a Diana. I regarded her, of course, with special interest. First, I wished to see whether her appearance accorded with Mrs. Fairfax's description; secondly, whether it at all resembled the fancy miniature I had painted of her; and thirdly—it will out! —whether it were such as I should fancy likely to suit Mr. Rochester's taste.（*Jane Eyre*, Chapter 17: 201）

译文一：布兰奇同玛丽两姐妹是一样高挑的，玛丽弱小，同身高不相称；布兰奇的肢体很匀称，她是个好骑马的女人。我自然最注意的是她：第一层，我要看她同费尔法克斯太太所说的是否相符；第二层，要看看她的面貌，同我凭幻想画出来的小像有几分相似；第三层，我只好实说出来罢，我要看看她是不是罗切的意中人。

译文二：布兰奇和玛利是同样的身材——又高又直，像白杨一样，玛利就她的高身材来说太细瘦了，但是布兰奇却长得像狄安娜一样。自然我带着特别兴趣看她。第一，我要看她的面貌是否和费尔法克斯太太所描写的吻合；第二，看她是否有点像我所画的想象中她的小像；而第三——这是一定要说出来的——是否如我想象的会合罗切司特先生的口味。[文中注释：狄安娜（Diana），罗马神话中月亮和狩猎女神。]

译文三：布兰奇和玛丽一样身材——像白杨树似的又挺又高。玛丽以她的高度来说，显得太苗条了，可是布兰奇长得就像月亮女神一样。我当然以特殊的兴趣注视着她。第一，我希望看看她，她的相貌是不是跟费尔法克斯太太所形容的符合；第二，我凭着想象为她画的彩色画像，到底像不像；第三——这就会真相大白——是不是像我设想的有可能符合罗切斯特先生的口味。

译文四：布兰奇和玛丽是同样的身材——又高又直，像棵白杨树。玛丽按她的身高来说显得太瘦，而布兰奇长得就像一位狩猎女神。不用说，我怀着特别的兴趣仔细打量她。首先，我想看看她的容貌跟费尔法克斯太太的描述是不是相符。其次，看看她跟我凭想象替她画的那幅肖像到底像不像。第三——明说了吧——究竟长得是不是像我设想中能适合罗切斯特先生口味的那种样子。

译义五：布兰奇和玛丽都是同样身材——像杨树一样高大挺拔，以高度而论，玛丽显得过分苗条了些，而布兰奇活脱脱像个月亮女神。当然我是怀着特殊的兴趣来注意她的。第一，我希望知道她的外貌是不是同费尔法克斯太太的描绘相符；第二，想看看她是不是像我凭想象画成的微型肖像画；第三——这终将暴露——是否像我所设想的那样，会适合罗切斯特先生的口味。

译文六：布兰奇和玛丽的身材一样——都像白杨似的又直又高。玛丽按她的身高来说显得太瘦，而布兰奇长得就像狄安娜。当然，我是怀着一种特殊的兴趣注视她的。首先，我想看看她的容貌和费尔法克斯太太描述的是否相符。其次，看看我凭着想象替她画的那幅微型肖像到底像不像。还有第三——干脆说明了吧——是不是像我设想的那样能够适合罗切斯特先生的口味。（文中对狄安娜给出注释：罗马神话中的月亮和狩猎女神。）

原著中这一段出现"Diana"一词，指的是希腊罗马神话中的月亮女神、狩猎女神以及处女女神狄安娜。她是太阳神阿波罗的妹妹，不仅身材高大、长得美丽，还聪明勇敢、喜欢狩猎。简·爱用女神狄安娜来比喻布兰奇小姐，说明布兰奇小姐长得高挑美丽，同时也多才多艺，像月亮女神狄安娜一样高不可攀。这么一个像女神一样的未婚小姐走近罗切斯特，自然让简·爱煞费心思地猜想她究竟适不适合罗切斯特的口味，体现出简·爱已深深爱上罗切斯特。译文一、译文三、译文四及译文五都未能将"Diana"这个文化意象译出。译文一仅用"她是个好骑马的女人"来阐释月亮女神狄安娜，显然不准确。在希腊罗马神话中，月亮女神狄安娜随身携带弓箭，酷爱打猎，尤其爱打牡鹿。译文四将月亮女神狄安娜译为"狩猎女神"也不够准确，因为在希腊罗马神话中，狄安娜主要还是月亮女神和处女女神。译文三和译文五只将其译为"月亮女神"，却没在译文中做注释，也未达到文化沟通之目的。因为，并非所有目标语读者都能知道这个月亮女神是谁。只有译文二和译文六将狄安娜名字译出并在注释里做简要介绍，但有些不足的是，如果译文直接采用"月亮女神狄安娜"译法，再在注释里做简要介绍，这样的效果肯定会更好。

译者选择省去或淡化源语文化意象的翻译策略，主要还是出于减轻预期读者阅读与理解的难度的考虑。这样做的结果确实可以保持阅读的连续性，但读者却失去了领略原著厚重文化价值含量的机会，也弱化了他们在阅读经典文学名著时获得的审美体验。希腊罗马神话是世界文化的宝贵遗产，不仅对西方文明的发展影响至深，还深入西方社会生活的方方面面。研究西方文学、历史、哲学、政治等，必须对希腊罗马神话有一定的了解。美国最早编写希腊罗马神话的布尔芬奇（Bulfinch）曾在《寓言时代》的前言中写道："年幼的读者将从本书发现无限的乐趣；年长的读者会发现这是阅读的良师益友；外出旅行参观博物馆艺术画廊的读者将发现它是名画、雕塑的解说员；出入有文化修养的社交圈子的读者又会发现它是解答谈话中偶然出现的典故的钥匙……"可见希腊罗马神话在西方社会文化中的广泛性和普及性，译者有义务将这些文化意象完整无缺地传达给目标语读者，以达到构建源语文化和目标语文化的双重目的。

文化意象在成语中的使用比较常见。成语是一个民族语言的精华，往往具有形式精炼、寓意深刻的特点。成语不仅蕴含丰富的文化内涵，还浸染着浓厚的文化特征，是语言的核心和精华。成语的传译问题，也是文学翻译面临的另一个棘手问题。英汉两种语言都拥有丰富的成语，由于人类生活的外部环境、思维以及情感体验都有共同之处，因此英汉两种语言有部分语言形式和比喻形象十分相似的成语。例如，英语的"walls have ears""as light as a feather""castle in the air"等分别可与汉语成语"隔墙有耳""轻如鸿毛"以及"空中楼阁"相对应。因此在翻译时采取直接代替的策略，能收到令人满意的效果。但是对那些附载着深刻文化内涵，具有鲜明文化特征的成语来说，译者就应该避免采取这种代替方法。翻译的目的是寻求文化的共生与融合，在文学翻译中，尽量保留源语的文化特色十分必要。

三、文化伴随意义词与翻译策略选择

在文学翻译中，译者经常会面临这样的情形：有些物体或概念在源语话语世界和目标语话语世界中同时存在，但它们各自伴随的文化内涵以及语用意义却大

相径庭。例如，英汉两种语言的颜色词就具有这样的特点。虽然它们都有相同的指称意义，但附载的文化伴随意义却不相同。虽然人类的眼睛具有相同的生理结构，光的波长也是一种客观存在，然而在不同话语世界里人们对光的认知与感受却不尽相同，这主要还是不同民族深层次的文化差异性所致。在中国，阴阳五行说衍生的五色学是中国色彩理论的基础，西方人由于地域以及思维方式的不同，逐渐形成与中国文化有很大差异的色彩文化。

尽管我们和英国人对自然本色的认识和感受大体一致的地方较多，但由于民情风俗、地理环境、思维方式、宗教信仰以及民族心理的不同，各种颜色在视觉上和心理上引起的联想以及附载的象征意义具有很大差异，因而同样的颜色在不同的话语世界伴随的审美联想意义就不尽相同。在《简·爱》中颜色词出现的频率非常之高，夏洛蒂作为女性作家对颜色的感觉十分敏锐。小说一开始就有对红屋子的神秘恐怖色彩的描述；对慈善学校校长布洛克尔赫斯特"黑色大理石"的描述；劳渥德在经历白色的严寒之后呈现出一片柔美的绿色景象；作者在描述火、月亮等自然意象时都赋予了其不同的色彩，表达出不同的色彩对女主人公命运的暗示。对原著颜色词的传译也涉及源语附载的文化内涵的传达问题，同样的概念在不同的话语世界中具有不同的象征意义。因此，译者在传译时应十分慎重。

"When I saw my charmer thus come in accompanied by a cavalier, I seemed to hear a hiss, and the green snake of jealousy, rising on undulating coils from the moonlit balcony, glided within my waistcoat, and ate its way in two minutes to my heart's core."

译文一："我一看见我的意中人带了一个情人来，我的醋意立刻发作，如同毒蛇钻入我的心窝一样。"

译文二："我看见迷住我的人和一个骑士这样一块儿进来的时候，我似乎听到'嘶'的一声响，于是那嫉妒的毒蛇，从月光照耀的阳台上似乎旋动着起来，钻进我的背心，两分钟就咬进我的内心了。"

译文三："一看到迷住我的那个人由一个献殷勤的男人陪同着进来，我就好像听见'嘶'的一声，嫉妒的青蛇从月光照耀下的阳台盘旋上升，钻进我的背心，一路啃啮着，两分钟以后就进入我的心底。"

译文四："我一见那迷人精像这样由一个献殷勤的男人陪着进来，就马上觉得'嘶'的一声，仿佛有条嫉妒的青蛇盘旋着从月光照耀下的阳台上蜿蜒而起，钻进了我的背心，一路咬着，只一两分钟就一直钻进了我的心里。"

译文五："当我看见那个把我弄得神魂颠倒的女人，由一个好献殷勤的男人陪着进来时，我似乎听到了一阵'嘶嘶'声，绿色的嫉妒之蛇从月光照耀下的阳台上呼地蹿了出来，盘成了高低起伏的圈圈，钻进了我的背心，两分钟后一直咬啮到我的内心深处。"

译文六："我一见我那位美人儿这样由一个殷勤的男人陪着进来，就马上好像听到'嘶'的一声，一条嫉妒的青蛇从月光照耀下的阳台上盘旋而起，钻进我的背心，一路咬啮着，只一两分钟就钻进了我的心里。"

英语的"green"与汉语的"绿色"，在颜色概念上没有任何本质区别。但英语的绿色却有其他引申的含义，常常表示"嫉妒"之意，所以英语有"green with envy"的说法。据说这种说法最早源自莎士比亚的悲剧《奥赛罗》(*Othello*)，剧中叙述了传说中一个爱嫉妒的"the green-eyed monster"（绿色怪物），此后"green"便有了嫉妒的引申含义。

当罗切斯特向简·爱描述自己看见一个献殷勤的男人陪着他曾经迷恋过的女人时，心里顿时升起嫉妒之火，好像毒蛇一样啃噬着他的内心。因此，作者用"the green snake"来形容他当时被这种嫉妒之毒蛇啃噬着内心的情形。译文一采取本土化的翻译策略，将原文的颜色意象词"绿色"用汉语表示嫉妒的物象词"醋"来代替，将其译成"醋意立刻发作"，使源语颜色意象完全丢失。虽然"醋"在中国文化中附载有嫉妒的引申含义，但是将其用于翻译外国文学作品，破坏了文化交流的整体性。译文二将源语的颜色意象删去，直接译为"嫉妒的毒蛇"，没有将源语的形象比喻以及附载的强烈情感表达出来。译文三、译文四及译文六将其译为"嫉妒的青蛇"，虽然将源语的色彩意象部分传达出来，但在色彩使用上过于"本土化"，容易造成读者错误的联想。因为，汉语的"青色"含义较广，可以表示绿色、黑色和蓝色之意。如像译文五那样将"the green snake"译成"嫉妒之绿蛇"比较好，既能再现源语的色彩意象，也能传达出这种强烈的嫉妒情感。

比如：

On the hilltop above me sat the rising moon; pale yet as a cloud, but brightening momently; she looked over Hay, which, half lost in trees, sent up a blue smoke from its few chimneys; it was yet a mile distant, but in the absolute hush I could hear plainly its thin murmurs of life. My ear, too, felt the flow of currents; in what dales and depths I could not tell; but there were many hills beyond Hay, and doubtless many becks threading their passes.（*Jane Eyre*, Chapter 12: 143）

译文一：走到山顶，月亮正当头，离小村还有三里多路。除了村子远远有点人声，这里是静悄悄的，却远远还听得见有马蹄声，是有马走来，小路的弯子挡住了，还看不见。

译文二：我上面的山顶上悬着初升的月亮，它虽然还黯淡得和一朵云彩一样，却时时增加光辉，照耀着那半隐蔽在树里、从少数烟囱里冒出缕缕青烟的海乙村，离海乙村还有一英里路，但是万籁俱寂，我已经能够清清楚楚听出微弱的生活细声了。我的耳朵也感觉到山水流动；至于在什么谷里深处，我就不知道了，不过海乙村以外还有许多山，无疑也有许多溪流从它们的隘口中经过。

译文三：在我头顶的山尖上，悬挂着初升的月亮，先是像云朵般苍白，但立刻便明亮起来。俯瞰着海乙村。海乙村掩映在树丛之中，不多的烟囱里升起袅袅蓝烟。这里与海乙村相距一英里，因为万籁俱寂，我可以清晰地听到村落轻微的动静。我的耳朵也感觉到了水流声，但来自哪个溪谷和深渊，却无法判断。海乙村那边有很多小山，无疑会有许多山溪流过隘口。

译文四：在我上方的山顶上，挂着初升的月亮，虽然此时还像云朵般惨淡，但随时随刻都在变得更加明亮。它俯照着海乙村。村子半掩在树丛间，疏疏落落的不多几只烟囱里，冒出缕缕青烟。离那儿还有一英里路程，可是在这万籁俱寂中，我已能清楚地听出那儿轻微的生活之声了。我的耳朵还传来了水流的声音。我说不出这声音来自哪个溪谷、发自哪个深潭，不过在海乙村那边有很多小山，无疑有许多溪流正穿过它们的隘口。

原文中描述从烟囱里冒出"a blue smoke"，绝大多数译者都将"blue"译成"青色"，只有译文三将此译为"蓝色"。可见汉语中的"青色"指称意义较为宽泛，与英语的"blue"只是部分对应。译者作为具有特定文化身份的人，穿行在不同的话语世界之间，难免会带上自身所属话语世界里惯常的审美价值取向。既然翻译这一行为是为了再现源语话语世界，那么译者就有必要抑制自身的文化本能，尽量凸显源语话语世界具有的审美价值取向。一味用本土的审美价值取向代替源语的表达，抹杀了源语话语世界里人们独特的审美价值取向。不能如实地再现源语话语世界，译者就不能说通过翻译完成了自己的使命与任务。勒菲弗尔在谈到语言具有的诗学功能时，曾这样说道：译者有义务将原文的措辞、语言特色、语言细微之处的审美特征以及由此而发挥出的诗学功能做相应的传译。译者在对待源语话语世界的一些细微之处的处理，体现出他对源语话语世界体察的细腻程度和尊重程度。

在中国传统文化中，色彩确实名目繁多，令人不免有些眼花缭乱。这些丰富的色彩不仅凝聚着中国古人的智慧，也表明他们对大自然的亲近和细致入微的观察。这些色彩词往往随着岁月的沉淀渐渐附载着浓厚的文化意境，与一定的审美经验紧密相连。在文学翻译中，译者应谨慎使用这些本土色彩浓厚的颜色意象词。因为，如果使用不当，不仅不能取得相同的审美联想，营造出相同的审美意境来，还会造成源语文化意境的失真，进而有损原著的艺术审美特质。

四、风俗文化与翻译策略选择

社会风俗是一个民族客观物质生活的精神反映，是一种文化现象。各民族风俗文化的产生与发展，与该民族所处的地理环境及生产方式、行为方式以及生活方式息息相关，是该民族在生产生活实践中历经岁月洗礼并经过世代相传而形成的一整套生活方式和礼仪规范，具有习惯性、地域性和道德约束性，反映出一个民族的文化特征，具有独特的社会价值和审美价值。一个民族可通过社会风俗的一致性达到彼此的认同。一些风俗还跟宗教信仰有关，具有宗教信仰的功能。

文学作品是反映社会生活的一面镜子，色彩斑斓的社会生活也为作家提供了取之不尽的创作素材，成为作家用之不竭的创作源泉。社会风俗融汇在一个民族的生活方式中，从一个侧面表现其民族心理和民族特征。作家笔下不仅刻画出形形色色、鲜活的人物形象，也为读者呈现出一幅民族社会风俗的画卷。可以说，文学家就是出色的"风俗画师"。《简·爱》除大量的自然风景的描写之外，还有很多细腻的生活场景描述，呈现出 19 世纪英国人民社会生活的画面。

November, December, and half of January passed away.Christmas and the New Year had been celebrated at Gateshead with the usual festive cheer; presents had been interchanged, dinners and evening parties given. From every enjoyment I was, of course, excluded: my share of the gaiety consisted in witnessing the daily apparelling of Eliza and Georgiana, and seeing them descend to the drawing-room, dressed out in thin muslin frock and scarlet sashes, with hair elaborately ringleted; and afterwards, in listening to the sound of the piano or the harp played below, to the passing to and fro of the butler and footman, to the jingling of glass and china as refreshments were handed, to the broken hum of conversation as the drawing-room door opened and closed. (*Jane Eyre*，Chapter 4：60）

译文一：十一月、十二月、半个正月已经过去。贺圣诞，贺新年，自然是同往年一样热闹，彼此送礼，彼此请宴，无论什么，都没有我一份。我所享受的一份，不过是看两眼她们姊妹穿的好衣裳，打扮得花团锦簇，一会儿上楼，一会儿下楼，两耳听见弹琴奏乐的声音、杯盘相碰的响声、众人谈话的声音。

译文二：十一月、十二月、半个一月过去了。圣诞节和新年，都像往常过节一样，欢乐庆祝过了；彼此互送过礼物，也开过宴会和晚会了。自然，一切享乐我都不得享受，我分内的欢乐只是看伊丽莎和乔治安娜逐日换装打扮，看她们下来到会客室，穿着薄棉纱的衣裙和大红的披肩，头发细心卷梳成小环圈；然后听下面弹奏的钢琴和竖琴的声音；听管事和仆人走来走去；听递茶点时玻璃杯和瓷器的响声和会客室门开关时断续的谈话声。

译文三：十一月、十二月和半个正月都过了。圣诞节和新年，在盖茨黑德和往年过节一样，欢欢喜喜庆祝过了；互相交换了礼物，也举行过宴会和晚会。种种欢乐，我当然都不准享受；我有的那份乐趣，就是看伊丽莎和乔治安娜天天穿着盛装，看她们穿着薄纱衣服，束着大红的阔腰带，披着小心卷起来的发，下楼到休息室去；然后听下面弹奏钢琴和竖琴，听总管和当差的来来去去奔走，听大伙儿喝茶时把玻璃杯和瓷器碰得"叮叮当当"地响，听休息室开门和关门时传出断断续续的愉快的谈话声。

译文四：十一月、十二月和半个正月相继过去了。圣诞节和新年在盖茨黑德像往常一样，在节日的欢乐气氛中庆祝过了。交换了礼物，举行了宴会和晚会。各种享乐，不用说，我一概都被排除在外。我仅有的乐趣，只能是眼看着伊丽莎和乔治安娜每日盛装打扮，看她们穿着薄麻纱上衣，束着红腰带，头上精心地做了鬈发，下楼到客厅里去；然后倾听着楼下钢琴和竖琴的弹奏、侍役和听差的出出进进、上茶点时玻璃杯和瓷器的叮当碰撞、客厅门一开一闭时断续传来的"嗡嗡"谈话声。

译文五：十一月、十二月和一月的上半月转眼已逝去。在盖茨黑德，圣诞节和元旦照例喜气洋洋地庆祝一番，互相交换礼物，举办了圣诞晚餐和晚会。当然，这些享受一概与我无缘，我的那份乐趣是每天眼睁睁瞧着伊丽莎和乔治安娜的装束，看她们着薄纱上衣，系大红腰带，披着精心做过的鬈发下楼到客厅去。然后倾听楼下弹奏钢琴和竖琴的声音、管家和仆人来来往往的脚步声、上点心时杯盘磕碰的叮咚声、随着客厅门启闭时断时续传来的谈话声。

译文六：十一月、十二月和半个正月都相继过去了。盖茨黑德府像往常一样，在节日欢乐的气氛中度过了圣诞节和新年。人们互相赠送礼物，举办了宴会和晚会。不用说，所有这一切欢乐的事，全都没有我的份。我仅有的乐趣，只能是看伊丽莎和乔治安娜每天盛装打扮，穿上薄纱衣裙，束着大红腰带，披着精心做过的鬈发，下楼到客厅去；然后就是倾听楼下钢琴和竖琴的弹奏声、管事的和仆人来来回回的走动声、人们用茶点时杯盘相碰的叮当声，以及客厅门一开一闭时断时续传来的"嗡嗡"谈话声。

这一段包含几个对英国人生活习俗的描述：一是西方公元纪年法；二是圣诞节及新年的过节习俗；三是日常生活中休闲与待客的习俗。首先，英国采用的是公元纪年法，这是一种以太阳的活动为周期的纪年法，与中国的农历或阴历等以月亮的活动为周期的纪年法有所不同。原著中的"January"显然是指公历的"一月"，与中国农历的"正月"有所差别，不应混同使用。译文一、译文三、译文四及译文六都采用"正月"的译法，显然与原著中指的时间有偏差。其次是关于

"the New Year"的译法，直译为"新年"比较恰当。译文一没有译出，而译文五却译成"元旦"，显然带有浓厚的中国文化色彩，与原著的文化意境不符。虽然"元旦"与"新年"在指称意义上几乎一致，都指新年的第一天，但西方人习惯称那一天为"New Year"（新年）。"元旦"一词具有浓厚的中国文化意味。再次是节日期间，英国人也喜欢着节日的盛装，亲朋好友隆重聚会，互赠礼品以表达相互之间的祝福并一同庆祝佳节。在这两个西方比较隆重的节日里，伊丽莎和乔治安娜两位小姐自然是盛装打扮，她们穿着薄棉裙，披着"scarlet sashes"（猩红色的披肩），聆听音乐伴奏，体现出富家小姐舒适而惬意的生活。译文一只用打扮得"花团簇锦"一笔带过。译文三、译文四、译文五及译文六都将此译成"大红腰带"，并不恰当。因为大红又称为中国红，与猩红色稍有色差，而且"红腰带"的译法容易造成文化错位。最后是关于"refreshments"的译法。"refreshments"常指英国人在休闲或到别人家做客时所享用的点心及饮品，将此译为"茶点"比较恰当，而译文三将此译为"喝茶"，译文五译为"点心"都不准确。在面对源语话语世界的再现时，译者能对原著的一些社会生活细节做周到的考虑，体现出他在翻译时较强的文化意识，而这种意识对于肩负文化交流使命的译者来说又显得如此重要。

通过以上对译文的比较分析，可以看出译者在对待源语话语世界的问题上仍然存在两种策略选择：一是向目标语话语世界靠拢；二是向源语话语世界靠拢。选择第一种策略的译者，他们往往出于照顾目标语读者的阅读理解能力的考虑，会将源语话语世界所包含的陌生物体、概念或习俗做"本土化"处理。选择这种策略有个好处：目标语读者易于理解，由此也很容易受到一些普通读者的欢迎。然而选择这种策略的坏处也很明显：读者不能通过阅读外国文学作品获得对源语话语世界的真实了解。用目标语话语世界已有的物体、概念和习俗代替源语话语世界中的物体、概念和习俗，在很大程度上不是促进文化之间的交流，而是造成了目标语读者的文化蒙蔽。选择第二种策略的译者，他们以源语话语世界为中心，以真实再现源语话语世界为己任。选择这种策略很可能会让目标语读者产生一种陌生感，而且可能使译文理解起来有一定的难度，甚至还可能觉得不如"归化"的语言那样令人感到亲切。但选择这种策略带来的好处却很明显：目标语读者可以通过这样的阅读真正提升自己的阅读鉴赏能力，了解真实的源语话语世界。翻译可以为促进文化之间的相互了解与理解提供一个场所，翻译也可以为一种文化汲取另一种文化的有益成分提供机会。一种文化在与相异的文化进行交流时，只有抱着一种平等、包容以及接纳的态度去对待源语文化，目标语才能得到最大限度的充实与丰富。

参考文献

[1] 周玉忠 . 英美文学 & 翻译研究 [M]. 银川：宁夏人民出版社，2007.

[2] 张春利 . 英美文学与翻译探索 [M]. 北京：中国纺织出版社，2019.

[3] 耿猛，陈璇 . 英美文学翻译与鉴赏 [M]. 长春：吉林教育出版社，2018.

[4] 叶君武 . 英美文学翻译中的美学研究 [M]. 长春：吉林出版集团股份有限公司，2021.

[5] 黄发洋 . 英美文学与翻译实践研究 [M]. 长春：吉林出版集团股份有限公司，2019.

[6] 孙致礼 .1949—1966：我国英美文学翻译概论 [M]. 南京：译林出版社，1996.

[7] 豪格 . 文化差异 [M]. 杨俊杰，译 . 开封：河南大学出版社，2017.

[8] 解晶晶 . 文化差异背景下的英语翻译研究 [M]. 郑州：河南人民出版社，2019.

[9] 李瑞玉 . 基于文化差异背景下的英汉翻译研究 [M]. 长春：吉林大学出版社，2020.

[10] 付丹亚 . 文化差异视域下的翻译研究 [M]. 北京：北京工业大学出版社，2018.

[11] 毋小妮 . 英美文学翻译中的美学特点及价值分析 [J]. 汉字文化，2022（23）：149-151.

[12] 孙维佳，崔乐 . 关注"中西文化差异"，提升学生文化意识 [J]. 基础教育课程，2022（18）：42-47.

[13] 土丽丽 . 文学翻译中的中西文化差异与困境 [J]. 文学教育（上），2022（8）：184-186.

[14] 丁帆 . 中西文化差异对英语阅读的影响 [J]. 中国民族博览，2022（7）：153-155.

[15] 刘君君 . 中西文化差异下英美文学翻译策略探究 [J]. 滁州学院学报，2021，

23（6）：68-72；77.

[16] 马莉.语境文化对英美文学翻译的影响 [J].黑河学院学报，2021，12（3）：124-126.

[17] 杜小芳.英美文学翻译质量的提升策略——以《德伯家的苔丝》为例 [J].湖北开放职业学院学报，2021，34（2）：184-185.

[18] 王亚丽.文化差异下的英美文学作品翻译研究 [J].遵义师范学院学报，2020，22（5）：74-77.

[19] 林梅.英美文学翻译的归化与异化研究 [J].郑州铁路职业技术学院学报，2018，30（4）：85-87.

[20] 刘媛，董良峰.文化差异对英美文学翻译的影响探讨 [J].教育现代化，2018，5（37）：93-94.

[21] 厉平.20世纪上半叶英美英译中国小说中的中国形象研究 [D].北京：北京外国语大学，2016.

[22] 张红.当代职场小说翻译策略 [D].上海：复旦大学，2012.

[23] 关健.中西文化差异对翻译的影响 [D].北京：外交学院，2012.

[24] 陈亚敏.从《红楼梦》诗词英译中看中西文化差异 [D].石家庄：河北师范大学，2010.

[25] 孟博.英美文学理论汉译的描写性研究（1917-1949）[D].北京：北京语言大学，2008.

[26] 李敏.思维方式差异的文化追问 [D].桂林：广西师范大学，2008.

[27] 赵云利.英美文学作品中模糊语言的翻译 [D].济南：山东师范大学，2007.

[28] 李厚业.中西文化中的礼貌探究 [D].哈尔滨：黑龙江大学，2007.

[29] 卢玉玲.文学翻译与世界文学地图的重塑 [D].上海：复旦大学，2007.

[30] 张勤.中西文化差异及其翻译对策 [D].上海：上海外国语大学，2005.